COLLECTION FOLIO

René-Victor Pilhes

La position de Philidor

Mercure de France

René-Victor Pilhes est né le 1er juillet 1934 à Paris. Il fait ses études à Toulouse, puis à Paris. Parallèlement à une carrière dans la publicité, il se consacre à l'écriture et obtient le prix Médicis en 1965 avec *La rhubarbe*, et le prix Femina en 1974, avec *L'imprécateur*.

À la mémoire
de Georges Gaston-Tailleur,
Vicomte de la Baraque

L'homme (l'assassin prodigieux) sut quand, où et comment il tuerait. Il résolut tous les problèmes.

L'idée maîtresse du crime avait effleuré sa cervelle à la faveur d'une péripétie fortuite. Puis elle s'y était enfoncée et elle avait torturé ses méninges. Il avait jeté un scénario sur le papier. Et après il l'avait déchiré et brûlé. Il fallait que tout fût parfait.

Alors, il jouit du sentiment indicible de celui qui, en une sorte d'état de grâce, s'est brusquement surpassé. Puissance. Euphorie.

Jamais personne n'avait assassiné ainsi.

À la veille d'exécuter son plan, l'homme songea que, si sa haine à l'endroit de sa future victime n'avait pas été mortelle, il eût essayé d'écrire un roman policier vicieux et mirobolant.

Mais, livrer au public la machination inspirée qui gîtait sous son crâne, c'eût été la rendre inopérante.

Ce soir-là, avant de s'endormir, l'homme murmura pour lui-même : « Peut-être un jour, quand je serai vieux, pour ne pas emporter dans la tombe une si phénoménale opération. »

PREMIÈRE PARTIE

Le cadre déchu

Voici le cadre déchu Assomption en son réduit de la rue de la Grande-Chaumière à Paris. Il campe dans une pièce d'une dizaine de mètres carrés au fond de la cour d'un immeuble restauré du vieux Montparnasse. Un sommier, un duvet, une couverture, un réchaud à gaz butane, un verre, deux casseroles, une poêle, un bol, un couteau, une fourchette, une cuillère, une vingtaine de livres, deux piles de vieux journaux, deux ou trois stylos Bic, un gros crayon rouge. Un sac de montagnard dans un coin. Un évier au pied du sommier. Une table rectangulaire en bois et une chaise devant une petite fenêtre ouvrant sur la cour. Et sur des toilettes communes utilisées par les commerçants du quartier, quelques étudiants et des clochards.

Cette pièce appartient au cours Marie, une école qui enseigne la comédie à ses élèves. Elle servait de débarras. Lorsqu'il se retrouva un jour à la rue, précisément rue de la Grande-Chaumière, le cadre déchu Assomption se coucha par hasard sous l'auvent de la porte cochère de l'école. Au matin, il dut s'effacer devant les professeurs et les élèves. Comme il n'avait pas encore l'air d'un clochard et qu'il paraissait intelligent, il attira l'attention de madame Césarine, spécialiste des vêtements et du maquillage du Cours Marie. Invité à se présenter et à raconter son histoire, le cadre déchu Assomption en narra une partie seulement, par orgueil, ce qui suffit à le faire prendre en sympathie. Il rendit de menus services : veiller aux places de stationnement, quérir boissons et sandwiches. En échange de quoi on ne tarda pas à lui céder le débarras de la cour. Comme cela se passait en hiver, les étudiants lui offrirent un appareil de chauffage électrique. C'est ainsi qu'il appartint au paysage de l'école. Entre de menues missions, il se promenait à l'intérieur, manifestant beaucoup d'intérêt aux cours pratiques. On le voyait très souvent chez madame Césarine qui habillait et préparait les élèves lors des séances d'examen.

Le cadre déchu Assomption mesure 1,77 m environ. Il pèse 73 kilos. Il a quarante-sept ans. Ses cheveux noirs sont devenus gris. L'âge a dessiné une tonsure au sommet de son crâne. Les épreuves ont creusé ses traits. Il porte toute l'année un pantalon de velours bleu passé, un tee-shirt rose, des chaussettes rouges, des chaussures de jogging et, quand il fait froid, un blouson kaki fourré blanc. En ce début du mois d'octobre, le cadre déchu Assomption contemple, pensif, une photographie publiée ces derniers jours dans plusieurs journaux. Il se procure la presse auprès des élèves de l'école. Ce qu'il découvre cet après-midi-là le renvoie sans ménagement à son passé. Les journaux font grand cas d'un événement dans le monde des affaires : Capulac, dit le Bolet, a été nommé président du conseil d'administration du groupe Sacoprim. Il succède à Machicou, mort prématurément dans des circonstances non ordinaires. Le cadre déchu Assomption contemple cette photographie et se dit : Comment se peut-il que je sois, moi, en ce réduit rue de la Grande-Chaumière, et qu'il soit, lui, le Bolet, président de la Sacoprim ?

Sa situation lui rappela celle de Boris Spassky à la fin de la 13e partie du championnat du monde d'échecs de 1972 : après que Fisher eut quitté, vainqueur, l'estrade, Spassky était resté longuement assis, seul, devant l'échiquier, essayant de reconstituer la position existant plusieurs coups auparavant et murmurant : « Comment pouvait-on perdre alors que l'unique tour de l'adversaire était fixée en G8 ? »

Capulac et Assomption avaient commencé ensemble leurs carrières, autour du même homme, au sein de la même entreprise. Le vieux M. Misaï avait créé la société Primexa. Il avait engagé pour le seconder deux jeunes hommes ambitieux et très intelligents, rencontrés au club d'échecs qu'ils fréquentaient tous les trois. Il y avait de cela vingt-cinq années. Les tâches s'étaient réparties naturellement : la gestion pour Capulac, le commercial pour Assomption. Primexa avait grandi. M. Misaï avait vieilli encore davantage. Alors il avait accepté de vendre au puissant groupe Sacolex qui convoitait depuis longtemps cette entreprise moyenne si brillante. De cette absorption de Primexa par Sacolex était née Sacoprim. Capulac avait trente-trois ans et Assomption trente-deux. Des deux cadres, à l'époque de l'opération, Assomption était de loin le plus en vue et le plus recherché sur le marché. N'avait-il pas remporté le concours du meilleur homme de marketing de l'année ? Gagné une croisière pour deux du côté des îles paradisiaques ? Et cela tombait bien puisqu'il était marié à une femme belle et entreprenante qui faisait bien des jalouses à Paris : n'avait-elle point épousé l'as des jeunes loups du marketing français ? Ils avaient donné leurs deux enfants à garder aux parents de madame (Assomption ayant perdu les siens jeune) et ils étaient partis jouir de ce premier prix fabuleux.

M. Misaï, milliardaire, prit sa retraite et décéda peu après la vente de Primexa. Jusqu'alors, Capulac et Assomption n'avaient jamais eu l'occasion d'entrer vraiment en concurrence. Mais l'organigramme de Sacoprim ne tarda pas à poser des problèmes délicats. Le groupe Sacolex était dirigé par M. Ample, un homme d'affaires particulièrement redoutable, assisté d'une éminence grise, M. Machicou, formé sur le tas par son maître, et enfin d'un certain Anton-Bélise, un pur produit de nos grandes écoles. À la suite de la fusion des sociétés Sacolax et Primexa, il fallut accueillir les jeunes loups Capulac et Assomption dans les organes de direction. Anton-Bélise vit d'un très mauvais œil l'arrivée d'un aussi rude concurrent potentiel qu'Assomption. Capulac, au contraire, spécialisé dans la gestion, non seulement ne gênait personne mais fut salué comme le Messie : toute la gestion et l'administration seraient pour lui. Tâches obscures et ardues mais menant souvent plus sûrement au pouvoir que le commerce, tout au moins en ces temps-là. La hiérarchie s'établit donc comme suit : au sommet M. Ample flanqué de son ombre Machicou, tous deux self-made men et flibustiers des affaires, au-dessous les deux directeurs commerciaux déjà en rivalité Anton-Bélise et Assomption, et à l'écart, volontairement cantonné dans les fonctions ingrates, Capulac.

Il apparut vite que l'un des deux commerciaux devrait disparaître à bref ou moyen délai. Ample et Machicou laissèrent se dérouler ce combat à mort qui les réjouissait et leur simplifiait le travail : ils étaient partisans de la sélection naturelle au sein des entreprises. Mais Capulac, lui, dans l'ombre, ne resta pas inactif.

Connaissant à fond la personnalité d'Assomption, il craignait la victoire de celui-ci. Il préférait, pour l'avenir, avoir affaire à cet Anton-Bélise, plus facilement manipulable à ses yeux que son ami des débuts et son partenaire préféré aux échecs. Assomption, persuadé qu'au contraire Capulac le soutiendrait contre cet étranger, ne vit pas venir les coups. Il travailla dur et mena grand train. Il emprunta de fortes sommes afin d'acheter une superbe maison à Saint-Cloud, il paya de somptueuses vacances à sa femme et à ses enfants, tint table ouverte pour ses clients la semaine et les week-ends, accorda de nombreuses interviews à la presse professionnelle. Pendant ce temps, Anton-Bélise assurait son pouvoir sur les réseaux commerciaux et, grâce à la complicité de Capulac, proposait des tarifs et des conditions avantageuses infiniment plus prisés des clients que tous les dîners en ville ou les week-ends à la campagne.

C'est ainsi qu'un jour, à sa stupeur immense, Assomption fut convoqué par Ample et tout bonnement licencié. Il comprit alors, mais trop tard, le complot ourdi par Anton-Bélise et Capulac. Il en souffrit. Moins cependant que de voir ainsi et si brutalement ses capacités intellectuelles contestées et, surtout, sa réputation pulvérisée. À ce stade, la carrière d'Assomption n'était pas, loin s'en fallait, compromise. Les cadres de valeur, victimes de manigances n'ayant rien à voir avec leurs qualités professionnelles réelles, étaient nombreux et retrouvaient du travail sans grandes difficultés. Mais Assomption, encore grisé, blessé dans sa vanité, crut bon de refuser des propositions qui lui parurent entraîner une *diminutio capitis.* Il se sentait assez fort et en vue pour briguer une place au moins égale à celle qu'il perdait, voire supérieure. C'est de cette façon qu'il finit par indisposer puis par se marginaliser. Nul ne niant ses capacités d'homme de marketing, on se rabattit sur son caractère. Assomption est très bon mais il a perdu toute mesure, il est devenu caractériel : voilà ce qu'on chuchota à Paris. Les indemnités dépensées, Assomption dut affronter une réalité terrifiante : il demeurait sans emploi. Alors commença une période interminable d'humiliation. Des gens dont Assomption n'aurait fait qu'une bouchée refusèrent de le recevoir ou, pis, le reçurent afin de voir de près ce cadre champion au bord de la déchéance. La maison fut vendue pour rembourser les emprunts. Assomption réussit enfin à entrer dans une société de supermarchés en qualité d'adjoint au directeur de marketing. Cet emploi, au lieu de lui insuffler quelque espoir, au contraire, l'acheva. De se voir, selon lui, tombé si bas, l'entraîna dans une dépression. Il abandonna cet emploi. Sa femme le pressa de s'inscrire au chômage. Il refusa. Elle le quitta emmenant ses enfants dans sa ville natale, où ses parents lui dénichèrent une activité de vendeuse à domicile.

Assomption erra dans Paris, fuyant toujours les ANPE. Il loua un meublé puis une chambre, rue Champlain, tout à côté de la rue de la Grande-Chamière et de la porte cochère où il se coucha un soir.

Et voici qu'il contemplait la photographie de Capulac. Son ancien compère avait fait du chemin. M. Ample était mort avant l'heure d'un cancer. Machicou lui avait succédé avant de se suicider. Assomption lisait dans le journal que tout le monde attendait que le conseil d'administration de Sacoprim élise Anton-Bélise plus ancien que Capulac dans l'entreprise. À la surprise quasi générale, il n'en fut rien : Capulac était devenu président de Sacoprim. Qui l'avait surnommé le Bolet ? Assomption l'ignorait. Sans doute, peu après la mort de M. Ample, ses responsabilités s'étaient substantiellement accrues, ce qui aurait dû inciter Anton-Bélise à la réflexion. Quelqu'un avait alors lancé que Capulac montait au firmament des Affaires aussi vite qu'un champignon et, comme les cèpes abondaient dans son pays d'origine, un astucieux l'avait surnommé le Bolet.

Le cadre déchu Assomption délaissa le journal et s'abîma dans un torrent de pensées contradictoires. Depuis son départ du meublé et les procédures de son divorce, il n'avait pas revu sa femme et ses enfants. Il n'en avait pas non plus éprouvé le besoin. À ses yeux, cette faillite familiale ne représentait qu'une partie de sa chute. Pour le monde de sa profession, il avait disparu de la circulation. Reconverti à l'étranger peut-être. Assomption avait la certitude que personne ne savait jusqu'où il était tombé, où et comment il survivait. Physiquement, il avait beaucoup changé. Qui le reconnaîtrait aujourd'hui ? Un matin, il avait connu une alerte. Un quinquagénaire bien mis l'avait croisé sur le trottoir comme il sortait du cours Marie. Il s'était retourné. Il avait manifestement hésité, puis repris sa route. Au bout de la rue, il s'était retourné derechef. Puis il avait disparu. L'inconnu avait-il songé à Assomption ? Il avait dû se dire : « Cet homme me rappelle quelqu'un, cet Assomption de la Sacoprim, mais ce ne peut être lui. Que ferait-il en ce lieu et en pareil état ? »

En général, quand Assomption se penchait sur son passé, il se demandait s'il ne se débattait pas dans un cauchemar. Justement, ce jour-là, il n'en fut rien. Il visionna froidement le film des quinze dernières années de sa vie. Pour la première fois, il s'interrogea sur l'opportunité de revoir le Bolet devenu l'un des plus influents personnages des affaires françaises. S'il ne s'y résolvait pas maintenant, à quarante-sept ans, s'y risquerait-il jamais ? La distance qui les séparait désormais était si vertigineuse que la question de son orgueil ne se posait plus guère. Au fond, qu'un cadre jadis si performant fût ainsi placé dans une situation de pré-clochardise constituait une anomalie peu honorable et surtout peu gratifiante, un raté, une verrue en plein front du système libéral. Dans le but de la supprimer et aussi de soulager sa conscience tout en flattant son pouvoir, le Bolet saisi d'une démarche, viendrait certainement à l'aide de son ancien alter ego. Assomption fut tout surpris d'envisager cette hypothèse. Certes, au tréfonds de lui, la haine bouillonnait, inchangée. N'empêche que, cette fois, malgré elle, il avait considéré le projet de se présenter au Bolet et de tenter de mettre un terme à une dégradante existence.

Assomption prit soudain conscience d'un argument supplémentaire : cette période de l'année, l'automne, se prêtait à cette tentative. Dès le début de sa carrière, Capulac s'était fait remarquer en réservant, tous les ans, une semaine de congé à la Toussaint. Ce qu'il n'avait aucun mal à obtenir, la plupart des cadres partant en juillet et en août. Dans son village de Bints vivait sa vieille mère, à demi paralysée. Il l'adorait et il s'en occupait. Elle était entourée de Jane, la servante, et de Reine-Claude, l'infirmière. Mais Capulac était aussi un passionné de la chasse au sanglier et en novembre ce gibier, à cause de la neige, descendait plus bas pour se nourrir. Au surplus, Capulac présidait la journée de la chasse, qui se tenait traditionnellement le 31 octobre. Le 1er novembre, il transportait sa mère au cimetière sur la tombe de son père. Et, le lendemain, il participait à une grande chasse. Il avait invité plusieurs fois Assomption. Par la suite, à mesure que progressait son statut dans le monde des affaires, il avait convié à Bints en novembre ses principaux clients et relations.

Le cadre déchu songea qu'en se rendant à Bints à la Toussaint, il aurait de multiples occasions d'approcher le Bolet et de lui parler, ce qui évitait la procédure pénible de quémander un rendez-vous en téléphonant à son secrétariat à Paris.

Assomption se dressa d'un coup sur ses jambes, comme émergeant d'un mauvais rêve. Il était en sueur. Cette idée, un instant caressée, de s'enrouler aux pieds du Bolet et de lui offrir le jouissif spectacle de sa déchéance l'avait rendu fébrile. D'un coup de main, il balaya le journal de la table, puis il sortit sans même se donner la peine de refermer la porte de son réduit. Il entra dans le cours Marie et monta quatre à quatre l'escalier qui conduisait à l'atelier de la bonne Césarine. Quand il en sortit, une bonne heure après, il avait pris une décision : il irait à Bints. Il camperait à l'intérieur d'une maison abandonnée dont il se souvenait, un peu à l'écart du village, et où l'on pouvait faire du feu. Si la maison n'existait plus ou si elle avait été réhabilitée et réoccupée, il aviserait. Pour s'en donner le temps, et aussi se refamiliariser avec les lieux et les habitants, il partirait deux ou trois semaines avant. Rien ni personne ne le retenait à Paris. À Bints, il se ferait reconnaître discrètement par le Bolet, au moment opportun, et il lui demanderait un entretien. Après quoi il verrait bien.

Le cadre déchu Assomption se dit qu'il reverrait aussi là-bas Anton-Bélise, désormais le second du Bolet dans une entreprise dont il avait depuis toujours convoité la présidence. Capulac le forcerait à assister à son triomphe dans son village natal. L'obligerait-il en outre à porter son fusil ? Ne le tenait-il pas à sa merci ?

Sans aucun doute, la haine de ce pauvre Anton-Bélise à l'encontre du Bolet ne devait le céder en rien à celle d'Assomption.

Le cadre déchu pensa que, décidément, ce voyage vaudrait la peine. Et il sourit entre ses dents.

Voici le cadre écologiste antichasseur Le Touc né à Bints, condisciple du Bolet à l'école maternelle puis à l'école primaire. Le Touc est un cadre provincial. Il occupe une fonction à l'agence du Crédit national bancaire, sise à la préfecture distante de 40 km. Il rentre à Bints tous les soirs après le travail, y passe ses week-ends et ses congés. Il a perdu ses parents. Comme le Bolet, il est célibataire. Il consacre son temps libre à l'écologie. Il est la bête noire des chasseurs. D'aucuns assurent qu'il agit ainsi pour se défouler, décharger son amertume, et non par conviction. Il est vrai que Le Touc n'est pas commode. Sans doute était-il en droit d'attendre davantage de la vie. À l'école, il était le premier de la classe, devançant invariablement le petit Capulac. Celui-ci dut à ses parents et à un oncle de poursuivre des études supérieures à Toulouse puis à Paris. Le Touc fut contraint de les interrompre après le baccalauréat. Il accomplit son service militaire et fut recruté à vingt-quatre ans à Toulouse par le Crédit national bancaire. Il obtint de se rapprocher de Bints et fut muté à la préfecture. Le Touc ne supporte pas Capulac. Il se souvient que, jadis, il le dominait dans les exercices intellectuels. Et maintenant, c'est lui le roi de Bints, le président du groupe Sacoprim. Pis : il préside aussi la journée de chasse. Cette année, il va débarquer tout auréolé de cette nomination dont on a parlé même à la télévision.

En ce début du mois d'octobre, le cadre écologiste Le Touc est donc particulièrement tendu. Sa rancœur, son animosité à l'endroit du Bolet ont encore grandi. La journée de la chasse s'annonce plus éprouvante que jamais.

Pourquoi Le Touc ne s'est-il pas marié ? Il était fort beau garçon. Il est resté bel homme. À cinquante-deux ans, son ventre est toujours plat. Il mesure environ 1,78 m. Ses épaules carrées en imposent. Cependant, ses traits sont plutôt fins et son regard parfois s'illumine d'éclairs de malice. Mais l'expression habituelle de son visage est celle de quelqu'un habitué à en découdre sans cesse avec ses semblables : méfiance et agressivité.

Le samedi 11 octobre vers 11 heures, le cadre provincial Le Touc fit une rencontre singulière. Il avait entendu dire que des filets avaient été posés en un endroit du Bints classé « réserve », où abondaient les grosses truites, et interdit aux pêcheurs. Estimant que les gardes assermentés manquaient de zèle, il s'était proposé d'inspecter lui-même les lieux, d'y repérer des traces éventuelles et de les photographier dans le but de constituer un dossier de preuves. C'est pourquoi il s'était muni de son appareil. Et comme il sortait du village en longeant la rivière, il aperçut un homme bizarre qui pausait sur le chemin, assis sur un sac de montagne. Cet homme, quand il vit Le Touc, se leva et attendit la rencontre. Tout en approchant, le cadre écologiste jaugea l'individu de son œil exercé : un étranger, de toute évidence. Que faisait-il seul à Bints à cette époque de l'année où les touristes étaient repartis ? Plus jeune, Le Touc aurait pensé à l'un de ces routards interlopes qui parcourent la France hors saison mais cet homme devait avoir son âge.

Arrivé à lui, Le Touc put l'examiner à loisir : presque aussi grand que lui, des cheveux gris, une importante tonsure au sommet du crâne, un pantalon de velours bleu passé, un tee-shirt rose, des chaussettes rouges, des chaussures de jogging et, enroulés sur le sac de montagne, un duvet et un blouson kaki fourré blanc.

— Bonjour, dit l'homme. Je m'appelle Assomption, je suis venu faire un tour au pays.

— Bonjour, répondit le cadre écologiste. Le Touc, je suis d'ici.

Assomption comprit instinctivement que cette première rencontre devait être traitée par lui avec soin. L'homme était de Bints, on le voyait à sa méfiance et à sa brusquerie, mais sa façon de parler et l'éclat de son regard montraient qu'il n'était pas un habitant de Bints ordinaire. Assomption eut alors l'une de ces inspirations étonnantes qui, jadis, avaient construit sa réputation de cadre commercial hors pair : il choisit d'informer Le Touc de sa situation et de ses intentions, tout au moins en partie.

— Je suis venu pour rencontrer monsieur Capulac. Je l'ai connu il y a longtemps, nous avons débuté ensemble, mais moi je n'ai pas eu de chance, j'ai déchu, voilà longtemps ; j'ai lu dans les journaux qu'il venait d'être nommé président du groupe Sacoprim, je me suis souvenu qu'autrefois il ne manquait jamais la Toussaint à Bints, moi-même j'y fus invité souvent, j'ai l'intention de lui demander de m'aider au nom du bon vieux temps, et comme je n'avais aucune chance d'obtenir un rendez-vous avec lui à Paris, j'ai eu l'idée de venir le surprendre, voilà pourquoi je suis là.

En entendant le nom de Capulac, le cadre Le Touc avait froncé les sourcils. Il avait écouté attentivement l'individu et maintenant il le considérait avec intérêt.

— Que pensez-vous de Capulac ? questionna-t-il sans détour.

Assomption hésita quelques secondes. Dès le début de cette rencontre, il en avait pressenti le caractère opportun, mais il se mouvait à tâtons. Devait-il avouer sa haine ?

— Je ne peux répondre à votre question, finit-il par expliquer. Cela ne me servirait pas.

Le Touc esquissa un sourire. Cet Assomption l'intriguait et l'intéressait au plus haut point. Il décida de le mettre à l'aise.

— Moi, dit-il, je le connais depuis longtemps, je le déteste, il est surfait, il est fabriqué. Le conseil d'administration l'a nommé parce qu'il est incapable de lui porter ombrage et qu'il est manipulable facilement. Sacoprim sera dirigé par Capulac interposé, il ne sera qu'un jouet, et quand il aura servi il sera jeté...

Le Touc fixa Assomption pour mesurer l'effet produit par ces fortes paroles.

Le cadre déchu se convainquit qu'il ne se trouvait pas face à un piège mais que ce Le Touc vouait à Capulac une haine aussi implacable que la sienne. Malgré tout, il se garda de renchérir : il aurait besoin de cet homme, il devait donc le conquérir.

— Je ne suis pas en état de vous suivre sur ce chemin, ce que je pense ou non de Capulac n'a pas de valeur, ce qui compte pour moi, qu'il soit ou non le jouet de son conseil d'administration, c'est qu'il accepte de me sortir de la mouise sans trop m'humilier.

— Et s'il refuse tout en vous humiliant ?

Assomption regarda longuement Le Touc avant de répondre :

— Alors nous verrons.

Il y eut un silence.

— À propos, reprit Assomption, je m'étais souvenu d'une maison en ruine par ici et je ne la retrouve plus.

— Pourquoi ? Vous n'allez pas à l'hôtel ?

— Je vais camper, je n'ai pas les moyens d'aller à l'hôtel. Mais je préférerais camper dans le dur, les nuits sont fraîches.

— Elle existe toujours, cette maison, vous vous êtes trompé, mais j'ai mieux à vous proposer : je vais vous ouvrir une petite maison qui m'appartient, qui me vient du frère d'un grand-père, elle est saine et vous pourrez y faire du feu…

Assomption se félicita d'avoir si brillamment passé cette épreuve. Il fut heureux de ne pas avoir perdu la main. En somme, en une poignée de minutes et dans des circonstances bien peu favorables, il avait su se vendre comme jadis, inspirer de l'intérêt, de la compassion, peut-être de la confiance. Et si son étoile scintillait de nouveau ?

— Je ne pourrais jamais vous rendre ce service, prononça-t-il.

— Qu'en savez-vous ? répliqua Le Touc assez sèchement.

Il contempla Assomption et son sac, parut réfléchir puis il dit :

— J'ai à faire du côté de la réserve, attendez-moi ici, je vous prendrai au retour et je vous conduirai à la maison…

Il se tut une poignée de secondes, après quoi, sur un ton bourru, il poursuivit :

— Évidemment, une fois dans cette maison, vous

vous débrouillez tout seul, vous n'êtes pas mon invité. Je ne veux pas vous laisser dehors, c'est tout...

Ils échangèrent alors des regards bizarres, comme emplis d'arrière-pensées.

— Bien sûr, assura Assomption, ça va de soi, j'ai pris mes dispositions pour vivre ici au moins trois semaines, j'ai un peu d'argent, ce que vous faites pour moi, c'est déjà beaucoup.

Le Touc hocha la tête et reprit son chemin sans plus un mot.

Un peu plus tard, le cadre écologiste retrouva le cadre déchu sur le chemin. Ils entrèrent dans le village et se dirigèrent vers le haut quartier paysan, c'est-à-dire la partie de Bints la plus proche de la montagne et où était naguère concentrée la population paysanne ; la mairie, l'église, l'étude du notaire, le cabinet du médecin, les commerces, les cafés et les hôtelleries occupant le bas, la plaine en quelque sorte.

Le Touc rouvrit la petite maison qu'il louait au temps des vacances à des touristes. Assomption avait perdu l'habitude d'un tel confort. Il promit de la rendre en l'état impeccable de propreté où elle était.

Dans le village, le bruit se répandit aussitôt que Le Touc hébergeait un étranger gratis. Pourquoi ? s'interrogèrent les habitants. Ce n'est pas que le cadre écologiste passât pour plus égoïste que les autres. Mais son hôte semblait bien curieux et, murmurait-on, il ne payait pas. Peu à peu on apprit que l'étranger était venu plusieurs fois jadis, invité par le président Capulac. Mais qu'ils se seraient fâchés depuis lors. Cependant, Assomption ne chercha nullement à éviter le village et ses habitants. Au contraire. On ne le voyait que rarement en compagnie de Le Touc. Dès le deuxième jour de son installation dans la petite maison, Assomption descendit au centre du village, se mêla à la population, devint un spectateur assidu des parties de belote et de pétanque. Ensuite, il redécouvrit le pays par de longues promenades dans les forêts d'alentour. Souvent, il s'était attardé aux grilles de la belle propriété du Bolet, juste aux portes du village, sur la rive droite du Bints, tandis que la petite maison qu'il habitait se situait, elle, presque en face, sur la rive gauche. Ainsi, la silhouette du cadre déchu se fit, en une dizaine de jours, familière. Et l'on commença à saluer ce bonhomme aux cheveux gris et tonsuré, vêtu de son pantalon de velours bleu passé, de son tee-shirt rose et, le matin et le soir, quand le froid sévissait, de son blouson kaki fourré blanc.

Par ailleurs, il s'était présenté aux habitants tout aussi simplement qu'à Le Touc. Oui, il avait bien connu jadis M. Capulac, oui il était venu chasser chez lui à la Toussaint, oui il était à la recherche d'un emploi, oui il espérait bien que le président l'aiderait. Tout cela créait une situation réellement singulière : avant même que le Bolet fût apparu cette année-là à Bints, tout le village savait qu'un certain Assomption l'attendait. Certains, à la réflexion, et en dépit du changement physique qui avait affecté le cadre déchu, se souvenaient de lui quand il était jeune, et même de ses capacités de tireur. Évidemment, personne ne s'engageait trop avant dans un quelconque soutien au pauvre Assomption, car on ne savait pas comment réagirait M. Capulac, le maître de Bints, et l'immense majorité de la population ne souhaitait pas se mettre mal avec lui. Se montrerait-il agacé de découvrir sur place cet ancien collègue et ami dans un état pas éloigné de la misère ? Ou, au contraire, lui tendrait-il les bras en s'écriant : « Ah, Assomption mon vieux ! Où étais-tu passé ? Pourquoi n'es-tu pas venu à moi plus tôt ? »

Et donc, cette année-là, cette semaine de la Toussaint à Bints s'annonçait plus imprévue et croustillante que les années précédentes. De puissants facteurs y concouraient : la nomination du Bolet à la présidence de Sacoprim, la présence inopinée d'Assomption, son hébergement par Le Touc, ennemi intime de Capulac.

Aux environs du 20 octobre, Assomption rendit visite à Le Touc afin de lui rendre compte de la façon dont il avait installé ses pénates dans la petite maison et, par la même occasion, de le rassurer : il n'occupait que la pièce du rez-de-chaussée, il avait posé le duvet sur le sommier, il ne brûlait que le bois qu'il ramassait, il mangeait sur le pouce. Le Touc se déclara satisfait. Il offrit même de la gnôle au cadre déchu. Ils en vinrent à parler de cette journée de la chasse qui tapait tellement sur les nerfs du cadre écologiste. Ce qui les conduisit à replacer le Bolet au centre de leurs préoccupations. Ce fut une conversation étrange. Par moments, on eût dit que les deux hommes discutaient avec eux-mêmes ou cherchaient à tester de ténébreuses spéculations.

— Que pouvez-vous espérer de Capulac ? bougonna Le Touc, ce n'est pas un gros calibre, il jouit d'une position inespérée qui dépasse ses capacités et, comme tous les individus dans son genre, il vous blessera et vous écrasera…

— C'est curieux, commenta Assomption, je croyais être la personne au monde ayant les plus graves raisons de le haïr, plus encore que cet Anton-Bélise qui m'a éliminé, mais au moins, lui, il défendait sa peau, et je découvre que vous n'êtes pas loin de le haïr autant que moi ou presque…

Et après un silence, il ajouta :

— Ce ne peut pas être seulement pour des histoires de chasse…

Le Touc branla longuement du chef. Il médita sur cette réflexion.

— Vous avez raison, lâcha-t-il, il doit y avoir autre chose.

Alors Assomption posa une question quasi incongrue :

— À votre avis, s'enquit-il, comment dois-je m'y prendre ? Dois-je l'attendre ici sans le prévenir ou, au contraire, l'avertir de ma présence en lui écrivant une lettre et l'informer de mes intentions ?

— En voilà une question, comment le saurais-je, c'est votre affaire.

— C'est un conseil qu'un cadre à la dérive adresse à un cadre en activité, observa Assomption.

Tout à coup, cette question, qui avait surpris Le Touc, parut l'intéresser. Il s'avisa que leurs verres étaient vides et les remplit.

— À la réflexion, dit-il enfin, vous n'avez peut-être pas tort de vous poser cette question, et je me demande si vous n'auriez pas avantage à lui écrire, tout compte fait, afin de ne pas lui donner l'impression de lui tendre une embuscade, de le mettre devant le fait accompli. J'avais perdu de vue que vous n'êtes pas ici pour lui poser des problèmes mais pour essayer de régler les vôtres et, sous cet angle, tout ce qui peut vous servir est bon, Capulac est pusillanime, vaniteux, si vous le flattez, si vous ne le placez pas en porte-à-faux par rapport à la population de Bints, où il passe pour un génie, il peut vous en savoir gré…

Assomption hésita un instant avant de remarquer :

— Comme il ne m'a pas vu depuis des années, peut-être faudrait-il aussi que je lui envoie une photo de moi aujourd'hui.

Le Touc vida son verre de gnôle et le reposa brutalement sur la table. Il regarda Assomption dans les yeux plusieurs secondes. Et l'autre soutint ce regard sans sourciller.

— Pourquoi pas ? lança Le Touc sur un ton faussement allègre, vous lui épargnerez l'effet de surprise et ça lui facilitera la tâche.

— Où puis-je me faire photographier ici ?

— Mais je vous ferai ça aussi bien qu'un professionnel, mes photos couleur de la faune et de la flore sont réputées dans le département...

— Je ne veux pas abuser...

— Au contraire, ça m'amuse, on va même les faire tout de suite.

Le cadre écologiste se leva sur-le-champ. Il se frotta les mains.

— Allez, finissez votre verre et allons dehors, il fait beau, vous serez superbe.

Ils firent plusieurs photos. Avec et sans blouson kaki. En gros plan et en pied. Deux jours plus tard, Le Touc les apporta au cadre déchu. Elles étaient, en effet, fort réussies. Le soir, Assomption écrivit au Bolet. Dans l'enveloppe, il joignit une photographie. Le lendemain il fut à la poste. Après quoi, il s'offrit une promenade plus longue qu'à l'habitude. Tandis qu'il cheminait dans les sous-bois, il ordonnait les idées qui se bousculaient sous son crâne. Atteindrait-il son but ?

Le cadre provincial Le Touc, lui, avait pris une initiative au premier abord incompréhensible : il avait suivi Assomption en forêt. Il l'avait pisté savamment. Pourquoi cherchait-il à suivre la promenade du cadre déchu ?

Voici le cadre vaincu Anton-Bélise. À cinquante et un ans, il a gardé ses cheveux châtains soigneusement ordonnés autour d'une raie impeccable. C'est un bel homme aux proportions harmonieuses qui mesure environ 1,80 m. Mais cet ancien major de l'une de nos plus huppées écoles est au plus bas au moment où nous le découvrons. Les signes du culot, de l'absence de scrupules et de l'appétit de vivre, qui animaient depuis toujours son visage rond et lisse, se sont évanouis. La dépression le guette. Une déception cuisante et furieuse toute prête à se muer en haine l'habite, qu'il éprouve le plus grand mal à réprimer et à masquer.

C'est que le cadre Anton-Bélise, à la surprise générale du Tout-Paris des affaires, a perdu la bataille pour le pouvoir au sein du groupe Sacoprim, au profit de Capulac, dit le Bolet. Des voix réputées absolument sûres lui ont fait défaut au conseil d'administration. Pourquoi ? À l'issue de quelles manœuvres inattendues ? En échange de quels engagements ? Anton-Bélise entend dire ici et là que les ténors candidats à la présidence n'étaient ni l'un ni l'autre prêts à s'affronter, qu'ils ont d'un commun accord choisi un personnage insignifiant et donc inoffensif contre un

Anton-Bélise possédant du tempérament et du caractère, par conséquent infiniment moins malléable et docile. Maigre consolation.

Anton-Bélise, jeune cadre diplômé en vue, avait rejoint jadis, après moult hésitations, la compagnie Sacolex, dirigée par deux hommes aux antipodes de sa formation : Ample et Machicou. De simples titulaires du certificat d'études. Des rusés. Des brutaux. Des corrupteurs. Leur réseau d'influence avait fini par devenir unique. Ils avaient pénétré tous les milieux. Parvenus à un degré exceptionnel d'ascendant sur la vie économique, financière et politique, ils avaient flairé qu'à leur époque un dirigeant plus présentable qu'eux, plus conforme aux « profils » en vigueur, s'imposait à leurs côtés : un cadre de la haute, par exemple de la fameuse école de la technocratie française, l'École nationale d'administration. C'est ainsi que le cadre Anton-Bélise débarqua un beau matin dans le directoire de Sacolex. Plus âgés, plus préoccupés de leur fortune que de leur pouvoir à mesure qu'ils avançaient en âge, Ample et Machicou étaient sincèrement disposés à transmettre les rênes de la succession à ce technocrate mieux élevé qu'eux mais, au fond, aussi rapace et cynique. Le destin, comme souvent, s'en mêla. Quand la compagnie Sacolex absorba la société Primexa, pour former le groupe Sacoprim, Ample était déjà atteint du cancer qui devait l'emporter. Ce fut son ultime opération d'importance. Il la pilota jusqu'au bout, de son lit d'hôpital. Après quoi, il connut une très longue rémission, au point qu'on le crut guéri. Hélas. Il entra dans le cycle atroce des hospitalisations successives, de plus en plus douloureuses, sur lesquelles règne une chirurgie qui, parfois, en a rendu plus d'un perplexe. À la mort de M. Ample, son araignée de l'ombre, Machicou, accéda tout naturellement à la présidence. N'était-il pas le seul à détenir les secrets des mécanismes occultes mis en place au long des années par M. Ample ? Mais Machicou, si précieux, si efficace à l'abri de la puissante personnalité de son maître, s'il excellait dans l'obscurité, touchait ses limites à la lumière. Ici et là, quelques requins et autres prédateurs sortirent de dessous leurs nénuphars. Et Machicou se suicida.

Avant le décès de M. Ample, l'organigramme de la Sacoprim s'établissait comme suit : M. Ample, M. Machicou, M. Anton-Bélise, M. Capulac et, jusqu'à son expulsion puis sa chute, puis sa déchéance, le cadre champion Assomption. Après la mort du chef, et à l'exception de la disparition d'Assomption, cette hiérarchie demeura inchangée... Cependant, tandis que Machicou désormais président s'avérait incapable de passer à un rythme supérieur et continuait de conduire ses affaires ainsi qu'il l'avait toujours fait, Anton-Bélise, en matière de compensation, occupait le devant de la scène et se comportait comme un président-bis. Au cours de la nuit agitée et, à bien des égards mystérieuse, qui suivit le suicide de Machicou, Anton-Bélise téléphona à de nombreux interlocuteurs : il s'assura ou crut s'assurer l'appui des uns, et il annonça aux autres que dans quelques heures il serait président. Ce fut Capulac. Il avait su saisir la chance et profiter de circonstances extraordinaires. Dès la première minute de sa présidence, Capulac se révéla infiniment dangereux pour ceux qui, à l'extérieur ou à l'intérieur de son groupe, avaient déclaré imprudemment, ou même avaient pensé que lui, Capulac, devait son poste à son insignifiance. Il est vrai que si ce n'était pas entièrement faux, c'était malgré tout le sous-estimer. Le Bolet n'était pas un parfait imbécile. D'ailleurs, ne jouait-il pas excellemment aux échecs ?

Voici donc Anton-Bélise devant son chef exécré, le président Capulac. Le cadre vaincu recevait dans son bureau des journalistes en présence de ses principaux collaborateurs, justement pour exposer ce que, dorénavant, seraient ses compétences au sein du groupe. La secrétaire particulière du Bolet avait appelé et sèchement répercuté l'ordre de son patron : Anton-Bélise devait, toutes affaires cessantes, se présenter dans le bureau de M. Capulac afin d'y examiner une question urgente. Ces instructions avaient retenti à cause d'un appareil resté branché et amplifiant le son. Anton-Bélise s'était alors levé et avait quitté la pièce sans un mot, cependant que les personnes présentes échangeaient des regards entendus. La question que souhaitait aborder Capulac était-elle réellement urgente ou cette convocation impérieuse en pleine réunion répondait-elle à l'intention d'humilier en public l'ex-numéro 2 du groupe ?

Le cadre vaincu avait pris place devant le bureau présidentiel du Bolet. Celui-ci ne produisait pas du tout l'impression de quelqu'un d'insignifiant. Au contraire, on le devinait plutôt perspicace, et son allure de provincial habillé par les meilleurs tailleurs de Paris ne pouvait tromper que les naïfs pressés de juger et dépensant trop de temps à s'observer eux-mêmes. Anton-Bélise remarqua que le Bolet contenait encore plus difficilement que d'habitude l'un de ces accès de jubilation qui s'emparaient régulièrement de lui depuis sa nomination à la présidence. Il songea alors que cette fatuité de Rastignac mal décrotté aurait un jour raison de lui. Que son bâton de maréchal serait vite trop lourd pour lui. Et qu'à force de l'humilier, lui, Anton-Bélise, il finirait par importuner ceux-là mêmes qui l'avaient choisi parce qu'il était sérieux, solide, mais incolore, inodore et… dévoué.

Le Bolet poussa négligemment une enveloppe ouverte sur le bois précieux de son bureau en disant :

— Anton, j'ai reçu ça ce matin, lis-le et donne-moi ton avis.

« Qu'est-ce qu'il a encore trouvé pour m'emmerder », pensa le cadre vaincu tout en se saisissant de l'enveloppe. Et comme il en tirait le feuillet qu'elle enfermait, une photographie en couleurs atterrit sur ses genoux. Avant de lire le texte écrit à la main sur ce feuillet, il jeta un œil à la photo : elle représentait un homme d'une cinquantaine d'années, aux cheveux gris, une large tonsure au sommet du crâne, vêtu d'un pantalon de velours bleu passé, d'un tee-shirt rose, d'un blouson kaki largement ouvert et qui laissait apparaître une fourrure intérieure blanche. Il portait des chaussettes roses et des chaussures de jogging. Anton-Bélise fronça les sourcils. Par en dessous, il lança un bref regard au Bolet, qui maintenant le fixait à la manière d'un oiseau de proie. À cet instant, ceux qui daubaient sur le Bolet ou qui revenaient mal de leur stupeur de le voir là ou il était, s'ils l'avaient surpris, figé, ramassé, l'œil cruel, auraient peut-être révisé leur jugement et reconsidéré les événements.

Anton-Bélise se dit qu'il connaissait l'homme posant sur cette photo, il eut même dans l'idée qu'il pouvait bien s'agir de ce malheureux Assomption dont on ne savait pas très bien ce qu'il était devenu, mais il se garda de faire quelque commentaire avant d'avoir lu la lettre.

Cher Paul,

Quelques nouvelles du pauvre Assomption disparu depuis si longtemps de la circulation. Il essaye de revenir à la surface aujourd'hui. Juste pour respirer. Il pourrait écrire mille pages sur les conneries qu'il a faites mais à quoi bon ? J'ai lu les journaux. Je t'ai vu. Je te félicite. Je te demande humblement un peu d'aide. Je n'ai pas osé affronter ton secrétariat à Paris. Je me suis souvenu des chasses de la Toussaint à Bints. J'y campe. Dans une petite maison appartenant à un certain Le Touc, personnage un peu curieux, grand écologiste devant l'Éternel, irascible mais généreux, en tout cas pour moi, rencontré par hasard et qui ne t'aime pas beaucoup. Tu le connais sûrement. Vous avez, paraît-il, été à l'école ensemble. Je chercherai à te voir à ton arrivée. Juste cinq minutes. Pour t'expliquer ma situation. J'ai bien changé, au physique comme au moral. Je n'ai plus d'ambition. Je cherche seulement à survivre en paix quelque part. Une place modeste dans une petite filiale de province me suffirait. Merci à l'avance de m'aider en souvenir du bon vieux temps.

Assomption

PS : Ci-joint une photo de moi pour que je ne te fasse pas peur quand je m'approcherai de toi.

Anton-Bélise reposa la lettre sur le bureau puis considéra derechef la photo. Il ne ressentait pas le besoin de réagir rapidement. Et, d'ailleurs, il en fut surpris. Oui, il avait bien changé, Assomption. Et il fallait qu'il fût bien bas pour demander la charité à son ancien compagnon et collègue. Voilà qui devait transporter le Bolet. Le cadre vaincu prenant sous ses yeux connaissance de la déchéance d'Assomption, c'était la truffe dans le foie gras. Pourtant, plus Anton-Bélise contemplait cette photo, plus sa pensée s'éloignait du bureau du président, et plus elle voguait vers des horizons où il avait du mal à la suivre. Anton-Bélise reposa la photo sur le bureau, prit de nouveau la lettre et la relut. Quand il l'eut remise, avec la photo, dans l'enveloppe et qu'il eut repoussé lentement celle-ci vers Capulac, le président, légèrement déconcerté par cette attitude ou étudiée ou traduisant de profondes spéculations, dit :

— Alors ? Qu'est-ce que tu en penses ?

Le cadre vaincu dévisagea le Bolet.

— Je pense que ça ne doit pas être difficile de lui donner satisfaction.

Capulac fit son possible pour dissimuler l'irritation que lui causait cette réponse. Ce n'était pas cela qu'il voulait savoir. Donner ou non satisfaction à cet imbécile d'Assomption ne constituait pas un problème. Il disposait d'autant de raisons excellentes de trancher dans un sens ou dans l'autre. Qui lui reprocherait de tirer du pétrin un vieux camarade ayant mal tourné ? À l'inverse, qui le blâmerait de refuser un poste à un cadre de cinquante ans incapable et dépassé ?

Ce que le Bolet désirait ardemment, c'était mesurer l'impact de cette manifestation inattendue du cadre déchu Assomption sur le cadre vaincu Anton-Bélise. Or c'était précisément ce dont le frustrait celui-ci en feignant de ne voir dans cette missive lamentable qu'une demande d'emploi. En outre, le Bolet avait la conviction que cette lettre avait éveillé chez Anton-Bélise des préoccupations originales qu'il entendait ne pas lui livrer. Alors, cela l'insupporta et il décida de reprendre l'initiative en usant de son autorité.

— Je te charge d'étudier et de régler l'affaire, ordonna-t-il sur un ton agacé. Il va de soi que, comme chaque année, tu es invité à Bints pour la chasse de la Toussaint, tu verras Assomption, tu me rendras compte, tu me diras s'il est utile que je le voie ou non, maintenant, excuse-moi, j'ai à faire.

Capulac ramassa l'enveloppe et la tendit à Anton-Bélise. Il se leva. Le cadre vaincu prit l'enveloppe et se leva à son tour. Ils se défièrent deux secondes.

— OK, finit par lâcher Anton-Bélise sur un ton inhabituel. Et il tourna les talons.

Au programme de la soirée, il avait un dîner. Il y fut en compagnie de sa femme. Mais il prétexta un coup de fatigue pour prendre congé avant le café.

Dans la voiture, plus tard chez eux, sa femme ne put obtenir qu'il fournît des détails sur son état. Il s'enferma tard dans son bureau en proie à des cogitations tourmentées.

L'homme s'assura que la porte de la pièce était fermée à clef. Il enfila des gants noirs. Il étala sur le plancher les articles et vêtements qu'il avait acquis. Puis il les essaya tous. Il se planta à trois pas de la glace de la salle de bains et se mira longuement. Après quoi il s'en défit et confectionna un ballot. Il jugea que les mécanismes du crime s'enclenchaient plus aisément que prévu. L'exécution s'avérait subalterne par rapport à la conception. Le reste ne l'impressionnait pas du tout.

L'homme rangea le ballot en lieu sûr. Il libéra la serrure. Il s'allongea sur le lit. Il plaça les mains sous sa nuque et passa, une fois de plus, en revue la suite des événements inouïs que bientôt il déchaînerait. Dix minutes plus tard, il dormait d'un paisible et profond sommeil.

Le cadre vaincu Anton-Bélise arriva à Bints le 31 octobre en fin de matinée. Il descendit au *Grand Hôtel du Pic*, en vérité une auberge comme on en trouve plus que rarement en France, tout droit sortie du XVIIe siècle, offrant un couvert rustique abondant et soigné et un gîte très acceptable. Anton-Bélise y installait ses quartiers depuis que, par curiosité d'abord par obligation ensuite, il répondait présent à l'invitation du Bolet pour la chasse de la Toussaint. Il y était donc connu et, chaque année, attendu par le patron Robert et sa femme Georgette. De même avait-il fini par connaître bien des gens du village. Pendant longtemps, ceux-ci n'avaient pas nettement élucidé le rapport hiérarchique entre Capulac et son invité. Au début, ils surent que celui-ci était au-dessus de celui-là. Plus tard, les choses se brouillèrent, car le comportement de Capulac se modifia vis-à-vis d'Anton-Bélise. L'obséquiosité s'évanouit au profit de la familiarité propre à un pair puis, l'année précédente, d'un soupçon de prééminence. Cela prouvait-il que, de son vivant, Machicou avait joué Capulac contre Anton ? Et donc que celui-ci était dupé déjà à ce moment-là ? Ce changement de l'attitude du Bolet n'avait pas échappé à Anton-Bélise, sans cependant éveiller sa méfiance car il n'était perceptible qu'à Bints et non à Paris. Anton l'avait attribué au fait que Capulac, chez lui, voulait se donner de l'importance. Le Bolet président, qu'en serait-il ? Il n'avait pas tardé à se montrer arrogant et humiliant à la Sacoprim, se révélerait-il pire encore dans son village natal ? Le cadre vaincu avait beaucoup hésité avant de se résigner à cette Toussaint à Bints. Quelques idées lui étaient venues qui l'avaient poussé à accepter l'invitation pour la dernière fois. En particulier celle-ci : il était hors de question qu'il finît sa carrière de cadre sous la direction de Capulac et, d'ailleurs, celui-ci ne manquerait pas de l'éjecter à moyen terme. Dans ces conditions, il importait à Anton de se donner du temps afin de préparer au mieux son départ de la Compagnie. Dans ce but, il lui apparut habile de ne pas heurter de front le Bolet et de supporter un temps ses médiocres méchancetés. C'est ce qu'il expliqua à Paris à ceux qui, dans sa famille et son entreprise, s'étonnèrent de le voir se rendre à Bints. Anton-Bélise avait pris l'avion à Orly à 9h. À l'aéroport de destination, il avait pris un taxi. Faut-il le préciser, tous ses frais de transport et de séjour étaient à la charge de la société. Robert, Georgette et quelques Bintsois accoudés au bar l'avaient accueilli avec une sympathie non feinte. Au village, on l'appelait Monsieur Anton. Robert l'avait accompagné dans sa chambre, la plus spacieuse de l'auberge, dont les fenêtres ouvraient sur la place des Platanes, et il lui avait porté sa valise et son fourreau à fusil. Et maintenant Anton-Bélise déballait ses affaires et les alignait avec application sur le lit. Il posa la valise vide sur le meuble de bois destiné à cet effet. Debout et pensif, il considéra ce qu'il avait emporté de Paris, après quoi, il entreprit de le ranger. Il sortit le fusil de son fourreau, une arme magnifique et redoutable. Il fit jouer la culasse, s'assura de l'absence de cartouches, arma à vide, épaula, visa un oiseau qui rasait les cimes des arbres, appuya sur la détente. Il y eut le claquement sec du percuteur. Anton sourit, regarda le fusil avec satisfaction, le remit dans son fourreau et plaça celui-ci dans l'armoire. Il se dit alors qu'il était l'heure de déjeuner.

Anton-Bélise fit l'impasse sur les hors-d'œuvre et commanda directement un civet de sanglier. Il le savait exceptionnel. Et il n'en mangeait qu'une fois par an, à Bints. Il choisit de l'accompagner d'un corbières puissant à la robe de rubis, au nez épicé et à la bouche solide. Il s'était installé à une table pour une personne à côté des grandes vitres derrière lesquelles il voyait la place des Platanes. De là, il voyait aussi le bar où des habitués prenaient l'apéritif. Au-dehors, il reconnut une jeune femme qui se rendait à la pharmacie. Elle entra dans l'officine et en sortit dix minutes plus tard. C'était l'infirmière chargée de veiller sur Mme veuve Capulac, la mère du Bolet, dont l'épaule, la hanche et la jambe gauches étaient paralysées à cause d'un début d'hémorragie cérébrale subie naguère. Anton-Bélise avait eu l'occasion de la saluer à plusieurs reprises. Peut-être le Bolet l'y convierait-il cette année encore. Est-ce l'état de sa mère qui avait inconsciemment poussé le Bolet à rester célibataire ? Les quatre fois où il les avait vus ensemble, Anton-Bélise avait noté combien le fils semblait craindre sa mère. Plus il y pensait, plus le cadre vaincu avait du mal à se pénétrer de cette stupéfiante réalité : Capulac était bel et bien président du groupe Sacoprim. Comment était-ce possible ! Comment ce petit provincial incolore et inodore, certes rusé, mais dénué de toute personnalité, de surcroît incapable de se trouver une femme, du moins tant que sa mère handicapée serait vivante, avait-il pu le supplanter, lui, Anton-Bélise, un cas rare d'ancien élève des Hautes études commerciales ayant ajouté l'École nationale d'administration à son palmarès ?

Il est vrai qu'il s'était brutalement plongé dans un monde de flibustiers quand il était entré à Sacolex avec la promesse de succéder un jour à Ample et avec l'accord de Machicou. Mais pouvait-il alors prévoir que l'un et l'autre mourraient prématurément ? À l'époque, afin de faire ses preuves, il avait dû se compromettre dans des opérations peu claires qui étaient la spécialité de M. Ample et qui avaient fait sa réputation pour le meilleur et pour le pire. Ces opérations étaient-elles connues de Capulac qui, pourtant, n'était pas à la Sacolex ? Seul Machicou aurait été en mesure de les lui révéler. Pourquoi l'aurait-il fait ? Lui, Anton-Bélise, avait toujours et sincèrement joué le jeu avec Machicou. Que s'était-il passé, à son insu, de si important qui aurait conduit Machicou à lui préférer Capulac ? Cette lancinante question ne cessait de tarauder le cadre vaincu. Et l'idée que le Bolet fût au courant de certaines souterraines magouilles l'angoissait et l'emplissait de fureur tout à la fois. Anton-Bélise fut tiré de ces sombres ruminations par un homme qui venait d'arriver au bar et le regardait avec insistance. Il l'identifia sans peine : il s'agissait de ce Le Touc, l'ennemi acharné du Bolet à Bints, l'écologiste, l'antichasseur qui, les années précédentes, avait tenté de rallier Anton à ses thèses. Cette fois, vu les circonstances, le cadre vaincu ressentit sa présence comme sympathique. Il lui sourit. Et l'autre ne s'en montra pas surpris. Il comprit même qu'il ne lui était pas interdit de s'approcher de la table et de dire bonjour au cadre qui, tous les ans à la Toussaint, était invité par le Bolet à la journée de la chasse. Et donc c'est ce qu'il fit.

— Comment allez-vous, monsieur Anton-Bélise ?

— Pas trop mal.

— Je peux m'asseoir une seconde ?

— Mais bien sûr, voulez-vous goûter à ce corbières ?

— Merci, j'ai bu un pastis.

— Quelques minutes plus tôt, vous n'auriez pas osé venir, je mangeais du sanglier.

Le cadre provincial eut un demi-sourire ironique.

— Je n'ai jamais été contre une chasse raisonnable, vous le savez, l'année dernière nous avons eu une discussion là-dessus.

— Je m'en souviens.

Le Touc fixa Anton un instant, comme s'il réfléchissait avant de prendre une décision, puis dit :

— Il s'en est passé des choses depuis l'année dernière.

— Où ? questionna Anton sèchement.

— Ici à Bints, et aussi ailleurs...

Ils affectèrent d'accorder leur attention à ce qui se passait à l'extérieur. Les clients de passage commençaient à s'en aller. Au bar, des marginaux de Bints paraissaient s'intéresser aux deux hommes en lançant sous cape des regards inquisiteurs. Il y avait là deux braconniers fameux et un trio de jeunes gens surnommés « hippies » par les indigènes et, en général, mal vus par eux. Ils avaient élu domicile dans des hameaux en ruine et les pires rumeurs circulaient sur leur vie réputée dissolue. Ils élevaient des chèvres et ramassaient des myrtilles.

— Un curieux personnage que vous connaissez certainement est arrivé à Bints il y a trois semaines environ. Je l'ai rencontré par hasard, il ne savait pas où aller, je lui ai cédé une petite maison qui m'appartient. Il s'appelle Assomption, ça vous dit quelque chose ?

Le Touc s'était exprimé sur un ton monocorde, les yeux toujours fixés sur le dehors. Anton-Bélise se versa à boire.

— Non seulement je le connais, répondit-il, mais je savais qu'il était ici et que vous lui aviez prêté un logement.

— Ah ?

Anton-Bélise le dévisagea et l'interrogea :

— Il a écrit, vous ne le saviez pas ?

Le Touc soutint son regard et ne se pressa pas pour répondre.

— Je savais qu'il avait l'intention d'écrire à Capulac pour lui demander de l'aide, mais j'ignorais qu'il voulait aussi vous écrire à vous.

Pourquoi étaient-ils l'un et l'autre autant sur leurs gardes ?

— En fait, il a écrit à Capulac qui m'a donné la lettre pour que j'étudie le problème.

— Et alors ?

— Et alors quoi ?

— Vous l'avez résolu ?

— De toute façon, ça ne vous regarde pas. J'ai mission de le rencontrer et de parler avec lui, ensuite je ferai mon rapport.

— C'est vrai que, maintenant, c'est Capulac le chef.

La réflexion avait claqué. Et touché le cadre vaincu.

— On dirait que ça vous fait plaisir.

— Surtout, ça m'étonne.

Anton-Bélise flaira un piège. Quoi qu'il lui en coûtât, il devait faire bonne figure, et, tout au moins officiellement, éviter de se mettre en position de rival amer et déçu du Bolet, surtout chez lui, dans son fief, où tout serait aussitôt répété au nouveau président. Or, Anton avait jugé qu'il convenait pour l'heure de donner des signes extérieurs de sa soumission. Il avait un plan. Il s'y tiendrait. C'est pourquoi il observa :

— Vous vous méprenez au sujet de Capulac, peut-être parce que vous le voyez avec vos yeux d'ici, mais il ne ressemble que de très loin à l'enfant et à l'adolescent qu'il fut, c'est un très bon cadre, on ne préside pas un groupe comme Sacoprim par hasard. S'il est exact que je suis déçu, il est faux de s'imaginer que Capulac n'est pas à sa place à Paris

Le Touc sourit largement et longuement. Et par ses hochements de tête, il manifestait qu'il appréciait en connaisseur ces paroles. N'était-il pas un cadre lui aussi ? Et d'être provincial et écologiste ne le rendait pas inapte à saisir les mécanismes régissant la cervelle et le cœur des cadres occidentaux de cette fin de XXe siècle. La conversation l'intéressait.

— Vous me direz encore que ce ne sont pas mes oignons mais Assomption m'a raconté que c'est vous qui l'aviez éliminé de la direction de Sacoprim et non Capulac, est-ce la vérité ?

— C'est vrai à moitié. En réalité, sans Capulac, qui a trahi le grand copain de ses débuts, je n'y serais pas parvenu. Assomption le sait très bien, même s'il n'a pas voulu vous le dire, ou plus précisément il l'a su trop tard, et ça il ne le pardonnera jamais à Capulac. D'ailleurs j'ai été très étonné par sa lettre, elle ne lui ressemble pas beaucoup. Il faut vraiment qu'il soit dans un état épouvantable…

— Vous l'avez reconnu sur la photo ?

— Vous saviez aussi qu'il avait envoyé sa photo ?

— C'est moi qui l'ai prise…

Anton-Bélise eut un mouvement de surprise.

— Je l'ai aidé comme j'ai pu, expliqua Le Touc. C'est un pauvre diable, il est venu ici exprès pour parler à Capulac, il m'a demandé conseil, j'ai pensé qu'il valait mieux qu'il lui écrive pour ne pas le mettre devant le fait accompli, et qu'il envoie sa photo pour qu'il ne soit pas trop surpris.

Anton-Bélise se leva.

— Excusez-moi, dit-il, je vais me mettre en tenue et faire une petite promenade digestive en forêt, il faut que je me prépare à la chasse de lundi.

Le Touc se leva à son tour.

— Moi aussi je vais faire un tour en forêt, dit-il. Je vais débusquer et neutraliser quelques pièges, c'est ma spécialité, ça les rend furieux, mon itinéraire sera un peu particulier, c'est pour ça que je ne vous propose pas de vous accompagner.

— Merci quand même, dit Anton. Il salua de la main et s'en fut dans sa chambre.

Le visage du cadre écologiste se referma sur-le-champ. Il revint au bar et paya son Ricard. L'un des braconniers lui jeta à la dérobée un coup d'œil venimeux. Le Touc sortit. Un quart d'heure plus tard, Anton-Bélise, en tenue de chasse, descendit, se fit prêter une canne par Robert et quitta l'auberge en direction du formidable mamelon boisé qui dominait Bints. Aux premiers contreforts, il chercha son chemin. Il s'engagea deux fois sur une fausse piste. Enfin il découvrit la sente qu'il comptait emprunter. À mesure qu'il progressait, les lieux lui redevenaient familiers. Cela faisait une dizaine d'années qu'à la Toussaint il les explorait. Lundi, ces bois retentiraient des aboiements des chiens et des encouragements rauques des piqueurs. Où le posterait-on cette fois ? En marchant entre les épais fourrés, il se remémorait son palmarès : deux bêtes rousses, trois marcassins, une bête noire d'au moins 18 mois, un quartanier de 140 kilos et, bien sûr, ce mâle terrible de plus de 7 ans qui avait roulé à trente-deux mètres de lui mais dont on lui avait disputé le trophée pour le motif qu'il n'avait pas tiré seul. De beaux résultats pour un homme qui n'était pas chasseur dans l'âme, qui venait à Bints huit jours par an, par intérêt puis par convenance, par nécessité enfin.

Derrière Anton-Bélise suivait Le Touc. Il avait facilement identifié la sente choisie par le cadre vaincu. Il l'avait pris en filature par une sente parallèle. Pourquoi Le Touc agissait-il ainsi ? Que voulait-il savoir ? Sans doute espionnait-il l'un des chasseurs du 3 novembre afin de localiser les postes de tir prévus, ce qui lui permettrait à lui, le cadre écologiste et anti-chasse, de parcourir les bois la nuit qui précéderait et, aux endroits adéquats, de déranger les compagnies de sangliers et de les pousser hors des zones de chasse.

Quand Anton-Bélise rentra à l'auberge, vers 16 h 30, le soleil avait décliné. Il était visiblement content de sa promenade. Il avait recensé tous ses repères et notamment l'un d'eux. De plus, en quelques heures, il avait repris des couleurs. Quel dommage qu'il ne soit pas là cette année en qualité de président de Sacoprim ! Il serait arrivé en fin d'après-midi à l'aéroport de la ville et le Bolet l'aurait attendu avec sa voiture pour le transporter à Bints. Il l'aurait invité dans sa demeure, où il y avait de la place, et il lui aurait servi de maître d'hôtel. Il l'aurait accompagné le lendemain dans le village, le rappelant au souvenir de ses concitoyens en lui donnant du « président ». La journée de la chasse se serait déroulée sous son haut patronage. Le maire aurait offert un apéritif officiel en son honneur. C'est à lui qu'aurait écrit ce pauvre Assomption et il aurait confié la lettre et le dossier au Bolet en lui recommandant quelque indulgence. Au lieu de quoi, c'est Capulac qui arriverait en fin de journée sans daigner s'enquérir du confort de son hôte, et c'est lui, Anton, qui se traînerait les jours suivants sur les talons du patron. C'est à lui enfin qu'incombait la tâche pénible, sordide, d'entrer en relation sur place avec le cadre déchu.

Tandis qu'il prenait son bain, Anton-Bélise songeait à tout cela et son humeur s'en trouvait altérée. D'ailleurs, cette mission auprès d'Assomption commençait à l'inquiéter. Quand le verrait-il ? Capulac serait à Bints autour de 20 h.

En principe, il irait directement chez lui, à cause de sa mère, et il n'en sortirait plus. Mais il pouvait aussi téléphoner à l'auberge et le mander, ainsi qu'il l'avait fait à Paris pour lui montrer la lettre d'Assomption, et lui demander ce qu'il en était du dossier du cadre déchu. Auquel cas, et comme il entrait dans les vues d'Anton de se soumettre, il devenait urgent de rencontrer son ancien collègue.

Anton-Bélise s'habilla. Il était 18 h et la nuit de novembre était tombée. Alors il se détermina à voir Assomption avant 20 h. Il descendit au bar. Georgette lui indiqua où était située la petite maison de Le Touc. Anton s'y rendit. Il frappa à la porte mais personne ne répondit. Elle était fermée à clef. Et la maison dans l'obscurité. Anton se gratta la tête. Assomption s'avinait peut-être dans l'un des bistrots du village. Ou chez Le Touc. En ce dernier cas, mieux valait s'abstenir. Anton ne souhaitait pas des retrouvailles déjà suffisamment sinistres en présence d'un tiers. Il décida de jeter un œil dans les deux bistrots de Bints ainsi que dans une espèce de taverne, repaire nocturne des braconniers et des contrebandiers d'anis. La petite maison prêtée par Le Touc au cadre déchu se trouvait sur la rive gauche du Bints et, de là, Anton-Bélise dominait la rive droite. Comme il s'apprêtait à rejoindre la partie basse et centrale du village, la vue de la maison illuminée du Bolet, de l'autre côté, le retint. Elle était proche. Il suffisait de descendre une ruelle puis de traverser le Bints par un pontet et de remonter sur environ 300 mètres. Mû par une impulsion, Anton décida d'aller faire un tour par là avant de visiter les bistrots.

Cinq minutes après, il était à la grille de la propriété Capulac. La bâtisse s'élevait à 200 mètres de cette grille. Anton devina qu'on s'y affairait : Paul allait arriver. La cuisinière Solange, son mari le jardinier Baptiste, la servante Jane, tous, de famille paysanne de Bints, étaient mobilisés. Solange et Baptiste habitaient une maisonnette bâtie pour eux au fond du parc. Jane couchait dans une mansarde aménagée sous les combles, au-dessus du deuxième et dernier étage et de la chambre occupée par Mme Capulac. L'infirmière Reine-Claude habitait au village et apportait ses soins plusieurs fois par jour. Le premier étage était divisé en deux appartements : celui de Paul Capulac et un autre réservé à des amis ou des relations de marque. Au rez-de-chaussée, un vaste salon où le Bolet passait le plus clair de son temps entre sa collection de couteaux de chasse, ses échiquiers, sa cheminée et ses dossiers, une salle à manger avec une table rectangulaire de chêne massif, et, à droite de l'entrée, un bureau meublé de bibliothèques, d'un secrétaire et d'un lit de camp. Anton-Bélise contempla la demeure deux ou trois minutes. Il ignorait alors deux choses : d'abord, pour une raison inconnue, le cadre Assomption s'approchait, lui aussi, de la propriété du Bolet ; ensuite, non loin de là, tapi derrière un bosquet, Le Touc épiait. Il avait vu Anton-Bélise se diriger vers ce lieu. Sachant Capulac encore absent, il brûlait de savoir ce qui amenait Anton à la grille. Et quand il aperçut la silhouette caractéristique d'Assomption gravir le chemin, il se réjouit de son initiative. Une fois de plus, son instinct ne le trompait pas : ce qu'il avait confusément imaginé prenait forme et vie peu à peu sous ses yeux.

Anton-Bélise tressaillit. Un homme, là-bas, émergeait peu à peu de la brume. Il montait lentement la rampe goudronnée qui n'était autrefois qu'un chemin à bœufs mal empierré. L'apparition inopinée de quelqu'un à cette heure, en cet endroit, au moment précis où Anton-Bélise contemplait la demeure illuminée du Bolet, surprit désagréablement le cadre vaincu. Quoique, au fond, il n'y eût là rien d'illégal ou même de répréhensible. Mais cela n'est jamais plaisant d'être vu ou rencontré en une attitude susceptible d'être mal interprétée. Le désagrément d'Anton-Bélise s'accrut sensiblement quand il reconnut l'individu : pas de doute, l'importun n'était autre qu'Assomption tel que sa dernière photo le représentait. Il paraît raisonnable d'apprécier que c'est à cet instant, ce soir-là, que le cadre vaincu Anton-Bélise ouit les premiers cliquetis de la grande machine ébranlante de *la position de Philidor.* En dépit de cette sensation subvertissante, une idée secondaire traversa son esprit : si Assomption n'avait pas envoyé sa photo, il ne l'aurait pas identifié la nuit.

Le cadre déchu marchait le nez sur ses chaussures et abîmé dans ses pensées. Il ne leva la tête qu'à quelques mètres de la grille. Alors seulement il se dit : « Tiens, un homme est là qui a eu sans doute la même intention que moi. » Curieusement, que ce fût Anton-Bélise, qui l'avait chassé jadis avec la complicité détestable de Capulac, ne sembla guère l'émouvoir. Conscient de l'anomalie, il éprouva le besoin de s'en justifier.

— Anton, prononça-t-il en branlant du chef et sur le ton de celui qui déniche enfin ce qu'il a longtemps recherché ; je savais que tu étais à Bints, mais je ne m'attendais pas à te trouver là…

Ils se toisaient, maintenant, immobiles, vaguement éclairés par le globe électrique extérieur fixé au-dessus de la porte d'entrée de la demeure du Bolet, leur commun ennemi, l'objet commun de leur haine, eux-mêmes séparés par un très lourd contentieux, apportant, dans la corbeille de leur union objective et momentanée, l'un sa déchéance, l'autre sa déroute, étudiant leur contenance, concentrés sur les paroles à venir, déterminés à les peser, et de leurs narines s'échappaient des jets épais de buée. Deux cadres formés dans nos meilleures écoles, deux chevaliers de la guerre économique qui ravageait le monde en ce temps-là, l'un déchu par ses pairs, l'autre blessé à mort en tournoi. Tous deux rôdaient autour de la maison du suzerain, en cette soirée d'automne, sans que l'on sache exactement pourquoi, sous les yeux d'un troisième, un cadre lui aussi, un baronnet de la province, écologiste et hostile aux chasseurs, un camarade d'enfance du suzerain, et, à l'instar des deux chevaliers, empli de haine à son endroit. Or ce suzerain ne gouvernait pas n'importe quel domaine, mais l'un des plus puissants groupes d'Europe dans sa branche, à la veille de prendre rang dans les dix premiers mondiaux grâce à un accord avec des associés américains de choix. Et alors, de les voir là tous les trois, à cette époque où la télévision et l'informatique étaient rois, le marché et la finance leurs cousins, suscitait de l'étonnement mâtiné d'un certain soulagement : ainsi, il était encore possible en cette fin de millénaire et au seuil d'un nouveau, d'assister à une promesse de débordement passionnel chez de grands cadres cerviers, de ces cadres à qui l'on avait enseigné dès l'âge de quinze ou seize ans que la guerre économique ne supportait pas les états d'âme. Pouvait-on en conclure que l'ère technologique qui s'ouvrait, la « Vingt-cinquième heure », aurait quand même ses surhommes ? Et que ni Wall Street ni IBM n'étaient de taille contre Balzac et Dostoievski ?

Ils jouèrent serré.

— Assomption, je te reconnais grâce à la photo que tu as envoyée à Capulac.

— Je suis ici parce que je veux le voir pour qu'il m'aide, si tu as vu ma photo, tu as aussi lu ma lettre et tu es au courant, je sais qu'il arrive ce soir, je ne veux pas le manquer, et je préfère tenter le coup dès son arrivée, après il sera trop pris, mais, d'après ce que j'aperçois, il n'est pas encore là, je suis venu trop tôt.

— Et moi, je ne sais pas pourquoi je suis là. J'avais quitté l'auberge justement pour te voir. Capulac m'a chargé de m'occuper de ton dossier. J'étais allé à la petite maison que Le Touc t'a prêtée, comme tu n'y étais pas, je me suis dit que je te trouverai peut-être au village. Et c'est alors que j'ai eu envie de pousser jusqu'ici avant de te chercher.

— Juste pour jeter un coup d'œil.

— C'est ça.

Assomption laissa volontairement s'écouler six ou sept secondes.

— Ce n'est pas interdit, prononça-t-il.

— Non, dit Anton-Bélise.

— Puisque nous sommes là, profitons-en. Vous êtes d'accord pour me tirer du pétrin ?

— Je suis seulement chargé de t'entendre puis de rendre compte.

— C'est vrai que ce n'est pas toi le président. D'ailleurs, ça m'a beaucoup étonné, mais ça fait tellement longtemps que je ne suis plus dans le coup...

— Moi aussi je suis étonné, je ne comprends pas la position du conseil d'administration.

— À un échelon plus haut, il t'est arrivé ce qui m'est arrivé à moi. Je croyais que tu étais mon seul adversaire dangereux et j'ai oublié Capulac, l'idée qu'il pourrait tout faire dans l'ombre pour me liquider ne m'a jamais effleuré. D'une certaine manière, c'est un bel hommage qu'il m'a rendu là.

— C'est vrai que je l'ai toujours considéré comme un expert-comptable doublé d'un directeur du personnel, murmura Anton-Bélise. Alors, qu'est-ce que je dois lui dire ?

— Je suis prêt à aller n'importe où, dans une petite filiale régionale de la Sacoprim, ça ne dérangera personne, je me remettrai dans le bain par la toute petite porte mais plus facilement qu'ailleurs, mon salaire sera ce que vous voudrez, celui d'un petit cadre de province, voilà, ce n'est pas énorme.

— En effet, je le lui dirai. Pour ma part, je n'y vois aucun inconvénient et je le lui dirai aussi, est-ce que tu tiens absolument à lui parler ?

— C'est comme il voudra, je ne m'accroche pas, et surtout je ne veux emmerder personne, tu sais ce que je demande. S'il le veut, il a le pouvoir de régler ça en un coup de téléphone, mais ça serait bien si j'avais une réponse avant la fin de son séjour ici.

Anton-Bélise hocha la tête d'un air approbateur. La demande et l'attitude d'Assomption lui semblaient correctes. Il lui facilitait la tâche. Après tout, c'était désormais à Capulac d'apporter une preuve de hauteur de vue et de générosité. Un refus ne l'honorerait pas.

Comme s'il lisait dans ses pensées, Assomption ajouta soudain :

— S'il ne fait rien pour moi, je ne lui en voudrai pas, au point où j'en suis, mais j'espère que, dans ce cas, il saura ne pas l'ébruiter... D'enfoncer et d'achever le meilleur ami de ses débuts, quand celui-ci gît en capilotade, ne le grandirait pas auprès de l'*establishment* si jamais ça s'ébruitait.

Anton-Bélise ne put s'empêcher d'ébaucher un sourire. Assomption avait beau se retrouver quasi à la cloche, il possédait de beaux restes, il n'avait pas oublié quelques bonnes ficelles. À Paris, les ennemis du Bolet ne manqueraient pas de regretter, dans les dîners en ville, les limites d'un patron parvenu bien au-delà du seuil de sa compétence, non par sympathie pour le cadre déchu mais pour joncher d'épines, au lendemain de sa nomination, le chemin du président Capulac.

— Ça aussi, je tâcherai de le lui faire comprendre, promit le cadre vaincu.

Tout à coup, une voiture surgit là-bas, sur le pontet. Ses phares trouèrent la nuit. Un véhicule à cette heure-ci et dans ce quartier du village, ce ne pouvait être que celui du Bolet. Il advint alors que sous l'effet d'un même réflexe, celui de ne pas être découverts ensemble devant la grille de sa propriété, les deux cadres, d'un bond, s'écartèrent du chemin et s'accroupirent derrière un buisson. Cette réaction instantanée ne s'avéra point superflue. Alerté par la lumière des phares, le jardinier Baptiste s'était précipité au-dehors pour ouvrir la grille à son maître. Quant à la voiture, elle se présenta à l'entrée quelques secondes à peine après que les deux cadres se furent dissimulés. Le

Bolet s'engagea et stoppa à la porte de son garage. Puis il pénétra chez lui.

Les deux cadres se relevèrent embarrassés. Cet incident avait, en quelque sorte, établi entre eux une espèce de complicité. Ni l'un ni l'autre n'avait souhaité se trouver en présence du Bolet en ces circonstances. Il convenait qu'ils s'en expliquassent.

— Il a failli nous tomber dessus, commenta Assomption.

— Ça n'aurait pas été bon pour toi, assura Anton-Bélise. Il aurait pensé que nous avions tous les deux décidé de l'attendre pour régler ton affaire, il aurait détesté qu'on le prenne à la gorge, il n'aurait pas cru une seconde que nous nous étions trouvés là par hasard.

— Oui, approuva Assomption tout pensif, nous avons eu la même crainte bien que nous ne soyions pas dans la même situation, et c'est pour ça que nous nous sommes cachés.

— J'espère que personne ne nous a vus ici, dit brusquement Anton-Bélise.

Pour la première fois depuis le début de leur étrange entrevue nocturne, Assomption donna l'impression de la surprise. Et peut-être d'un soupçon d'inquiétude.

— Qui aurait bien pu nous voir ? questionna-t-il, sur un ton trahissant ces deux sentiments.

— Je ne sais pas, répondit Anton-Bélise. J'ai dit ça comme ça.

Machinalement, Assomption promena un regard autour de lui. Il faisait noir. Et là où ils étaient, il faisait sombre. Et la propriété du Bolet se situait à l'écart du village habité. Pourtant, ainsi que le lecteur, lui, le sait bien, quelqu'un avait tout vu et tout entendu. Mais, eux, comment l'auraient-ils su ?

Anton-Bélise partit avant Assomption. Il regagna

l'auberge pour dîner. Et aussi pour être présent au cas où le Bolet l'appellerait. Dès lors qu'il était là, il fallait s'attendre à toutes les fantaisies. Malgré tout, le cadre vaincu avait au moins un motif de satisfaction : il avait adroitement rempli sa mission. Il avait vu Assomption sans lambiner, le jour même de son arrivée. Il était prêt à rendre compte à tout moment.

Assomption reconstitua mentalement l'incident et, à la réflexion, n'y décela aucune anomalie véritable. Certes, Anton ne disposait pas, comme lui, d'une raison digne de ce nom de rôder à cette heure autour de la propriété du Bolet, mais était-ce le signe d'une manœuvre ? Il n'était pas bon de renifler le diable partout. Il se dit qu'il avait bien mérité de boire un verre et il s'en fut en direction du village. Le cadre Le Touc, lui, se mit enfin debout. Il se frotta les mains. Puis il déboutonna sa braguette et urina longuement.

A 23 h 30, en ce vendredi 31 octobre, Robert frappa à la porte de la chambre d'Anton-Bélise : Paul Capulac avait téléphoné. Il demandait à M. Anton de le rejoindre chez lui tout de suite. Il n'avait pas donné de détails. Il avait raccroché. Anton-Bélise, étendu sur le lit, tout habillé, devinait l'aubergiste confus de devoir transmettre si tard un message si lapidaire et comminatoire. Il le mit à l'aise en répondant :

— C'était prévu, je suis prêt, j'y vais.

— Ah ! bon, je me disais aussi, soupira Robert derrière la porte.

Anton-Bélise était absolument sûr que le Bolet l'appellerait à seule fin d'exercer son pouvoir tout neuf et d'en jouir. Malgré cela, il était perplexe de constater à quel point Capulac le sous-estimait. Il ne se posait donc pas la question de savoir pourquoi son collègue vaincu se révélait si docile. Grisé par sa réussite, il s'imaginait que, désormais et par la force des choses, Anton lui obéirait aveuglément comme un chien à son maître. À sa place, songeait Anton en laçant ses souliers, pareille attitude aurait, au contraire, éveillé ma méfiance.

Le temps de traverser le village aux trois quarts

englouti dans la brume de la nuit de novembre et le cadre vaincu cognait à l'huis de son président.

Celui-ci ouvrit lui-même.

— Bonsoir Anton, dit-il en lui tendant la main.

Anton-Bélise la serra.

— Bonsoir Paul, répondit-il. Tu as fait bon voyage ?

— Oui...

Capulac ferma la porte. Anton demeurait immobile dans le hall d'entrée. Son hôte lui indiqua du geste le salon. Anton y pénétra. Toujours du geste, Capulac lui indiqua un fauteuil. Anton s'y assit. Capulac reprit la place qu'il devait occuper avant l'arrivée d'Anton-Bélise, sur un sofa. Devant lui, entre Anton et lui, une table de châtaignier, basse et rectangulaire, encombrée de dossiers. À sa gauche, une lampe à pied. Et à côté de cette lampe, tout près de la table, un échiquier dont les pièces n'étaient pas rangées dans leur ordre initial. La plupart étaient massées sur les plages, à gauche et à droite. Seules quelques-unes restaient sur la partie jouable et au centre. Anton-Bélise n'aimait pas les échecs. Il en connaissait les règles. Il s'y était essayé au lycée et à l'université. Mais, en dépit de capacités intellectuelles exceptionnelles et reconnues, il y jouait mal. Et là résidait la véritable raison de son aversion. Souvent, au-dessus d'un certain niveau, les gens intelligents acceptent mal que tel ou tel exercice leur échappe et mette en évidence l'existence de limites. Au fil des années, Anton-Bélise avait renforcé sa conviction que bien jouer aux échecs n'impliquait nullement qu'on fût d'une intelligence supérieure. Selon lui, les cerveaux des champions d'échecs étaient hypertrophiés, à l'instar de celui des prodiges du calcul mental, ce qui leur permettait d'exceller uniquement devant un échiquier. Par ailleurs, Anton-Bélise les jugeait parfaitement ordinaires, quand ils n'étaient pas inadaptés. Il lui était advenu de citer Fisher en exemple. Et que Capulac fût réputé pour son excellence relative dans cet exercice n'était pas fait pour le faire changer d'avis.

Capulac tardait à engager la conversation. Il s'intéressait à l'échiquier. Visiblement, avant l'apparition d'Anton, il devait étudier un problème ou une position. Il paraissait sincèrement absorbé, et presque fasciné, par ces pièces qui s'affrontaient seules, sans doute à la fin d'un long et rude combat et qui, maintenant, tâchaient de le clore chacune à leur avantage, le roi noir et le roi blanc, face à face, semblant se lancer d'épouvantables, d'énigmatiques invectives. La passion de Capulac pour les échecs était authentique. À une époque, elle avait même été dévorante. Que de parties féroces contre Assomption et Misaï le vieux Maître !

Anton-Bélise savait cela. Et donc il estima que cette manière qu'avait le Bolet de l'oublier au profit de son échiquier n'était pas totalement feinte. Mais pas non plus absolument sincère. Le président n'avait-il pas tous les droits et tout son temps ? Anton, en attendant que Capulac veuille bien lui adresser la parole, dirigea son attention vers l'étonnante collection de couteaux de chasse qui ornait le mur, derrière le sofa où était installé le Bolet. Celui-ci en était très fier et Anton admettait qu'il avait lieu de l'être. Capulac ne manquait aucune occasion de la montrer et de la commenter à ses invités. Les pièces maîtresses en étaient un coutelas d'un mètre de long ayant appartenu à un certain Balignères de Villeneuve, dont le nom était gravé sur la lame, chef de la chasse d'un roi de France, et un long couteau dangereux à manier car son cran d'arrêt se libérait en appuyant sur un bouton placé sur une face du manche et que, pour cette raison, on appelait un « cobra ». La collection comportait aussi toutes sortes de couteaux corses et de navajas aux manches admirablement sculptés. Comme Capulac était toujours absorbé dans la contemplation extatique de la position, Anton-Bélise prit la liberté de se lever, de contourner le sofa et de s'approcher du mur afin de voir de plus près ces armes superbes. Ainsi avait-il bougé sans la permission du patron. Mais n'était-ce point pour une noble cause ? Celle de rendre un hommage marqué à cette collection sans doute sans équivalent en France. L'idée délétère qu'il lui suffirait de décrocher le « cobra » pour égorger le Bolet, de l'envoyer *ad patres*, de rentrer à Paris et de s'emparer de la présidence fit sourire Anton-Bélise. Après tout, la mort ne planait-elle pas sur ce groupe Sacoprim, depuis le décès prématuré de M. Ample et le suicide de Machicou ? Anton-Bélise imagina en quelques fractions de secondes les dépêches d'agence : « Paul Capulac assassiné chez lui à Bints, le groupe Sacoprim touché à mort pour la troisième fois, M. Anton-Bélise acceptera-t-il la présidence maudite ?.... »

Il n'aurait aucune chance de s'en sortir, à cause du témoignage du brave Robert. Et puis, il n'avait pas de gants, on relèverait ses empreintes. Il ne comprenait pas pourquoi cette fantasmagorie l'amusait. Il était là, debout, en une curieuse situation, entre le mur aux couteaux et le Bolet apparemment pétrifié devant une position échiquéenne, et voilà qu'à cinquante et un ans il était saisi par des élucubrations d'un goût douteux qui, de surcroît, provoquaient, au fond de lui, une sorte de plaisante humeur. Il se reprit et se rassit en silence. Ce n'était pas le moment de trahir des intentions homicides. Le Bolet saurait les déceler. Sa méfiance éveillée, il prendrait aussitôt des dispositions et réduirait en poussière le plan d'Anton-Bélise. Arrondir le dos et les angles, tenir le rôle du cadre sonné, broyé par un injuste sort, voilà qui endormirait la méfiance de Capulac, amollirait sa vigilance, rognerait ses défenses.

— Anton, excuse-moi, je dois faire attention aux échecs, depuis quelque temps ça me reprend, je ne sais pas pourquoi. Cette *position de Philidor* m'obsède, voilà des siècles qu'on la dit gagnante, et il me semble que j'ai trouvé une faille, ça serait extraordinaire qu'elle ait échappé aux grands maîtres, ça m'excite beaucoup... Mais je ne t'ai pas dérangé pour ça, je sais que tu n'aimes pas les échecs et que tu n'y connais rien... Tiens, allons dans mon bureau, je ne pourrais pas discuter avec cet échiquier sous les yeux...

Il se leva. Anton-Bélise l'imita.

— Belles pièces, hein ? dit-il en désignant ses couteaux du menton.

— Superbes, approuva Anton-Bélise.

Le Bolet entraîna le cadre vaincu dans ce bureau où peu de gens avaient accès, situé de l'autre côté du hall. Il s'assit dans un fauteuil et Anton-Bélise sur une chaise. Celui-ci voyait mieux le visage de Capulac. Il y décela quelque chose d'inhabituel. Mais quoi exactement ? Il ne savait. En tout cas, le Bolet n'était pas aussi arrogant que prévu.

— Comment va ta mère ? s'enquit Anton-Bélise.

— Elle va, elle ne souffre pas trop, les médicaments font de l'effet, elle est bien entourée, évidemment, elle n'est pas commode, heureusement que son entourage est fidèle et patient, et bien payé, précisa-t-il avec un drôle d'air. Mais il faut la comprendre, elle avait l'habitude de diriger sa maison...

Anton-Bélise se retrouvait dans ce bureau pour la deuxième fois. Deux ans plus tôt, Capulac l'avait conduit là afin de lui montrer un portrait de lui exécuté par un peintre de la région. Un portrait qui, d'ailleurs, trônait au-dessus de la petite cheminée anglaise, une heureuse idée de l'architecte. De nombreuses photos des parents et des ancêtres de la famille Capulac et de la famille maternelle étaient disposées sur le secrétaire et, ici et là, sur des étagères de bibliothèques. Anton-Bélise se souvenait les avoir vues naguère. Mais son regard tomba sur l'une d'elles qu'il avait conscience de découvrir et qui éveilla chez lui un intérêt majeur. Cette photo représentait deux adolescents qui se tenaient par les épaules et avaient environ dix-huit et vingt ans : une jeune fille et un garçon. Le document avait été agrandi. Joliment encadré, il était placé sur une étagère derrière le bureau de Paul Capulac. Celui-ci comprit aussitôt sur quoi se fixait le regard d'Anton-Bélise par-dessus son épaule. Il esquissa un triste sourire et dit :

— Nous étions beaux, n'est-ce pas ?

— Je me suis permis de m'attarder sur cette photo parce qu'elle s'imposait à mon regard de là où je suis assis, expliqua Anton-Bélise quelque peu confus. Je t'ai reconnu quand tu étais jeune, mais je ne reconnais pas la jeune fille.

— C'est normal, Anton, tu ne l'as pas connue, et tu n'avais aucune chance de la rencontrer jamais puisqu'elle est morte quelques mois après cette photo, elle s'appelait Arlette, la photo a été prise en novembre 1956, il y a trente ans presque jour pour jour, elle est morte en avril 1957...

Anton-Bélise baissa la tête. Ce qu'il apprenait le désolait. En même temps, cela aiguisait sa curiosité. Le Bolet allait-il vider son sac ? Mettre à nu des faiblesses qui, si elles l'honoraient, n'en constitueraient pas moins des points nouveaux de vulnérabilité ?

Comme il était encore englué dans sa province ! Qu'en penseraient les membres du conseil d'administration de Sacoprim s'ils le surprenaient là, dans ce bureau, environné des photos de tous ces paysans et, sous l'emprise d'un souvenir morbide, au bord de se débonder auprès de son rival vaincu ?

Le président Capulac scruta le numéro 2 de la Sacoprim. La semaine avait été dure. Et cette journée de vendredi plus encore. Il lisait à peu près clairement les pensées de ce rival encore pantelant des blessures infligées par le piège infernal qu'il lui avait tendu et dont les mâchoires l'avaient broyé. Il ne craignait pas pour la pérennité de son pouvoir et de son poste. Anton-Bélise et tant d'autres l'avaient sous-estimé. Tant mieux pour lui. Sa stratégie de se consacrer aux tâches obscures de l'administration et de la comptabilité, sa faculté de se fondre dans la grisaille et de raser les murs tout en apprenant l'élégance et en fréquentant des restaurants et des cocktails finement sélectionnés, son art de cultiver avec ostentation son origine provinciale en affichant son amour de la chasse et du rugby, enfin sa coquetterie calculée à rappeler sa passion et sa force aux échecs par la présence d'échiquiers dans son bureau ou son habitude d'exhiber un échiquier de poche entre deux réunions, tout cela composait le portrait d'un homme complexe, à surveiller de près, et il était finalement compréhensible que des hauts cadres briguant les responsabilités suprêmes aient été de la sorte abusés par les apparences et la tactique souterraine de l'enfant de Bints. À la différence des managers, les détenteurs du capital, eux, n'avaient pas commis la même et lourde erreur. Ce maquignon déguisé en mannequin, ce paysan doublé d'un joueur d'échecs d'un niveau plus qu'appréciable, cet expert-comptable diplômé de l'Institut des sciences politiques de Paris, voilà beau temps qu'ils avaient repéré en lui un successeur idéal du tandem Ample-Machicou, bien plus indiqué que l'entreprenant Anton-Bélise, trop exclusivement « intellectuel », donc naïf, selon eux, et que les affaires purement financières ennuyaient. Capulac était persuadé qu'Anton-Bélise, cassé en deux par sa défaite, ne parviendrait pas à analyser correctement celle-ci et, en conséquence, ne s'en relèverait jamais. Il passerait le reste de sa vie à ruminer les complots et machinations qui l'avaient écarté, sans se poser une fois la vraie question : Paul Capulac n'était-il pas plus fort que lui ? Et là ne fallait-il pas chercher la source de sa défaite et de ses maux ?

C'est pour cela que le président Capulac ne garderait pas longtemps Anton-Bélise à ses côtés. Un cadre vaincu et léchant sans cesse le sang de ses blessures ne peut assumer avec bonheur la charge de numéro 2 à la tête d'un groupe aussi important que Sacoprim. Capulac lui laisserait le temps de se retourner. C'était la règle du milieu, sauf en cas de rébellion ouverte du vaincu. Mais Anton-Bélise semblait avoir compris. Il filait doux. Et comme il n'était pas médiocre, il donnerait sa démission à l'issue d'un âpre marchandage. C'est dans ce contexte que Capulac avait invité une dernière fois Anton-Bélise à la chasse de novembre à Bints. D'ailleurs, cette année, il n'avait convié aucune relation d'affaires : tout nouveau président de Sacoprim, il devait éviter les impairs et revoir entièrement la liste de ses futurs obligés. Autrement dit, face à Capulac, Anton-Bélise ne pesait pas lourd. Au contraire de ce qu'imaginait le cadre vaincu, le Bolet n'était pas président par hasard, ni dépassé par sa fonction, ni un jouet entre les mains de son conseil d'administration. Cependant, s'il fixait Anton-Bélise d'un œil rêveur, un rien dubitatif, avant de se décider à commenter ou non cette photographie, c'est que, depuis la réapparition d'Assomption et son surgissement à Bints, le Bolet flairait une étrangeté, il sentait voleter autour de lui comme une anomalie insaisissable, et cela l'agaçait. Ces derniers jours, Anton-Bélise avait changé. Plus précisément dès l'instant où Capulac l'avait chargé de s'occuper du dossier d'Assomption. Et puis, il y avait ce rapprochement curieux entre le cadre déchu et Le Touc, peut-être le seul homme que Paul Capulac redoutait au monde, une intelligence réelle mais bornée, un premier de la classe à l'école primaire atteignant ses limites aux portes d'une officine bancaire de préfecture, capable de tout contre le fils Capulac. Au lendemain de sa nomination à la présidence, un jour de Toussaint, ces trois personnages haineux et non dénués de capacités d'ourdir, manigancer et élucubrer, ces trois ratés, aptes à basculer dans la perversité, créaient une atmosphère insolite, désagréable, équivoque, incertaine, vaporeuse.

— Nous étions sur le point de nous fiancer, c'est la seule femme pour qui j'ai éprouvé de la passion, c'est sans doute pour ça que jusqu'ici je n'ai pas pu me marier…

Capulac eut un petit sourire morose. Il regardait Anton-Bélise avec une certaine férocité. Peut-être regrettait-il d'avoir dit cela à un homme que sa défaite rendait insensible aux afflictions de son vainqueur, si même il ne s'en réjouissait pas. Mais Capulac s'était adressé au moins autant à lui qu'à l'autre. Anton-Bélise brûlait de savoir comment était morte la jeune femme. Il subodorait un drame de nature à favoriser son dessein. Plus on en sait sur la vie privée d'un ennemi, plus on peut exercer des pressions sur lui, mieux on peut l'attirer dans des traquenards. Le cadre vaincu renonça à demander des détails, ce qui aurait accru la méchante humeur qu'il était maintenant loisible de lire sur le visage de son président. Il se promit de se renseigner dès son retour à l'auberge.

— Alors, tu as vu Assomption ?

— Oui, tout à l'heure.

— Tu l'as vu où ? Chez Le Touc ?

— Non, dehors.

— Où ça, dehors ?

Pourquoi Le Bolet insistait-il ? Qu'est-ce que ça pouvait lui faire qu'il ait vu Assomption ici ou là, du moment que ce n'était pas chez Le Touc ni en sa présence. Anton-Bélise répugnait à indiquer que l'entrevue s'était déroulée devant la grille de la propriété. Comment l'expliquerait-il, tout au moins en ce qui le concernait ?

— On s'est rencontré par hasard, devant chez toi.

Capulac leva les sourcils. Voilà qui lui confirmait que, décidément, la situation n'était pas nette.

— Comment ça, par hasard ?

Anton-Bélise fit un rappel des circonstances. Capulac demeura un moment silencieux.

— Je comprends pourquoi Assomption se trouvait là, mais toi ?

— J'avoue que c'est une impulsion qui m'a conduit devant chez toi. Mon idée était de visiter les bistrots et, puis, j'ai vu ta maison, juste en face, je n'étais pas venu depuis un an, j'y suis allé manière de faire un tour.

Le Bolet branla du chef tout en fixant Anton sans guère d'aménité. Il réfléchissait à grande vitesse. Le sentiment de les avoir tous les trois sur le dos commençait à peser sur lui. Et tout à coup, il regrettait d'avoir invité Anton-Bélise et de ne pas avoir réglé le problème d'Assomption à distance. Il aurait pu facilement dépêcher un collaborateur et mobiliser éventuellement Bints contre l'intrus.

— Qu'est-ce qu'on fait ?

— Franchement, on fait ce que tu veux, tout dépend de toi, tu n'es obligé à rien, il m'a répété ce qu'il a écrit dans la lettre, je crois qu'il en a sincèrement marre.

— Il boit ?

— Pas vraiment, il faudra vérifier mais je ne crois pas, à mon avis il est tout à fait capable de se réadapter, il a conscience d'avoir besoin d'une convalescence, sa demande d'un poste modeste est une preuve de lucidité...

— Et si je refusais ?

Anton-Bélise ne se pressa pas pour répondre.

— Il serait très déçu, c'est sûr, mais j'ai l'impression qu'il a envisagé l'hypothèse.

Capulac se concentra quelques minutes sur la question.

— Tu lui diras que je prendrai ma décision avant de repartir pour Paris, et que d'ici là il se tienne tranquille... Il n'est pas nécessaire qu'on se parle, je ne vois pas ce qu'on aurait à se dire. De toute façon, s'il a un message à transmettre, tu seras là pour ça.

Le Bolet se leva. Ils sortirent du bureau. Ils se serrèrent la main devant la porte. Anton-Bélise referma doucement la grille et disparut dans la nuit. Capulac contourna sa maison, ouvrit un portillon, traversa le terrain attenant qui lui appartenait aussi et rendit visite à ses chiens de chasse parqués dans un enclos. Minuit sonna au clocher de Bints.

Au bar de l'auberge, Robert officiait toujours. À minuit, il expédiait tout le monde dehors. Ce soir-là, les derniers clients bénéficièrent d'un répit. Anton-Bélise avait attiré Robert dans un coin et lui parlait à l'oreille.

— Je n'ai pas osé lui demander comment était morte cette pauvre Arlette.

— Oh la la, c'est toute une histoire. Ici les gens n'aiment pas en parler. Cette Arlette était la plus belle fille qu'on ait vue au pays depuis longtemps, son père était un gros paysan des hameaux, il vit toujours mais à la préfecture. Il a tout vendu, il était veuf, c'était sa fille unique, Paul a été accusé d'imprudence, il l'a emmenée au printemps en montagne, là où il ne fallait pas, il y a eu une avalanche, elle a été prise dessous. Paul a été pris jusqu'à la taille, il a eu une chance incroyable...

Robert marqua une pause. Il hésitait à poursuivre. Par l'attention tendue qu'il manifestait, Anton-Bélise l'y incitait. Leurs visages étaient tout proches.

— Arlette, avant d'être avec Capulac, elle était avec Le Touc.

— Sans blague, souffla Anton-Bélise, tout excité par la nouvelle.

— Ils étaient même sur le point de se marier, le père était d'accord. Le Touc avait du bien à Bints, en plus il avait une situation à la banque, il était beau garçon. En dehors de Capulac, c'était le garçon le plus en vue du village, mais Capulac, lui, il était parti à Paris, on ne le voyait qu'aux vacances, et encore une ou deux semaines seulement. Le père ne voulait pas la lâcher trop jeune, il en avait besoin à la maison, mais tout était sur les rails et puis, un été, Paul a tout fiché par terre, il est tombé amoureux, Arlette a quitté Le Touc, et alors c'est devenu terrible entre les deux garçons. Le Touc voulait tuer Capulac. Heureusement, il a dû partir au service, il avait résilié son sursis, et c'est à l'armée qu'il a appris l'accident. Quand il est revenu, il avait changé, il ne criait plus partout qu'il tuerait Capulac, mais il faisait peur tellement il était sombre et renfermé. Tout le monde à Bints sait qu'il n'est pas plus écologiste que moi, le temps a passé mais à la moindre étincelle tout peut exploser...

— Maintenant, je comprends mieux, murmura Anton-Bélise.

Robert eut une mimique signifiante : c'est pas la peine que j'en rajoute. Puis il annonça qu'il fermait. Le bar se vida. Anton-Bélise but un cognac avant de monter dans sa chambre. Il eut du mal à s'endormir. Les révélations de l'aubergiste n'étaient pas de nature à lui ménager un sommeil paisible. Non qu'elles l'indisposassent. Bien au contraire. Elles le stimulaient à l'excès.

L'insomnie fut la plus forte. Anton-Bélise se releva et se rhabilla. Il descendit l'escalier, les chaussures à la main. Dans l'arrière-cour, le chien de la maison aboya, ce qui le contraria. Il prenait soin de ne déranger le sommeil de personne. Grâce au ciel, l'animal ne persista pas. Dehors, Anton-Bélise se chaussa. Son blouson de chasse le protégeait efficacement du froid. Sa promenade nocturne lui fit du bien. Il revint deux heures après. Il se coucha. Et cette fois il s'endormit comme une masse.

L'homme fut réveillé par l'angélus. Une assez longue promenade nocturne avait amputé son temps de sommeil. En ce jour de Toussaint que la cloche annonçait, il n'était pas pressé de se lever. Dormir deux heures de plus lui permettait d'aborder les quarante-huit heures prochaines en possession de tous ses moyens. Certes, le plus difficile était fait, le plus délicat réalisé. L'exécution ne poserait aucun problème particulier. À la condition, cependant, de montrer un sang-froid absolu et d'avoir le geste précis.

L'homme ne savait pas encore s'il tuerait le samedi ou le dimanche, c'est-à-dire le soir même ou le lendemain. D'un côté, maintenant que tout était en place, il avait hâte d'en finir. D'un autre, passer à l'acte le jour des morts le tentait comme couronnement de son opération éblouissante. Il choisit de s'en remettre à son humeur, son inspiration, les circonstances du moment. Il ferma les yeux et se rendormit facilement.

Le samedi 1er novembre à 9 h, Anton-Bélise commanda le petit déjeuner dans sa chambre. C'est Robert qui le servit. Tandis qu'il déposait le plateau sur la table, Anton-Bélise dit :

— Je suis paresseux ce matin, c'est que j'ai eu du mal à m'endormir.

— Je le sais, répondit Robert, je vous ai entendu sortir cette nuit, j'ai le sommeil léger et le chien m'a réveillé. À un moment, je me suis fait du souci pour vous, vous mettiez du temps à revenir, vous auriez tardé une demi-heure de plus, je serais parti à votre recherche : un accident, la nuit, est vite arrivé, surtout en forêt.

Anton-Bélise le considéra avec surprise.

— Comment savez-vous que je suis allé en forêt, monsieur Robert ?

— Je vois ça à vos chaussures, monsieur Anton.

— J'ai fait un grand tour et après être rentré, je me suis endormi tout de suite.

— De toute façon, vous êtes, comme qui dirait, en vacances.

— C'est vrai qu'aujourd'hui je n'ai rien de spécial au programme mais M. Capulac est bien capable de me convoquer de nouveau.

— S'il le fait, ça ne sera pas avant ce soir, monsieur Anton. Le jour de Toussaint, Paul est occupé, à 10 h 30 il ira à la messe, à 14 h 30 il ira aux vêpres et il conduira Mme Capulac au cimetière.

— C'est un bon fils, dit Anton-Bélise.

— Pour ça oui, et qu'il soit devenu quelqu'un à Paris n'a pas changé ses habitudes. Chaque année à la Toussaint, il pousse la chaise roulante de sa mère jusqu'à l'église et après au cimetière et, cette année qu'il est président, il fera la même chose.

Anton-Bélise avala quelques gorgées de café, beurra une tranche de pain et demanda à Robert qui repartait vers la porte :

— Pourquoi se rend-on au cimetière le jour de la Toussaint et pas le lendemain qui est le jour des morts ?

— C'est une coutume d'autrefois, quand il y avait encore beaucoup de paysans dans les hameaux environnants. Ils avaient du chemin à faire, alors ils descendaient pour la fête des Saints, le 1er novembre et, comme ils étaient sur place, le curé faisait la procession au cimetière l'après-midi, comme ça, ceux qui habitaient trop haut dans les montagnes n'étaient pas obligés de revenir le lendemain.

Anton-Bélise avait la bouche pleine. D'un mouvement de la tête, il indiqua qu'il prisait la réponse.

— Dans ce temps-là il y avait du monde à Bints, psalmodia l'aubergiste.

Il se retira et referma la porte.

Anton-Bélise pensa que sa présence à l'église, aux vêpres et à la procession serait appréciée tant du Bolet que de la population et de ses propres aïeux défunts dont il avait beaucoup aimé, enfant, certains d'entre eux. Il décida donc de participer aux manifestations religieuses tout en se promettant de transmettre à

Assomption le message du président. Il déjeuna copieusement car son équipée nocturne avait creusé son estomac. Il fit sa toilette. Il s'habilla. Il avait emporté un costume au cas où Capulac l'inviterait à dîner avec des gens importants, chez lui ou au restaurant. Aussi fut-il fort bien mis quand, au signal des cloches, il quitta le *Grand Hôtel du Pic* pour entendre la messe.

Le village était encombré de voitures. Anton-Bélise passa le pont et, juste devant l'église, il tomba sur Le Touc. Il remarqua le visage tiré, les yeux cernés du cadre provincial bancaire.

— Ça ne va pas ? s'inquiéta-t-il.

— Mais si, mais si, le rassura Le Touc. Je n'ai pas très bien dormi cette nuit, c'est tout. La cinquantaine m'a apporté des insomnies, pas à vous ?

Le Touc darda sur Anton-Bélise un regard ironique. Sa réflexion semblait l'amuser. Du coup, son visage reprenait des couleurs. Anton-Bélise, lui, n'y voyait aucune drôlerie. Au contraire, ces rires jaunes de quinquagénaire l'importunaient. Lui-même entrait dans cette catégorie et il ne le savait que trop. Ou alors Le Touc insinuait-il quelque chose ? Toujours en vadrouille en forêt ou au bord du Bints et des torrents de l'amont, l'avait-il surpris la nuit dernière ?

— Ça m'arrive en effet, répondit-il, circonspect.

Le Touc se penchait pour chuchoter quelque confidence à son oreille lorsqu'il vit Paul Capulac déboucher de derrière l'église en poussant sa mère assise sur un fauteuil roulant. À sa droite veillait l'infirmière Reine-Claude. À leur suite marchait le groupe compact du personnel de la maison Capulac.

Anton-Bélise se recula vivement. Il ne voulait pas que le Bolet le vît en compagnie de Le Touc, encore moins prêtant l'oreille à ses secrets. D'ailleurs, Le

Touc, comme mû par un souci identique, se jeta à l'écart et se perdit dans la cohue. Que, parvenu au faîte du puissant groupe Sacoprim, Paul Capulac mît un point d'honneur à respecter le rite de la Toussaint dans son village natal, et qu'il le fît avec tant d'humilité et de piété filiale, voilà qui, cette année-là, le porta au pinacle du respect et de l'admiration de ses concitoyens. Ceux-ci s'engouffraient à l'intérieur de l'église. Parmi eux, le cadre vaincu se frayait un passage, cherchant à occuper une place où il pourrait être vu de son bourreau, le président. Il advint qu'au gré des mouvements houleux de la foule des fidèles, il s'échoua tout près du fauteuil roulant, entre la servante Jane et le jardinier Baptiste. Les braves gens lui sourirent. Il se composa une mine affable et il les salua de son côté. Il ne fut découvert là par le Bolet qu'à la fin de la messe quand les manœuvres requises par le siège de sa mère l'obligèrent à se retourner. Il fut toute froideur. Il n'eut pas un signe ni un geste à l'intention de son numéro 2. Il s'occupa exclusivement de sa mère.

Anton-Bélise ne s'en formalisa nullement. Après tout, remplir ses devoirs dans de pareilles conditions tenait de l'épreuve et ne prédisposait guère à la bonne humeur. Au demeurant, le cadre vaincu n'était pas venu à Bints pour flatter la vanité de Capulac ni mendier ses faveurs mais pour appliquer son plan : tirer jusqu'au bout les conséquences de son éviction.

À la sortie de l'église, le Bolet, sa mère et leur personnel disparurent aussitôt. Anton-Bélise chercha des yeux Le Touc qui, apparemment, souhaitait lui parler. Mais il ne parvint pas à le voir. Il se dirigea vers le pont où les hommes s'assemblaient pour discuter, adossés au parapet. C'est alors qu'il aperçut Assomption, au loin, tout au fond de la place des Platanes, qui entrait dans la taverne des contrebandiers et des braconniers. Il se réjouit à la perspective dépaysante de prendre l'apéritif en ce lieu mal famé en compagnie du cadre déchu.

C'était une ancienne étable dont on avait conservé le sol en terre battue et les râteliers où les clients jetaient leurs manteaux, leurs vestes et leurs parapluies. Des tables et des bancs de bois. Un escalier qui montait au grenier à foin aménagé en salle de jeux où l'on battait la carte jour et nuit. Le tenancier était un petit homme maigre aux yeux luisants et d'origine espagnole. Sa concubine avait été une paysanne aux mœurs faciles. Une lampe pendait au plafond qui dispensait une lumière très insuffisante. Le tenancier officiait à son bar. La tenancière servait dans la salle. Les hommes désireux de jouer au grenier devaient emporter eux-mêmes leurs consommations.

Sur le chemin de la taverne, Anton-Bélise croisa le brigadier de gendarmerie Petitvisier. Pour se voir une semaine tous les ans depuis longtemps, ils se connaissaient. Ils se serrèrent la main.

— Comment va, brigadier ?

— Ma foi, ici à Bints, c'est plus calme qu'à Paris.

Le brave homme n'avait pas idée de la bombe qui bientôt exploserait et dont la mèche, déjà, se consumait.

— Vous allez vous encanailler ? lança le brigadier en clignant de l'œil en direction de la taverne.

— Une fois par an, ce n'est pas très grave.

Ils rirent puis s'en furent chacun de leur côté.

En guise de bienvenue, le tenancier adressa un signe de tête à Assomption, sans cesser de laver les verres derrière son comptoir, tâche à laquelle il procédait à une vitesse déconcertante. Quoique l'apparition d'Anton en ce lieu eût quelque chose d'incongru, les habitués ne détournèrent même pas leurs regards. Ils parlaient la plupart en patois à voix basse, par à-coups, observant de longs moments de silence. Anton constata qu'Assomption n'était pas dans la salle. Il en déduisit qu'il se trouvait au grenier. Il s'approcha du bar, commanda un rivesaltes, et monta au-dessus avec son verre. Assomption, en effet, suivait une partie de poker. Il leva un œil et, voyant Anton-Bélise, il sourit et s'avança :

— Salut Anton.

— Salut.

— Tu as vu Capulac ?

Anton fit oui de la tête.

— Alors ?

— Alors il te fera savoir sa décision avant son départ pour Paris.

Assomption parut heureux de cette information. Il leva son verre d'anis et le choqua contre celui d'Anton. Il le vida. Il arbora un large sourire et s'enquit :

— Il t'a demandé si je buvais ?

Anton acquiesça derechef de la tête.

— Et tu lui as dit quoi ?

— Je lui ai dit qu'à ma connaissance, tu ne buvais pas.

— Tu as eu raison, si je suis souvent dans les bistrots ici c'est que je ne sais pas où aller, et puis je n'ai pas les moyens de prendre beaucoup de verres…

Assomption étouffa un bâillement.

— Toi aussi tu as mal dormi ?

Assomption plissa le front. La question parut l'intriguer.

— Pourquoi tu dis ça ?

— Parce que j'ai rencontré Le Touc avant la messe, et il se plaignait d'insomnies, à croire que vous avez passé une mauvaise nuit tous les deux.

Assomption haussa les épaules.

— Qu'est-ce que je fais si je tombe sur le Bolet, je peux lui parler ou non ?

— Tu te tais et tu passes ton chemin, tu lui laisses l'initiative, évite de l'emmerder, au moins en public, il m'a dit qu'il ne souhaitait pas te voir, mais on ne sait jamais, il peut changer.

Anton-Bélise but son rivesaltes. L'heure du déjeuner approchait. En temps normal, il eût invité Assomption. En ce jour de Toussaint, la distance était désormais trop grande entre le cadre vaincu et le cadre déchu, le contentieux trop lourd. Le trio, le quatuor si l'on y ajoutait Le Touc, évoluait sur un volcan de haine. Chacun semblait jouer avec les trois autres en application de mystérieuses stratégies. Pourtant, tous avaient de solides, franches, honnêtes raisons de se retrouver à Bints : Capulac pour assister sa mère à la Toussaint et le jour des morts ainsi que pour présider la journée de la chasse, Le Touc parce qu'il habitait le village, Assomption parce qu'il venait tenter sa chance auprès de Capulac, Anton-Bélise présent par la volonté de son vainqueur.

Les deux anciens espoirs du groupe Sacoprim s'engagèrent dans l'escalier, leurs verres vides à la main. En bas, ils les déposèrent sur le comptoir.

— Bon, je te laisse, dit Anton-Bélise. Bon appétit.

— À plus tard, répondit Assomption.

Alors entra Le Touc.

— Tiens ! s'exclama-t-il. Si on prenait un petit apéritif, c'est moi qui l'offre !

Anton-Bélise protesta qu'ils en avaient déjà pris un.

— Vous en prendrez bien un autre ! Pour une fois que nous serons ensemble tous les trois.

Il ricana et les entraîna vers une table libre située à

l'écart. La tenancière s'occupa d'eux. Ils conversèrent à voix basse plus longtemps que prévu. Anton-Bélise paya sa tournée. Et Assomption la sienne. Les deux cadres en activité n'osèrent l'en dissuader afin de ne pas le blesser. Le cadre déchu n'était pas entièrement démuni grâce au pécule amassé au cours Marie avant son voyage à Bints. Ils échangèrent leurs vues sur le Bolet. L'anis et le rivesaltes délièrent les langues sans les débrider tout à fait. Ils ne déployèrent pas d'efforts pour masquer ou même nuancer leur détestation de Paul Capulac. Vers 13 h 15, les joues colorées et les yeux brillants, ils levèrent le camp. Chacun avait vérifié que les deux autres étaient au diapason, en matière d'exécration du Bolet. Un défoulement qui mettait en appétit. Cependant, ils ne déjeunèrent pas ensemble. Le Touc rentra chez lui, Assomption dans la petite maison, Anton-Bélise au *Grand Hôtel du Pic.*

Et, après, les gens allèrent aux vêpres. Anton-Bélise, cette fois, se dispensa de la corvée. Il ressentit le besoin d'une sieste et monta s'allonger dans sa chambre. Il s'assoupit. Puis il s'endormit.

Il fut réveillé par le glas. Cela indiquait que les fidèles sortaient de l'église et se formaient en procession. Anton-Bélise se leva, se passa de l'eau sur la figure, refit son nœud de cravate, passa sa veste, endossa un manteau et sortit précipitamment.

Déjà, le curé et les enfants de chœur, en tête du cortège, avaient franchi le pont. Anton-Bélise aperçut le Bolet poussant le fauteuil roulant de sa mère. Il se fondit dans la procession à quelques mètres de lui. Capulac affecta de ne pas le voir. Le cadre vaincu pensait, tout en marchant lentement vers le cimetière, que, décidément, son vainqueur le traitait mal. Certes, Anton-Bélise ne s'attendait pas à des accès de chaleur de la part du Bolet mais cette froideur désinvolte le surprenait. Ou était-ce un brusque détachement ? Ou le Bolet se méfiait-il de lui, Anton-Bélise ? Ou d'autres que lui ? Le cadre vaincu s'était préparé à affronter et, un temps, supporter un président pusillanime et revanchard, avide d'exercer son pouvoir sur ses pairs évincés et il découvrait, en tout cas à Bints, un homme assurément peu chaleureux, nullement chevaleresque, mais inquiet, méfiant, incertain, comme désorienté. Pour tout dire : sur ses gardes. Et cela datait du jour où Capulac avait reçu le courrier d'Assomption. Anton-Bélise songea qu'un tel état lui compliquerait la tâche.

La procession pénétra dans le cimetière. Le curé prononça une bénédiction à l'intention d'abord de tous les morts que le monde entier avait perdus, ensuite des défunts de Bints, enfin de ceux qui étaient décédés dans l'année. Après quoi, la procession se disloqua et chaque famille se rendit sur la tombe de ses disparus. Le cimetière se couvrit de fleurs. Anton-Bélise connut alors un instant de désarroi. Il était le seul étranger. Il n'avait là pas de tombe à fleurir et sur laquelle se recueillir. Il vit les gens se disperser et l'abandonner au pied de la croix s'élevant au centre du cimetière. Bientôt il resterait seul. Et ridicule. Un importun, un voyeur au milieu du cimetière de Bints. Il battit en retraite et entreprit de regagner l'extérieur. En dépit de l'inconfort de sa situation, il ne regrettait pas d'avoir suivi la procession. La majorité des gens l'interpréteraient comme un témoignage de sympathie à l'endroit de Paul Capulac. Simplement, il ne pouvait quand même pas s'imposer au bord des tombes.

Le Touc avait fini ses prières. Il préleva des fleurs dans les vases disposés devant le caveau de sa famille, se signa et s'en fut. Il alla jusqu'au bout de l'allée, tourna à droite à deux reprises et, là, il s'arrêta net. À environ cinquante mètres de lui, Capulac, lui aussi un bouquet à la main, venait de s'immobiliser. Ils se défièrent une vingtaine de secondes. Un peu partout dans le cimetière, les Bintsois et les Bintsoises s'étaient redressés et observaient la scène. Capulac bougea le premier. Il parcourut vingt mètres et se recueillit sur une tombe. Puis il y coucha son bouquet et repartit sans un regard pour Le Touc qui, durant ce temps, n'avait pas remué le petit doigt. À son tour, il s'approcha de la tombe. Il pria. Il fit le signe de croix. Il coucha son bouquet à côté de celui du Bolet. Et il s'en alla.

Anton-Bélise avait effectué quelques pas au-dehors du cimetière et par le haut. De là où il était il dominait le panorama. Il n'avait pas perdu une miette de cet étrange incident. Il ne restait plus grand monde. Et lui demeurait absorbé dans ses méditations. C'est alors qu'il aperçut Assomption. Le cadre déchu entra dans le cimetière et se dirigea vers la tombe aux deux bouquets couchés. Il se pencha et examina la stèle blanche que l'on avait érigée sur elle. Puis il repartit sans s'attarder. Anton-Bélise ne voulut pas rentrer au village sans en avoir le cœur net. Il lut sur la stèle :

ARLETTE POQUIN 1939-1957

Il s'en doutait. Il hocha la tête. Des buses rasèrent les cimes des cyprès. Le temps lui parut propice à l'émergence de la mort de ses souterrains.

Dès son retour du cimetière, Paul Capulac avait embrassé sa mère et s'était enfermé dans son bureau pour travailler. Il avait emporté des dossiers importants et urgents. En particulier, une augmentation de capital qui avait obsédé Machicou les semaines précédant son suicide. Ni le montant ni la forme n'étaient encore déterminés. En outre, le conseil d'administration de Sacoprim, qui avait naguère voté l'opération à l'unanimité, était maintenant divisé sur son opportunité en raison du triste état des marchés financiers. Depuis la mort de Machicou, ses membres submergeaient le nouveau président d'avis contradictoires. En grande partie pour cette raison, Capulac n'avait invité personne à sa chasse de novembre. Il aspirait au calme. Nommé président en conséquence de tragiques circonstances, à un moment où s'imposait une lourde et rapide décision, il devait apporter la preuve, à peine élu, que son choix était le bon. Et comme il héritait d'un état-major qu'il présumait acquis à Anton-Bélise, il répugnait à s'appuyer sur lui. Il était donc seul face à ses responsabilités. De nombreux messages lui parvenaient de Paris au sujet de cette affaire. Capulac les annotait. Un silence absolu régnait sur la demeure. Le personnel avait rejoint ses quartiers. Là-haut, l'infirmière tenait compagnie à Mme Capulac. Elle partirait à 18 h 30. Alors Jane monterait le dîner cuisiné par Solange. Sans doute Mme Capulac regarderait-elle la télévision. À 22 h, son fils viendrait l'embrasser. Puis il redescendrait reprendre son travail ou étudier une partie d'échecs jusque tard dans la nuit. Ainsi se déroulaient les journées et les soirées chez les Capulac à Bints. Grâce à une installation appropriée, la mère pouvait appeler Jane dans sa chambre, Solange et Baptiste dans leur pavillon ou son fils au salon. Par bonheur, elle avait conservé l'usage de la parole. Elle s'exprimait très lentement mais distinctement. La maladie l'avait aigrie mais elle avait réussi à ne pas verser dans la tyrannie. C'est pourquoi elle n'abusait pas de son téléphone intérieur. Il reste que la maison ne respirait pas la joie de vivre.

Capulac avisa soudain une chemise verte posée sur le secrétaire. Il abandonna son dossier, repoussa son fauteuil, se leva et s'en fut quérir la chemise. Il l'ouvrit et tourna les feuillets qu'elle contenait comme pour s'assurer qu'il n'en manquait aucun. Il referma la chemise et la remit à sa place.

Anton-Bélise se doutait-il qu'il détenait ces feuillets ? Certainement. Un président n'a-t-il pas accès à tous les documents secrets de l'entreprise ? Anton-Bélise ne l'ignorait pas. Il n'était pas si naïf. Capulac avait, au dernier tour, bénéficié de la totalité des voix du conseil sauf deux abstentions, mais c'était pour la façade. Cette quasi-unanimité était destinée au monde extérieur, aux clients, aux banquiers, à l'environnement économique du groupe, dans le but de rassurer sur la force, la santé de celui-ci, après les morts prématurées de M. Ample et de Machicou. En vérité, la lutte avait été âpre et le résultat acquis de justesse.

Cela, Anton-Bélise le savait aussi. Et que le cadre vaincu acceptât si aisément de passer sous le joug du vainqueur éveillait la suspicion de Capulac. Et participait au malaise qu'il éprouvait cette année à Bints, malaise qui n'était plus très loin d'un sentiment d'insécurité. Que trois ennemis mortels fussent réunis au même endroit et au même moment lui apparaissait comme une imprudence du destin. L'alliance d'un raté, d'un velléitaire et d'un présomptueux, sans l'émouvoir outre mesure, le dérangeait cependant. Plus qu'il ne se l'avouait. Anton-Bélise avait cultivé l'image d'un haut technocrate doté d'un certain sens moral alors que ces feuillets, œuvres de M. Ample et de Machicou, démontraient tout le contraire. C'est ainsi que les deux défunts avaient constamment procédé et, partant, édifié leur influence. Pour Anton-Bélise, ces papiers n'avaient pas de prix. Leur divulgation l'aurait précipité au fond d'abîmes aussi effrayants que ceux où avait chuté Assomption. Le cadre vaincu en connaissait l'existence. Peut-être espérait-il que les coffres où ils reposaient n'étaient pas accessibles à Paul Capulac ? Ou encore que celui-ci, grand seigneur, les déchirerait devant lui ? Ou tout bonnement s'en emparer, les subtiliser ?

Capulac, rendu nerveux par cette perspective, plaça la chemise dans un tiroir du secrétaire, le ferma à double tour et mit la petite clef dans sa poche. Puis il se remit au travail à son bureau, et jusqu'au crépuscule. Alors il s'octroya une pause. Il s'en fut à la cuisine, fit chauffer du café, en but une tasse. Après quoi il s'installa dans le sofa du salon, alluma une lampe et s'intéressa à *la position de Philidor*.

Au-dehors, à la même heure, sur la place des Platanes, les employés municipaux aidés par des membres des sociétés de chasse du canton, s'activaient à la lumière des réverbères. Ils montaient des stands et assemblaient des cages en vue de la journée de la chasse du lundi. Plus ils avanceraient, moins ils auraient à faire le lendemain dimanche. Des badauds, emmitouflés dans leurs vêtements, les mains dans les poches, assistaient à ces préparatifs. Parmi eux, Assomption, dont la silhouette, le pantalon de velours bleu passé, le tee-shirt rose, le blouson kaki fourré blanc et les chaussures de jogging étaient devenus familiers à la population. On le jugeait sympathique. On le savait en difficulté. Le motif de sa présence à Bints s'était ébruité. Sûrement qu'au fond d'eux-mêmes, les habitants de Bints souhaitaient que le fils Capulac se montrât clément et miséricordieux. Évidemment, la compassion s'arrêtait là. Il n'était pas question d'intercéder. Au cas où Capulac refuserait son aide, ses compatriotes ne douteraient pas qu'il eût ses raisons. Ils considéraient, à juste titre d'ailleurs, que ces affaires les dépassaient.

Anton-Bélise, lui, contemplait ces activités de sa fenêtre. Il avait lu consciencieusement le programme de la journée du lundi 3 novembre : 9 h 30, présentation des chiens de chasse ; 10 h 30, messe Saint-Hubert, avec la participation des sonneurs « Rallye Trompes du pays bintsois », bénédiction des meutes ; 12 h, apéritif concert ; à partir de 14 h 30, démonstration de chiens de recherche sur piste, exercices de fauconnerie, cotation de trophées de sangliers, démonstrations de chiens d'arrêt et de chiens de troupeaux, lâcher de pigeons, concours de bûcherons ; 20 h, banquet suivi d'un bal. Et, toute la journée, initiation à la pêche, vente de produits du terroir, expositions de l'Office national de la chasse et de l'Office national des forêts.

Un beau programme. Peut-être un peu chargé pour

un mois de novembre où les journées sont courtes. Tout cela sous la présidence de l'enfant de Bints, Paul Capulac, fraîchement admis au sein du gotha du grand patronat français. Le mardi 4 novembre se déroulerait la chasse proprement dite à laquelle participerait Anton-Bélise. Quand le Bolet rentrerait-il à Paris ? mercredi ? Jeudi ? Anton-Bélise sourit dans sa barbe. La fonction de président ne présentait pas que des avantages. Il reconnut Le Touc qui, là-bas, se joignait aux badauds et échangeait des paroles avec Assomption. Cela lui confirma que ces deux-là avaient fini par s'habituer l'un à l'autre. Si Capulac refusait d'aider le cadre déchu, celui-ci pourrait peut-être compter sur Le Touc et dénicher une occupation dans le coin.

À 19 h 30, les hommes avaient réalisé le gros de la tâche. Ils convinrent d'y consacrer encore deux heures, le lendemain à l'aube, et ils se répandirent dans leurs cafés préférés. De son observatoire, Anton-Bélise nota que Le Touc et Assomption se séparaient de ces meutes assoiffées et traversaient le pont. Ils se perdirent vers le haut du village.

Ils vont manger chez Le Touc ce soir, présuma-t-il.

Lui-même ayant à faire, il dîna de bonne heure puis il sortit.

Le samedi 1er novembre vers 22 h 30, Bints, à l'instar de tous les villages de France et sans doute du monde, connut son quart d'heure quotidien d'animation nocturne. Cela correspondait à la fin de la première partie des programmes de télévision. Juste après les films ou les spectacles de variétés qu'on désignait par le terme *prime-time.* À ce moment-là, la plupart des gens éteignaient leurs récepteurs, aéraient leurs salons, fermaient les volets de leurs fenêtres, sortaient promener leurs chiens ou vider leurs poubelles. Le village hypnotisé dès 20 h par le petit écran revenait à la vie avant de se coucher et de s'endormir.

Mme Menton, elle, fermait ses volets. Elle habitait en haut de la ruelle qui descend du quartier paysan sur le pontet du Bints et que le manager évincé Anton-Bélise avait empruntée pour aller du logis d'Assomption à la demeure du Bolet. Le cadre déchu venait de passer sous sa fenêtre. En dépit de la clarté incertaine dispensée par le réverbère et des lambeaux de brume qui flottaient çà et là à deux mètres du sol. Mme Menton reconnut, de dos, le sympathique étranger hébergé par Le Touc, sa dégaine, son blouson kaki, sa tonsure. Le pauvre homme va boire un coup quelque part, pensa-t-elle.

Un peu plus loin, au bas de la ruelle, avant le pontet, Mme Juliette aérait sa salle à manger empestée par le mauvais tabac de la pipe de son mari, menuisier en retraite. Assomption leva le bras droit en guise de salut et s'engagea sur le pontet.

— Bonsoir ! lança-t-elle avant de disparaître à l'intérieur.

Au-delà du pontet, au bord de la placette d'où part la rampe menant à la demeure des Capulac, habite Mme Mouli. Elle venait de jeter un sac plastique bleu empli de détritus dans le conteneur-poubelle, installé à une trentaine de mètres de sa maison, et s'apprêtait à rentrer chez elle. Elle aperçut l'étranger qui traversait la placette. À cause de l'ombre et de la brume, elle distingua mal son visage. Mais elle vit nettement le pantalon de velours bleu et le blouson kaki. Mme Mouli aimait bien Assomption. Deux fois il s'était arrêté pour bavarder devant chez elle. Il ne lui avait pas caché son espoir de convaincre Capulac de l'aider. Ils se saluèrent d'un geste du bras.

Plus tard, le vieil Alfonso Ordonez, héros de la guerre d'Espagne, célibataire endurci entouré de quatre chiens et qui les promenait tous les soirs entre 11 h et minuit, surprit l'étranger Assomption comme il semblait déguerpir de la maison des Capulac. Cela lui parut suspect, devait-il déclarer plus tard.

Une demi-heure après, le village ne bougeait plus. La mort en avait pris possession.

L'homme était entré facilement chez Capulac, en manœuvrant le poucier du loquet avec précaution. Il savait que la porte n'était pas fermée avant minuit, heure à laquelle le propriétaire des lieux allait faire un tour du côté de son chenil. L'homme connaissait cette habitude. Il savait aussi que les chiens étaient trop loin pour aboyer. Capulac lisait des papiers dans son salon. Il sentit une présence dans son dos, sursauta, tourna la tête et dit :

— Qu'est-ce que c'est ?

L'homme répondit :

— C'est moi…

Capulac reprit ses esprits, se détourna et feignit de s'intéresser de nouveau à ses feuillets :

— Va-t'en, intima-t-il.

— J'ai des choses à te dire, insista l'homme.

Tout en parlant, il avait enfilé des gants.

— Je ne vois pas ce que, tout d'un coup comme ça, tu aurais de si important à me dire.

— J'ai hésité longtemps avant de m'y décider, murmura l'homme.

Il avait décroché une navaja de la panoplie de couteaux. Il n'avait pas espéré tant de collaboration de la part de sa victime. Il s'était préparé à ce que Capulac discutât au moins deux ou trois minutes, ce qui l'aurait contraint, pour enfiler ses gants et s'emparer de l'arme, soit à un mouvement tournant subtil, soit, au cas où Capulac se serait levé, à une agression frontale pure et simple. Tandis que, refusant d'emblée tout embryon de conversation, il offrait sa nuque et sa gorge à l'assassin. L'homme trancha la carotide de Capulac. Celui-ci, à l'ultime fraction de seconde, dut déceler un danger, car il esquissa un écart, qui ne lui sauva pas la vie mais le fit chuter vers son échiquier. Les feuillets s'éparpillèrent. Un verre se brisa. Une chemise de carton vert glissa au sol. Une poupée russe et des pièces d'échecs tombèrent. Le sang jaillit, macula le gant, éclaboussa le bas de la manche droite du blouson, se répandit sur le sofa et les tommettes vernies. L'homme lâcha le couteau. L'arme tomba sur le sofa. Il prêta l'oreille. Nul bruit ne lui parvint, ni du dehors ni du dedans. Le sang coulait toujours mais plus lentement. Ce spectacle ne le touchait pas, sans doute pour la raison qu'il l'avait imaginé souvent ces derniers temps. Maintenant, l'homme devait repartir sans se presser, exécuter la phase ultime du plan. Il ramassa les feuillets, en parcourut un brièvement puis se les appropria. Il remit machinalement en place quelques objets tombés à terre. Ensuite il sortit aussi silencieusement qu'il était entré.

En quelques bonds, il atteignit la grille et s'enfuit vers la forêt. Il marcha environ deux heures, d'un pas soutenu. Et malgré la nuit. D'évidence, le chemin qu'il suivait était gravé dans son cerveau. Enfin il s'arrêta. Il se laissa déraper au fond d'une broussailleuse ravine. Du creux d'une énorme souche morte, il extirpa un ballot. Il cala une lampe électrique contre un morceau de bois et il procéda à une succession d'opérations. Il défit le ballot tout en gardant ses gants. Il se déshabilla et se déchaussa. Il enfila les vêtements contenus dans le ballot et les remplaça par ceux qu'il portait auparavant. Il reconstitua un ballot qu'il replaça au creux de la souche. Enfin il ôta ses gants et les enfouit en dessous. Il éteignit la lampe et la mit dans la poche de son blouson tout propre.

L'homme regagna la sente. Il respira profondément. Il consulta sa montre. À 3 h 30 il serait au lit. Il en avait fini. Dans quelques heures, la télévision, la radio, la presse annonceraient l'assassinat du Bolet. Après le cancer de M. Ample et le suicide de Machicou, voilà que la mort frappait une troisième fois le groupe Sacoprim. Une malédiction poursuivait cette puissante firme. Les policiers et les gendarmes gesticuleraient en vain autour du corps. Les années, les siècles s'écouleraient. Le coupable ne serait pas identifié. À moins qu'un jour il ne se décide à raconter son histoire.

Aux portes du village, l'homme marqua une pause d'une demi-minute. Les Bintsois dormaient du sommeil des justes. La brume étouffait la lumière jaune des rares réverbères que la municipalité avait jugé bon d'installer. L'homme plongea dans cette fantasmagorie et devint une ombre.

Son crime était consommé. Et parfait.

Le cadavre de Paul Capulac fut découvert par la servante Jane à 7 h. Elle poussa un long cri d'horreur et s'évanouit. Ce cri alerta Mme Capulac. Elle appela Baptiste et Solange par le téléphone intérieur.

— Il se passe quelque chose en bas, dit-elle. Venez vite, j'ai entendu un hurlement horrible, je crois que c'est Jane.

Le couple se précipita. À la vue du cadavre et de Jane sans connaissance, il reçut un choc formidable. Ce qui ne l'empêcha pas de prendre des décisions qui s'imposaient : s'occuper de la servante et de la mère de Paul. Celle-ci mourait d'inquiétude. Sa voix, légèrement éraillée et portée par une diction d'une anormale lenteur, parvenait au salon :

— Paul, il est arrivé quelque chose à Paul… ?

La cuisinière et son mari le jardinier, tous deux blancs d'émotion et agenouillés auprès de Jane, s'employaient à la ranimer. En entendant Mme Capulac, ils se concertèrent du regard. Cette brève et muette consultation eut pour résultat qu'ils se partagèrent la tâche. Baptiste courut à la cuisine quérir de l'eau et du vinaigre et Solange grimpa les escaliers quatre à quatre. Et tandis qu'au salon le jardinier s'occupait de Jane, là-haut, au deuxième étage, sa femme affronta une situation périlleuse. Si Mme Capulac était à moitié paralysée, son cerveau, par miracle, n'avait été que légèrement atteint, ce qui se traduisait notamment par de fréquentes absences de mémoire, des vertiges nonobstant sa position assise, des brouillages subits de la vision, des accès de migraine. Mais elle avait gardé l'usage de la parole, au prix d'un effort, et quand elle se trouvait bien elle pouvait lire, écouter de la musique, regarder la télévision, à la condition, toutefois, de ne pas s'y éterniser. Cependant, son cœur restait solide. Les médecins l'avaient tous assuré à son fils Paul et à son personnel : le seul risque qui pesait sur Mme Capulac résidait en une nouvelle attaque au cerveau. En ce cas, ou elle trépassait sur le coup ou elle était victime d'une paralysie définitive. Solange avait retourné tout ça dans sa tête. Et en fonction de ces données, il lui incombait d'informer Mme Capulac des événements.

La cuisinière approcha du lit de l'infirme, se pencha et lui saisit doucement une main. Malgré ses efforts, elle sentit les larmes mouiller ses paupières. En son for intérieur, elle enragea contre ce manque de maîtrise. Pourtant, cela lui simplifia considérablement les choses. En effet, voyant ces larmes qui perlaient et ce visage défait, Mme Capulac ferma les yeux et murmura :

— Paul est mort.

Et quand elle les rouvrit, Solange fit oui de la tête. Alors, elles pleurèrent ensemble.

Au salon, Jane avait repris connaissance. Baptiste l'avait entraînée à la cuisine de façon à lui épargner la proximité du cadavre. Il lui recommanda de rester assise là un moment. Puis il rejoignit sa femme au deuxième étage. Solange avait appuyé Mme Capulac contre un gros oreiller. Les deux femmes avaient les yeux voilés mais elles ne pleuraient plus.

— Baptiste, dit Mme Capulac, que s'est-il passé ?

Le jardinier lança un œil furtif à sa femme. Celle-ci baissa la tête. Lui-même répondit en baissant la sienne.

— Monsieur Paul a été assassiné.

Un instant, le couple crut que la vieille dame n'avait pas très bien compris. Elle n'avait pas réagi. Son regard était figé, lointain. Ils la dévisagèrent avec un certain étonnement. Jusqu'au moment où elle répéta, comme pour elle-même :

— Assassiné.

Puis il y eut un long silence. Elle s'était derechef pétrifiée.

— Comment ? s'enquit-elle soudain.

— Avec un couteau, dit Baptiste.

— Il faut appeler les gendarmes et Reine-Claude, souffla Mme Capulac.

Elle referma les yeux. Solange lui tenait encore la main. Elle adressa un signe à son mari. Celui-ci s'apprêtait à quitter la chambre lorsque Mme Capulac, les yeux toujours fermés, prononça en trébuchant un peu sur les mots :

— Hier soir, un homme est venu, j'ai entendu qu'ils parlaient, et aussi un verre qui s'est cassé. Les échecs ont roulé par terre. J'ai pensé que Paul avait été maladroit, ça lui arrivait de renverser des choses. En réalité on venait de le tuer… Il faudra le dire aux gendarmes…

Elle se tut. Pour la première fois, elle parut éprouver des difficultés à respirer. Solange prit peur.

— Appelle d'abord le médecin et Reine-Claude, les gendarmes après seulement.

Baptiste s'éclipsa. Il ordonna à Jane de ne pas quitter la cuisine. La servante avait du mal à récupérer. Le jardinier téléphona au docteur, à l'infirmière et aux gendarmes. Ils arrivèrent tous en même temps quelques minutes plus tard.

Reine-Claude jeta un regard épouvanté au cadavre puis elle bondit au deuxième étage.

Le docteur Dégeilh dit au brigadier Petitvisier et au gendarme Aunac :

— Je dois voir Mme Capulac en priorité, je redescends tout de suite.

Et il s'engouffra dans l'escalier. Jane n'osant pas sortir de sa cuisine, seuls restèrent autour du cadavre les gendarmes et le jardinier.

Le brigadier Petitvisier avait une réputation, acquise autrefois. Il avait alors assisté un jeune et brillant inspecteur, Henri Tibal, depuis devenu commissaire principal à la préfecture, dans l'une des énigmes les plus retentissantes de l'époque que les chroniqueurs avaient nommée « la mort inouïe de la comtesse ». Pour des raisons personnelles, il avait alors demandé et obtenu sa mutation. Après quoi, regrettant le pays, il y était revenu y finir sa carrière. Il ne s'attendait certes pas à un nouveau crime. Moins encore à une énigme de pareille épaisseur. Mais de cela il ne se doutait pas, quand il pénétra dans le salon de la demeure Capulac. Le brigadier Petitvisier n'avait pas le goût des préséances. Il détestait se hausser du col. Il redoutait les journalistes. Il haïssait la guerre des polices. Il passait pour un être rare en ceci qu'il se sous-estimait. Ainsi jugea-t-il aussitôt, tandis que le gendarme Aunac et lui-même établissaient les premières constatations, que l'assassinat d'une personnalité aussi en vue que M. Capulac relevait de la police criminelle et non d'un humble brigadier de campagne. Une telle décision aurait été certainement prise par sa hiérarchie, mais il tint à la prévenir. Il utilisa le téléphone du mort et informa le commissaire principal Tibal. Il ne toucha pas au cadavre avant l'arrivée de celui-ci.

Paul Capulac gisait donc, une plaie béante à la partie droite de la gorge, sur le sofa. Il s'était effondré à gauche et son bras retombait à côté d'une petite table rectangulaire, qu'il avait manifestement balayée avant puisque le sol était encombré de débris d'un verre cassé. En outre, le brigadier remarqua la présence d'un feuillet sous le sofa et dont un bout seulement dépassait. Il en conclut naturellement que ce verre était sur la table et le feuillet aussi, à moins que Capulac ne l'eût dans sa main à l'instant où il avait été frappé. À côté de cette table, le brigadier vit un échiquier dont les pièces étaient repoussées dans les marges à l'exception de quelques-unes qui occupaient le centre. Enfin, un magnifique couteau espagnol, l'arme du crime, se trouvait sur le sofa à la droite du mort. Un coup d'œil à la panoplie suffit au brigadier pour s'assurer que la navaja avait été décrochée du mur. Par rapport à la mort inouïe de la comtesse, reconstituer le crime était un jeu d'enfant. L'assassin avait pénétré sans effraction dans la maison. Et opéré debout. Probablement n'était-ce qu'un meurtrier. Qu'il ait usé d'une arme sur place suggérait qu'en entrant il n'avait pas l'intention de tuer. Peut-être une discussion violente qui avait mal tourné. Une discussion d'affaires. Comme tout le monde, le brigadier connaissait la récente promotion de Paul Capulac à la présidence du groupe Sacoprim. Ce milieu était totalement hermétique au brigadier. Néanmoins, il subodorait qu'au sein des hautes sphères du monde de la finance, du commerce et de l'industrie, de gros intérêts étaient en jeu, que tout était loin d'être net. Assurément, les potentats de la vie économique ne se trucidaient pas tous les jours. Cependant, on avait déjà vu ça. Le brigadier Petitvisier se dit que le commissaire principal Tibal aurait, une fois de plus, quelque chose de consistant à se mettre sous la dent. Décidément, c'était curieux que l'on puisse réussir une grande carrière policière dans une contrée si éloignée des centres urbains. Il en était là de ses cogitations lorsque le docteur Dégeilh réapparut. Il semblait soucieux.

— Comment va-t-elle ? interrogea le brigadier.

— Elle veut vous parler, répondit le docteur. Mais allez-y doucement, le cœur va bien, pour le reste…

Il eut un geste fataliste.

— Joli travail, murmura-t-il en portant son regard sur le corps.

Il s'approcha en prenant d'infinies précautions. Il examina minutieusement le cadavre.

— Il a été égorgé comme un goret, dit-il en se relevant.

— Quand ? s'enquit le brigadier.

— Hier soir entre 11 h et minuit.

D'un mouvement de la tête, il indiqua le couteau et ajouta :

— Pour l'arme du crime, pas de problème.

Le brigadier approuva du chef.

Solange apparut à son tour.

— Elle veut vous voir, dit-elle au brigadier.

— Ne la faites pas trop attendre, conseilla Dégeilh.

— Aunac, je monte, dit le brigadier. Veillez à ce qu'on ne touche à rien avant l'arrivée de Tibal. Seul le docteur a le droit d'approcher.

Au deuxième étage, le brigadier salua une infirmière fébrile. Il esquissa un sourire de sympathie, prit la place de Solange sur une chaise et dit :

— Madame Capulac, je vous écoute.

Elle parla difficilement.

— J'ai entendu l'assassin, hier soir, vers onze heures et quart. Je n'ai pas reconnu la voix ni distingué ce qu'ils se disaient. Tout à coup, tout est tombé, un verre s'est cassé, les échecs ont roulé par terre, un pot, aussi, ou une bouteille. Il n'a pas crié…

Elle ferma les yeux. Elle eut comme un hoquet.

— Vous avez fini ? demanda l'infirmière au brigadier qui prenait des notes sur un calepin.

Il fit oui de la tête.

— Je vais lui faire une autre piqûre.

Petitvisier descendit au salon. Il examina derechef les objets qui se trouvaient sur la table à la gauche du mort. Parmi eux, pas de pot ni de bouteille, mais une imposante et lourde poupée russe en bois. Mme Capulac l'avait entendue tomber. Pourtant elle était sur la table. De même, pas de pièces d'échecs au sol. Pourquoi le meurtrier aurait-il commencé son ménage ? Avait-il l'intention aussi de ramasser les débris de verre ? Une alerte quelconque l'avait-elle interrompu ? C'était bien possible. Ce feuillet qui traînait appartenait-il à un tout et avait-il été oublié dans la précipitation ? Ou, au contraire, se suffisait-il à lui-même ?

Le brigadier tira un mouchoir de sa poche et s'en servit pour pincer le feuillet entre deux doigts. Ce qu'il lut l'édifia peu. Cela ressemblait à une page de livre de compte d'écolier. Une écriture d'adulte, ferme, derrière laquelle on devinait un intellectuel. Mais le sens lui échappait : « *Affaire Bam-Bam. Ce jour, commission 16 %* ». Et tout à l'avenant.

« Il faudra élucider cette affaire Bam-Bam, songea le brave Petitvisier, un drôle de nom pour une affaire. » Il reposa le feuillet là où il était tombé. Sa lecture n'avait pas été entièrement inutile. Elle montrait d'évidence que des feuillets manquaient. Cela renforça le brigadier dans sa conviction que le meurtrier avait entrepris de ramasser ce qui était par terre et de le remettre en place, de faire disparaître les débris de verre, d'emporter ces fameux feuillets, mais aussi que, brusquement, il avait dû se hâter et s'enfuir au plus vite. Et il avait oublié ce feuillet qui, peut-être, mènerait sur sa piste et le confondrait.

Il fut satisfait de ce premier tour d'horizon. Il laissa Aunac sur place et rentra à la gendarmerie afin de rédiger rapidement un pré-rapport à l'intention du commissaire principal.

Tibal arriva à la demeure Capulac à 9 h 30. Originaire de la sous-préfecture, ancien joueur et entraîneur de l'équipe de rugby, il était apprécié et respecté des gens du pays. Enfant et surtout adolescent, il l'avait parcouru en tous sens, visitant les plus hautes montagnes et les fêtes patronales les plus modestes. Il avait conquis moult jolies filles. Il s'était marié sur le tard. Sa carrière avait été brillante et rapide, en raison notamment de la finesse avec laquelle il avait traité "la mort inouïe de la comtesse*", affaire stupéfiante et mettant en cause de puissants et dangereux personnages.

Le commissaire s'enquit :

— Où est le brigadier Petitvisier ?

— Il rédige son pré-rapport, expliqua le gendarme.

Tibal sourit. Le brigadier avait agi de même pour la mort inouïe de la comtesse. Il était certes modeste, tout en tenant à faire savoir dès le début d'une enquête ce qu'il pensait des événements. En somme, il prenait date.

* Voir, de René-Victor Pilhes, *La Pompéi* et sa suite, *les Démons de la cour de Rohan*, aux éditions Albin Michel et au Livre de Poche.

Tibal inspecta les lieux, entendit le personnel et son vieil ami Dégeilh, fit prendre des photographies sous tous les angles. Mme Capulac étant prostrée sous l'effet conjugué du choc et des piqûres, il se contenta de ce qui lui fut rapporté : la veille, des paroles et des bruits de chute d'objets lui étaient parvenus vers 23 h 15.

À partir de 10 heures, le téléphone commença à sonner souvent. Ensuite, la cadence ne cessa de s'accélérer, en sorte que Jane, Baptiste et Solange, qui se relayaient pour répondre, furent bientôt débordés.

— Mais qui téléphone comme ça ? s'étonna Tibal, j'espère que ce ne sont pas déjà les journalistes.

— C'est des gens de Paris, dit Solange. Ils savent que Monsieur Paul est mort.

— Qui leur a dit ?

— C'est moi, larmoya la pauvre Jane. Ce matin, il y en a un qui a téléphoné, il voulait parler à monsieur, j'ai pas réfléchi, j'ai dit qu'il était mort.

— Ce n'est pas grave, dit Tibal, consolateur.

La sonnerie du téléphone retentit de nouveau.

— Laissez-moi y aller, lança le commissaire. Il courut décrocher.

— Ici commissaire principal Tibal.

— Comment ? Vous êtes de la police ?

— C'est cela même. Qui est à l'appareil ?

— Bolar ! Théo Bolar ! Des laboratoires Bolar ! Vous connaissez peut-être ?

— Bien sûr, M. Bolar, qui ne connaît pas vos laboratoires.

Sous le compliment, la voix de Paris se calma. Antique recette ! Et le progrès technologique n'y changeait rien.

— Que se passe-t-il là-bas ? Un ami vient de m'appeler pour m'annoncer que Capulac était mort, et maintenant c'est la police qui est chez lui ?

— M. Capulac a été assassiné hier soir, monsieur.

— Ah ça ! Est-ce possible !

— Hélas, monsieur, c'est la triste réalité. On lui a tranché la gorge d'un coup de couteau vers 23 h 15.

Il y eut un silence au téléphone. Manifestement, la nouvelle causait grosse impression à M. Bolar, le président d'un gigantesque groupe pharmaceutique européen, membre du conseil d'administration de Sacoprim. C'est Barouvier, le magnat du verre et des brasseries, lui aussi administrateur, qui l'avait appelé : « Cher ami, je viens d'en apprendre une bonne, figurez-vous que ce matin, j'ai téléphoné à Capulac chez lui à Bints, et que sa bonne m'a répondu qu'il était mort ! » Et voici que, maintenant, il apprenait du commissaire principal Tibal que non seulement il était mort mais qu'il avait été égorgé.

— Je vous remercie commissaire et excusez-moi de vous avoir dérangé.

— Je vous en prie, monsieur.

C'est ainsi qu'à la fin de la matinée de ce dimanche des Défunts 2 novembre, les administrateurs, les principaux cadres du groupe Sacoprim et une partie non négligeable de l'*establishment* du monde des affaires, pourtant dispersés par le week-end de la Toussaint, savaient que le Bolet avait été assassiné.

À Bints, dès 10 h, la nouvelle s'était répandue. Les habitants du quartier du pontet et de la placette, tous dehors, la commentaient passionnément. Aucune des allées et venues ne leur avait échappé. Certains d'entre eux s'étaient aventurés du côté de la demeure Capulac afin de mieux observer. Parmi les plus proches voisins de la victime, trois femmes étaient entourées : Mme Menton, Mme Juliette et Mme Mouli. Elles affirmaient qu'à l'heure du crime, l'étranger Assomption avait rendu visite à Capulac, tout au moins qu'il avait descendu la ruelle, franchi le pontet, traversé la placette, puis qu'il avait grimpé la rampe menant à la grille de la demeure du mort.

Comme elles n'ignoraient pas, à l'instar de la plupart des villageois, que cet Assomption était venu à Bints pour supplier Capulac de l'aider, elles en inférèrent doctement, approuvées par tous :

« Ça a dû mal se passer et, comme il a chez lui des couteaux sur le mur, il en a pris un et il le lui a planté dans la gorge. »

Anton-Bélise lisait les journaux dans sa chambre. Il fut informé du drame par Robert et Georgette, ensemble accourus dans un état d'excitation extrême.

— M. Capulac a été assassiné hier soir ! On l'a égorgé !

Le cadre évincé offrit aux aubergistes tous les stigmates de la stupeur. Il pâlit et se redressa lentement en repoussant sa chaise. Il demeura plusieurs secondes pétrifié et muet. Enfin il murmura :

— Qu'est-ce que c'est que cette histoire ?

— On l'a découvert ce matin sur son sofa, dans le salon, la gorge tranchée par un couteau de sa panoplie, débita Robert.

Ils le regardaient comme s'ils l'étudiaient.

— Il faut que j'y aille, balbutia Anton-Bélise. Je ne peux pas rester là comme ça.

— Surtout que, hier soir, vous êtes sorti, laissa échapper Georgette.

Robert lui décocha un coup d'œil désapprobateur.

— Et alors ? Qu'est-ce que ça peut faire que M. Anton soit sorti ? C'est quand même pas lui qui a tué Paul, non ?

— Je voulais pas dire ça, souffla Georgette, rouge

de confusion. On ne sait pas ce que les gens pourront raconter.

— Elle a raison, trancha Anton-Bélise. J'étais dehors à l'heure du crime pour ma promenade presque quotidienne avant de me coucher quand j'ai du mal à m'endormir. C'est vrai qu'ici les menus sont trop bons, je ne peux pas résister et je mange trop. Mais je dois aller aux nouvelles.

Il se défit de sa robe de chambre, endossa sa veste, revêtit son manteau, passa entre Robert et Georgette et s'engagea dans l'escalier. Il s'immobilisa soudain sur une marche et recommanda :

— La police voudra sûrement m'interroger. Si elle vient à l'hôtel, vous lui direz que je suis chez les Capulac.

Après, il dévala et sortit en hâte.

Un jeune gendarme, qui n'était pas Aunac, se tenait devant la grille. Cette disposition épargnait les importuns à Mme Capulac et au personnel. Le filtrage était sévère. Anton-Bélise se présenta, s'expliqua, exigea que sa présence fût signalée à Mme Capulac, ce qui fut fait. Il reçut alors l'autorisation d'entrer. N'était-il pas très officiellement le numéro 2 du groupe présidé par le défunt ? Des contacts devaient être établis immédiatement, des décisions préparées. Un dimanche des défunts, les administrateurs et le *management* de Sacoprim étaient sûrement difficiles à joindre, mais Anton-Bélise possédait les numéros privés tant à Paris qu'à la campagne, et Dieu sait qu'il les avait utilisés lors de la bataille qui l'avait opposé au Bolet !

Tibal était parti. Il fut accueilli par Baptiste et Solange. Jane vaquait aux travaux du ménage. Reine-Claude veillait au chevet de Mme Capulac. De l'état de celle-ci, le cadre vaincu s'enquit aussitôt :

— Comment va-t-elle ?

— Pas bien, répondit Solange. Mais elle est sortie de sa prostration.

— Je peux la voir ?

— Je vais demander.

Solange monta au deuxième étage. Elle redescendit et dit :

— Oui, vous pouvez y aller.

Anton-Bélise s'inclina devant la vieille dame.

— Vous savez qui je suis, nous nous sommes déjà vus.

Mme Capulac approuva d'un mouvement des paupières.

— Je suis consterné et très sincèrement peiné.

Mme Capulac ne réagit pas.

— En raison de la fonction que j'occupe au groupe Sacoprim, je vais devoir contacter des gens à Paris, puis-je le faire d'ici ou préférez-vous que je retourne à l'hôtel ?

— À l'hôtel, marmotta-t-elle.

— Bien madame, dit Anton-Bélise sans sourciller. Je vais vous laisser vous reposer.

Il s'inclina derechef. La méfiance exprimée à son égard par la mère du Bolet ne lui causait ni chaud ni froid. Capulac mort, il n'avait plus rien à faire dans cette maison. Par décence, il s'attarda un peu au salon. Évidemment, le corps n'était plus là, parti pour l'autopsie. Baptiste lui décrivit avec minutie dans quel état on avait retrouvé ce salon au petit matin : le verre cassé, la position du corps, la plaie à la gorge, la navaja sur le sofa, tout ce sang partout, et ce feuillet à peine visible, là-bas, au-dessous. Anton-Bélise sursauta, son cœur battit la chamade, une angoisse l'étreignit.

— Un feuillet, M. Baptiste ?

— Oui, assura le jardinier. Un feuillet, et il y avait

aussi une chemise de carton verte. Et, d'après le brigadier qui y a jeté un œil, il devait y avoir d'autres feuillets, l'assassin a dû les ramasser en vitesse et en oublier un.

Anton-Bélise fit un effort surhumain pour donner les apparences d'un homme calme. Il hocha longuement la tête. Puis il posa presque négligemment la question qui le brûlait :

— Vous l'avez vu, vous, M. Baptiste, ce feuillet ?

— Diable, si je l'ai vu.

— Il était comment ? Une grande feuille ? Une petite ? Une moyenne ? Blanche ? Jaune ?

— C'était une feuille moyenne, blanche avec des raies bleues.

Le dossier Bam-Bam ! Le nom de code des financements occultes, des pots-de-vin versés par l'entreprise pour obtenir les marchés. Ample et Machicou lui avaient fait tenir ce dossier secret à une époque. Il avait cru tout d'abord à un signe de confiance absolue, donc à un pas de plus en direction de la succession. Il s'était rendu compte plus tard, trop tard, que c'était pour le « mouiller ». Ainsi le tandem infernal s'était-il trouvé détenteur de documents, écrits de la main d'Anton-Bélise, le technocrate cultivant avec ostentation une image de haute moralité, prouvant qu'il ressemblait comme un frère à tous les autres, à ceci près qu'il était à coup sûr infiniment plus naïf. Et l'un de ces feuillets était, maintenant, entre les mains de la gendarmerie. Il avait été oublié. Il avait glissé sous le sofa.

Anton-Bélise, tourmenté, retourna au *Grand Hôtel du Pic.*

Le cadre provincial Le Touc, comme d'habitude levé aux aurores pour désarmer les pièges posés par les braconniers pendant la nuit, revint de sa tournée vengeresse à 9 h 30. À l'entrée sud du village, soit à 20 mètres des premières maisons, passant devant la bicoque isolée d'Alfonso Ordonez, il s'entendit interpeller par l'Espagnol :

— Hep !

— Salut Alfonso !

— Une minute !

Le Touc s'arrêta. Ordonez sortit de son enclos et vint à lui.

— Il y a eu du grabuge cette nuit chez Capulac.

— Du grabuge ?

— On dit qu'il est mort.

— Mort ?

— Il a été tué au couteau.

— Au couteau ?

Ordonez approuva plusieurs fois du chef.

— Tu es sûr de pas avoir bu un coup trop tôt ?

L'Espagnol haussa les épaules, offusqué. Il poursuivit en baissant le ton, quoiqu'il n'y eût pas âme qui vive à l'horizon.

— Il se pourrait que ce soit l'étranger qui ait fait le coup.

— Quel étranger ?
— Celui que tu as chez toi.
— Assomption ?
L'Espagnol fit oui de la tête.
— Pourquoi tu dis ça ?
— Des femmes l'ont vu hier soir, avant minuit, il allait chez Capulac.
— Quelles femmes ?
— Menton, Juliette, Mouli...
— Elles sont sûres que c'était lui ?
Ordonez ne répondit pas tout de suite. Il regarda longuement Le Touc dans les yeux, hésitant à lâcher l'essentiel selon lui. Puis il prononça d'un air entendu :
— Moi aussi je l'ai vu.
À son tour, Le Touc ne dit mot. Il attendait les précisions inévitables.
— Mais moi je l'ai pas vu quand il y allait, je l'ai vu quand il en sortait, à onze heures et demie. Je promenais les chiens.
Le Touc se fit alors soucieux.
— Tu as vu les gendarmes ?
Alfonso fit non de la tête.
— Tu vas leur dire ?
Alfonso haussa les épaules en signe d'incertitude. Le Touc réfléchit.
— Qui le sait que tu étais là ?
— Tout le monde sait que je suis dehors à cette heure-là.
Le Touc hocha gravement la tête.
— Tu fais ce que tu veux, c'est pas la peine que tu te précipites à la gendarmerie, faut voir comment tout ça se présente mais, s'ils te posent des questions, il faudra répondre.
Ils restèrent silencieux quelques secondes.

— Bon, faut que j'aille voir ça, marmonna Le Touc. Salut Alfonso.

Le cadre écologiste pressa le pas. Il se rendit à la petite maison qu'il avait gracieusement mise à la disposition d'Assomption. Il frappa. Le cadre déchu ouvrit la porte.

— Tiens ! Bonjour Le Touc. Vous venez prendre le café, entrez, faites comme chez vous.

Il s'effaça en riant. Le Touc entra. Il attendit qu'Assomption ait refermé pour s'asseoir. Du geste, Assomption invita son visiteur à prendre place.

— Un petit café ?

Le Touc, muet, ne cessait de fixer Assomption, au point que celui-ci finit par s'en émouvoir.

— Qu'est-ce que vous avez ce matin ? Nos agapes d'hier soir vous sont restées sur l'estomac ? Moi, au contraire, j'ai très bien dormi.

Le Touc demeurait figé.

— Qu'est-ce qui se passe ? Vous êtes venu me foutre à la porte ?

Assomption s'alarmait. Cet hébergement arrangeait bien ses affaires.

— Ne faites pas le guignol avec moi ! dit brusquement Le Touc. Surtout pas maintenant. Si vous êtes venu à Bints pour trucider Capulac, vous êtes un beau salaud d'avoir accepté mon hospitalité et ma camaraderie, parce que vous m'avez mouillé, tout le monde sait ici que s'il y en a un qui ne regrettera pas le mort c'est moi. Vous vous êtes servi de moi, alors vous allez me faire le plaisir d'aller à la gendarmerie tout avouer et me disculper.

— Je ne comprends rien à ce que vous dites là, protesta Assomption, ahuri.

— Où étiez-vous hier soir ?

— Hier soir ? Vous le savez mieux que personne puisque j'étais votre invité.

— Oui, jusqu'à dix heures et demie, et après ?

— Après ? J'ai fait quelques pas dehors et je suis rentré.

— Quelques pas dehors ? Je me demande comment vous avez pu faire, tellement vous aviez bu.

— C'est vrai qu'on a bien bu tous les deux mais, quand même, je tenais très bien debout.

— Assez pour aller chez Capulac et lui trancher la gorge. C'est l'alcool qui vous a fait sauter le pas.

Cette fois, Assomption réagit avec vivacité :

— Mais qu'est-ce que c'est cette histoire de Capulac trucidé et de gorge tranchée, vous délirez ou quoi ?

— Ce matin, Capulac a été trouvé chez lui égorgé et on vous a vu aller chez lui, et aussi on vous a vu en repartir...

— Calmez-vous Le Touc, et laissez-moi parler... C'est vrai qu'hier soir je suis allé jusqu'à la grille de Capulac. J'avais bu mais je n'étais pas saoul du tout, vous le savez bien. L'alcool m'avait donné du courage, je voulais m'expliquer avec Capulac directement, je soupçonnais Anton de jouer un double jeu, je n'avais plus confiance en lui. Je suis resté à la grille peut-être cinq minutes, pas plus, je me suis dégonflé, j'ai eu peur de moi-même, je me suis dit : « il vaut mieux le voir demain ou après demain à jeun, que ce soir avec un verre dans le nez... » Quand j'y suis allé, c'était en sortant de chez vous, vers dix heures et demie, Mme Menton était à sa fenêtre, Mme Juliette aussi et Mme Mouli était devant sa porte, et quand je suis reparti, elles étaient rentrées chez elles, il n'y avait plus personne, je suis revenu à la maison et je me suis couché tout de suite.

— Et Alfonso ? lança Le Touc.

— Quoi, Alfonso ?

— Ordonez, l'homme aux chiens, il les promène tous les soirs entre onze heures et minuit. Il était sur le chemin, et lui aussi il vous a vu, mais cette fois quand vous sortiez de chez Capulac.

— Quelle heure il était ?

— Je ne sais pas moi. D'après lui, à peu près onze heures et demie.

— Quand 11 h a sonné, j'étais dans mon lit.

Le Touc eut un geste las. Il se leva et dit :

— À votre place, j'irais tout de suite à la gendarmerie m'expliquer. Je ne suis pas encore descendu au village mais je peux vous assurer qu'en ce moment les langues doivent s'activer ferme et que tout le monde doit s'attendre à votre arrestation.

Le Touc partit sans ajouter un mot.

Le cadre déchu eut alors le loisir de prendre la mesure de l'événement. Anton-Bélise et Le Touc n'avaient-ils pas au moins d'aussi bonnes raisons que lui de tuer Capulac ? Et sa présence à lui, Assomption, le cadre déchu et sans ressources, à Bints, ne représentait-elle pas une aubaine pour l'assassin ? N'avait-elle pas donné quelques idées à quelqu'un animé de haine ou redoutant d'être broyé ?

Le Touc était bien pressé de l'expédier à la gendarmerie. Cependant, à y réfléchir de près, ces témoignages qui pesaient sur lui imposaient qu'il s'en libérât au plus vite, surtout maintenant qu'il en était informé.

Assomption se prépara un café brûlant. Il le but à petites gorgées. Puis il prit la décision de se présenter à la gendarmerie sans attendre plus longtemps.

L'éprouvant fut de traverser le village. Les gens l'évitaient. Lui-même ne fit aucun effort pour se montrer affable, convivial. Il ne se risqua pas à des salutations qui n'auraient probablement point été retournées. Il se glissa de sa propre initiative dans la peau de l'étranger soupçonné d'assassinat. Il marcha le nez au sol et à une allure rapide. Il préférait qu'on le vît ainsi plutôt qu'encadré par deux gendarmes. En outre, il n'ignorait pas que sa démarche volontaire serait connue instantanément de la population.

Dès son arrivée à la gendarmerie, il fut introduit dans le bureau du brigadier. Et, là, Petitvisier le pria de s'asseoir et lui présenta le commissaire principal Tibal. Celui-ci comptait convoquer Assomption à la gendarmerie dans l'après-midi. Les rumeurs étaient évidemment parvenues à Petitvisier, selon lesquelles l'étranger avait été vu la veille vers 22 h 30 dans les parages de la maison Capulac. Mais Alfonso Ordonez, lui, ne s'était pas encore manifesté. C'est donc Assomption lui-même qui rapporta aux autorités ce témoignage capital. Il exposa tout : que Le Touc l'avait informé et qu'il l'avait convaincu de venir sans tarder s'expliquer.

Tibal ne se montra pas enchanté par la démarche. Il aurait souhaité, au préalable, vérifier les affirmations des témoins et consigner leurs déclarations. Ensuite seulement, il se proposait d'entendre l'intéressé.

Et maintenant, il considérait celui-ci avec attention et curiosité. Il avait déjà rencontré bon nombre de cadres chômeurs ou aigris mais jamais de cadre à ce point déchu. Jamais un être aussi intelligent, ayant suscité tant de promesses, et tombé aussi bas. Ses motifs de se trouver à Bints lui étaient apparus logiques et solides. Malgré tout, il était indiscutablement dans un mauvais pas. Il le lui dit. Assomption en convint. Cependant il protesta de son innocence.

— Si je comprends bien, raisonna tout haut le commissaire, on vous a vu vous diriger autour de

22 h 30 vers la maison de M. Capulac, ce que vous ne contestez pas. Ces témoignages sont donc pertinents, mais on ne vous a pas vu repartir en sens inverse vers 22 h 40, et vous étiez couché dix minutes plus tard et, cependant, disons une demi-heure après, une quatrième personne vous a aperçu sortant de chez M. Capulac, c'est-à-dire à l'heure du crime. Comment l'expliquez-vous ?

— Je ne me l'explique pas.

— C'est assez simple : ou vous mentez ou quelqu'un qui vous ressemble étrangement a tué Paul Capulac et a été surpris par Ordonez.

Assomption eut un mouvement d'impuissance. Tibal l'observait et s'essayait à dresser un premier portrait psychologique de l'individu.

— Pourquoi aurais-je tué Capulac ? J'avais besoin de lui, j'étais venu pour le voir, je l'en avais informé. Lui seul pouvait me tirer vraiment de la mouise, je n'ai pas caché ma situation, tout le monde à Bints était au courant.

— Certes, objecta Tibal, mais il restait quand même celui qui a brisé votre vie, et puis vous aviez bu chez Le Touc ! Contrairement à votre projet initial et mû par une pulsion, vous avez décidé de le voir ce soir-là sans attendre la suite des événements. Vous saviez qu'il se couchait tard, qu'il allait voir ses chiens, que la porte n'était pas fermée. Vous êtes entré, vous avez exigé un entretien, peut-être même la résolution immédiate de vos problèmes. Il a refusé, qui sait, il vous a envoyé au diable en vous enfonçant plus bas que terre, en vous disant qu'il n'avait rien à faire d'un pauvre type comme vous, qu'il avait bien d'autres chats à fouetter. Et, sous l'emprise conjuguée de l'alcool et d'un accès de haine furieuse, vous avez avisé sa panoplie, décroché un couteau et l'avez égorgé… À

Bints, après les films ou les variétés à la télévision, les gens vaquent à de menues occupations durant un quart d'heure, ensuite ils ferment leurs portes et leurs fenêtres et ils vont se coucher. Vous vous saviez assuré d'un retour paisible, et même vous auriez pu regagner le quartier haut du village par des voies encore plus sûres, mais vous n'aviez pas prévu l'Espagnol et il vous a vu…

Assomption ne savait que répondre.

— Pour l'instant, je ne vous arrête pas, M. Assomption. Je n'avais pas prévu votre visite précoce, et je ne fais pas un suspect d'un témoin n° 1 sur la foi de rumeurs. Je vais interroger en bonne et due forme ces trois femmes et cet Espagnol. Quand ils auront signé leurs témoignages, j'aurai un entretien avec M. Le Touc et aussi avec un proche collaborateur de M. Capulac qui, m'a-t-on dit, se trouve aussi à Bints, car son patron l'avait invité à la chasse de mardi. Et alors seulement, après en avoir référé à M. le juge d'instruction Kuff, nous prendrons la décision de vous écrouer ou non. En tout état de cause, je vous demanderai de ne pas quitter le village et de vous tenir à notre disposition.

Assomption, visiblement atterré, approuva du chef.

— Pour le moment, c'est tout, déclara Tibal en se levant.

Le cadre déchu s'en fut, tête basse et dos courbé. Qui pourrait l'aider ? Il songea, sans trop de conviction, à Anton-Bélise. Après tout, le cadre vaincu était, lui aussi, concerné par la mort violente du Bolet. Au lieu de rentrer chez lui, il s'orienta vers la place des Platanes et le *Grand Hôtel du Pic.*

Le village était commotionné par le drame. Place des Platanes, les chasseurs et les employés municipaux avaient interrompu les préparatifs de la journée de la chasse et tenaient une sorte d'assemblée générale impromptue. Déjà, ils avaient jugé que ces festivités ne pouvaient être maintenues. La disparition tragique du président Capulac n'interdirait pas les chasses au sanglier de la semaine à venir mais, par contre, il eût été indécent de conserver le programme du lundi 3 novembre. Tant pis, les exposants et les démonstrateurs en seraient pour leurs frais. Sombre et lugubre journée des Défunts. Les hommes assemblés là se détournèrent au passage de l'étranger Assomption. Il revenait de la gendarmerie déconfit. Libre, malgré tout. Il se rendait à l'hôtel.

Le Touc ou Alfonso avaient parlé. Les Bintsois connaissaient le témoignage de l'Espagnol en sus de ceux des trois femmes. À leurs yeux, la culpabilité de l'étranger ne faisait aucun doute. Il était simplement en liberté provisoire. Tibal et Petitvisier ne tarderaient pas à le coffrer. Cependant, aucun de ces hommes ne criait vengeance. Le crime les bouleversait mais ne les révulsait pas, comme c'eût été le cas pour un enfant ou une personne âgée, ou même quelqu'un de moins important que le président. Tout enfant du pays qu'il était, Paul Capulac évoluait dans une sphère inaccessible au commun des mortels et donc à ses compatriotes bintsois. Ils en ignoraient les règles et les dessous et se gardaient d'épiloguer sur la question. Pourquoi cet Assomption avait-il tué Capulac alors que, de notoriété publique, il était venu lui demander de l'aide ? Une entrevue nocturne qui aurait mal tourné ? Au fond, c'était à la police d'élucider le mystère, de découvrir le meurtrier et son ou ses mobiles.

Un état d'esprit semblable animait Robert et Georgette. Ils manifestèrent à Assomption une froideur ostentatoire mais ils ne le jetèrent pas dehors. Il voulait voir M. Anton-Bélise. Soit. Pourquoi pas ? M. Anton était dans sa chambre. Il descendrait pour le déjeuner. M. Assomption désirait-il le voir avant ?

Georgette téléphona à son client. La réponse fut : « Qu'il monte ! » Et Assomption monta.

Anton-Bélise le reçut, couché tout habillé sur son lit, les mains sous la nuque. Il paraissait extraordinairement affecté. Ils se saluèrent sans aménité.

— Assieds-toi, dit Anton-Bélise.

Assomption occupa une chaise au pied du lit.

— Tu voulais me voir ?

— J'imagine que tu connais la nouvelle.

— Oui.

— Je vais être accusé de l'assassinat, je viens de la gendarmerie...

— Et alors ?

— Et alors je suis innocent.

— Pourquoi on t'accuse ?

— Parce que, hier soir, on m'a vu monter la rampe qui va chez le Bolet, ce qui est vrai, mais un type m'a vu en sortir plus tard, ce qui est faux.

— Pourquoi tu me dis ça, à moi ?

— Je ne sais pas, soupira le cadre déchu. Je suis dans la merde et j'ai personne à qui parler.

— Qui t'a vu sortir de chez le Bolet ?

— Un Espagnol, un certain Ordonez qui promenait ses chiens.

— Et tu n'es pas entré ?

— Non.

— Qu'est-ce que tu as fait alors ?

— Je suis resté devant la grille, je voulais le voir une fois pour toutes. Au dernier moment, j'ai reculé et je suis reparti.

Anton-Bélise le considérait d'un drôle d'air. Un sentiment mitigé se peignit sur sa figure : de l'irritation et comme de la panique.

— Autrement dit, glapit-il, pendant qu'on égorgeait le Bolet, toi tu étais devant la grille à te demander si tu devais entrer ou pas.

— C'est à peu près ça.

— Et pourquoi te croirais-je ?

— Je n'étais pas le seul ici à en vouloir au Bolet.

— Non, mais tu es le seul qu'on ait vu sur le chemin de chez lui le soir du crime, et tu es encore le seul qu'on ait vu sortir de chez lui après, ça fait un peu beaucoup.

Il y eut un silence. Assomption le brisa :

— Je pressens, maintenant, que j'ai été manipulé. Dès qu'on a su que je venais à Bints pour voir le Bolet, on a sauté sur l'occasion, j'étais un suspect idéal, un pauvre type ivre de haine à qui, comme l'a dit le commissaire, le Bolet avait brisé la carrière et la vie, alors on a monté un coup diabolique pour liquider le Bolet et me mettre le crime sur le dos.

— Qui on ?

— L'assassin.

— Ce n'est pas l'assassin qui t'a obligé à aller jusqu'à la grille du Bolet pendant qu'on l'égorgeait.

— Non, murmura Assomption, songeur. Et pourtant tout s'est passé comme si.

Anton-Bélise se leva. Il s'approcha tout contre Assomption et prononça d'une voix altérée :

— C'est tout ce que tu avais à me dire ?

— Oui, c'est tout.

— Tu es bien sûr ?

— Tu attendais quelque chose ? s'étonna le cadre déchu.

Le cadre vaincu prit tout son temps pour répondre. Une expression mauvaise déforma son visage.

— Oui, j'attendais quelque chose qui n'est pas venu, grogna-t-il : fais attention, Assomption, ne fais pas l'idiot.

Il parut recouvrer son sang-froid.

— Maintenant, si tu le veux bien, laisse-moi seul, j'ai des coups de fils à passer.

Assomption tourna les talons et referma doucement la porte.

« Il meurt de peur », pensa-t-il en descendant l'escalier.

En ce dimanche des Défunts, Petitvisier invita Tibal à déjeuner chez lui.

— Ma femme a préparé une daube, avait-il plaidé, il y en aura bien une part pour vous.

Le commissaire apprécia les talents de la cuisinière et le vin charnu du Languedoc que le brigadier déboucha spécialement en son honneur. Cependant, absorbé par ses méditations, il sombra dans le mutisme à plusieurs reprises. Ses hôtes ne s'en formalisèrent point. Sur eux aussi la mort violente de la seule personnalité de Bints avait produit une forte impression. Le brigadier était en outre chiffonné par une certaine absence de réaction du commissaire, à la limite de la faute professionnelle grossière. À la fin, il n'y tint plus et dit :

— Je ne comprends pas pourquoi, au vu des faits et des témoignages, vous n'avez pas placé cet Assomption en garde à vue, ni non plus pourquoi vous n'avez pas aussitôt perquisitionné chez lui, la victime a perdu beaucoup de sang, il doit bien en rester quelques traces sur un vêtement quelconque…

— Pour la garde à vue, je veux entendre les témoins directement, et s'ils confirment tous leurs dires, cet Assomption sera tout simplement inculpé, mais le fait qu'il se soit présenté à nous avant tous les autres et surtout qu'il paraisse si sincère quand il nie être entré chez Capulac, tout ça me trouble. J'ai l'impression que garder à vue et perquisitionner ne sert à rien du tout. Ou Assomption craque ou il est confondu et l'affaire est réglée ; ou il est innocent et tout devient extraordinairement complexe et même subtil… J'avais besoin de réfléchir avant de faire un tour chez lui. Et ce feuillet qu'on a trouvé, j'ai failli le lui mettre sous le nez pour voir sa réaction, et puis j'ai préféré réfléchir avant…

Tibal s'interrompit car Mme Petitvisier apportait une tarte aux pommes. Il lui adressa des compliments. Puis il reprit :

— Mais rien ne nous empêche d'aller le voir ce monsieur Assomption, tout à l'heure par exemple, il n'est jamais trop tard pour bien faire.

Ils mangèrent lentement leur dessert.

— Il y a une chose que je ne m'explique pas très bien, dit le commissaire. Pourquoi l'assassin a-t-il pris le temps et la peine de ramasser la poupée russe et les pièces d'échecs qui avaient roulé par terre. Vous ne trouvez pas ça bizarre, vous ? Vous égorgez un type, celui-ci bascule sur le côté, il pisse le sang, son bras entraîne la chute de quelques objets, et il se met en demeure de les ramasser avant de quitter les lieux. Il y a fort à parier que si notre bonhomme n'avait pas été conduit à détaler à la suite d'un incident imprévu, il aurait quasiment fait le ménage…

— C'est sans doute un maniaque de l'ordre, plaisanta à moitié Petitvisier.

— Mais c'est tout à fait ce que je pense. Surtout que pour remettre tout ça en ordre, trente secondes suffisaient.

— Sauf s'il avait ramassé les débris de verre…

— Les débris de verre ? répéta Tibal. Pourquoi ne

les a-t-il pas ramassés ? Par manque de temps ou parce qu'il considérait que, pour le coup, une tâche comme celle-là relevait d'une vraie femme de ménage ?

Les deux hommes pensèrent un instant en silence.

— Au fond, qu'il ait remis quelques objets en place, est-ce vraiment si important ? s'interrogea le brigadier.

— Ce n'est sans doute pas capital, murmura Tibal, mais c'est quand même une indication psychologique.

Ils prirent un café fort et se refusèrent héroïquement une vieille eau-de-vie.

Ils rendirent visite, sans se presser, au cadre déchu. Le commissaire choisit un itinéraire qui passait par la placette et le pontet. Mme Mouli, toujours aux aguets, sortit au bon moment sur le seuil de sa maison.

Et les trois feignirent de se rencontrer là par hasard. Tel était le rite du contact humain à Bints.

— Bonjour, Messieurs.

— Bonjour, Madame.

— On va faire sa petite promenade ?

— Eh oui, ça fait du bien après le déjeuner, dit le brigadier.

— Surtout que pour un dimanche des morts, c'est un beau dimanche, dit la femme.

— Vous connaissez le commissaire Tibal ?

— Non, c'est sans doute pour le crime que vous êtes là ?

— Eh oui, dit le commissaire : On ne peut pas dire que je fais un bon métier.

— Tout ce matin, j'ai pas arrêté d'y penser, geignit la femme.

— Au fait, dit Tibal, d'après ce qu'on m'a dit, on a vu l'étranger, hier soir, traverser cette placette et monter vers chez monsieur Capulac…

— Je pense bien ! s'exclama Mme Mouli. Moi qui vous parle, je l'ai vu, j'étais sortie vider la poubelle.

— Vous vous êtes dit bonsoir ?

— Non, on s'est fait signe.

— Vous êtes bien sûre que c'était lui ?

— Pour ça oui ! Cent pour cent sûre.

— À votre avis, madame Mouli, demanda le commissaire, en marchant normalement, combien il faut de temps pour aller de là où habite l'étranger jusqu'à la maison de M. Capulac ?

— Oh ! Cinq minutes à tout casser. Je la connais bien la maison où il habite, elle appartient à M. Le Touc, et quand j'étais petite, c'est un de ses oncles qui vivait là.

— Vous êtes sûre qu'il ne faut pas plus ?

— Faites vous-même l'expérience, vous verrez.

— Vous me donnez là une bonne idée, madame Mouli. Merci beaucoup et au revoir. J'aurai besoin d'enregistrer officiellement votre déclaration à la gendarmerie, on fera ça à la fin de la journée si vous voulez.

— Mais vous savez, Monsieur le commissaire, dit la femme soudain inquiète, je suis pas la seule à l'avoir vu, l'étranger. Hier soir, il y en a même un, Ordonez, qui l'a vu sortir de chez M. Capulac.

— Je sais, je sais, madame Mouli, je prendrai aussi leurs témoignages, et j'espère que, grâce à vous tous, j'arriverai à éclaircir tout ça très vite.

Tibal et Petitvisier s'engagèrent donc sur la rampe menant à la demeure des Capulac. Ils s'arrêtèrent à la grille. La propriété était silencieuse. On ne percevait ni ne distinguait aucune activité à l'intérieur. Quel bruit auraient pu faire une vieille dame gravement malade et un personnel traumatisé ?

— Allons-y, dit le commissaire en consultant sa montre.

Ils repartirent à une allure normale en direction de la placette. Ils franchirent le pontet. Ils gravirent la ruelle. Ils remontèrent la rue principale du quartier du haut. Devant la porte de la petite maison prêtée par Le Touc à l'étranger, ils calculèrent le temps écoulé : cinq minutes, en effet, et même cinq minutes très précisément.

Ainsi, du strict point de vue de l'heure, la version d'Assomption tenait bon. La maison de Le Touc, où l'étranger avait dîné le soir du crime, était proche, à deux minutes au maximum, ce qui faisait sept minutes de trajet à l'aller et cinq minutes au retour. Si, à 22 h 30, l'étranger traversait la placette, il se trouvait donc à la grille vers 22 h 32. S'il y était resté 5 minutes, il en était reparti vers 22 h 37. Il était donc parvenu chez lui, à la petite maison, vers 22 h 42. Mettons, au plus tard, à 22 h 45. Un quart d'heure lui avait suffi largement pour se dévêtir et se coucher. En conséquence, il apparaissait tout à fait possible qu'il ait entendu sonner la vingt-troisième heure au clocher du village. En ce cas, c'est un autre que lui que l'Espagnol Ordonez avait surpris s'échappant de la demeure, environ une demi-heure plus tard.

Les deux hommes, perplexes, hochèrent la tête. Le brigadier frappa à la porte. N'obtenant pas de réponse, il récidiva au bout d'une trentaine de secondes. La porte s'ouvrit alors. Assomption apparut en robe de chambre et les yeux bouffis de sommeil.

— Je faisais la sieste, ces événements m'ont assommé, je vous attendais plus tard. Entrez, asseyez-vous où vous pouvez.

Ils firent quelques pas à l'intérieur de la pièce et l'inventorièrent du regard. La cuisine d'une ancienne maison de paysan : un évier modernisé, une cuisinière à gaz, une cheminée, une table, trois chaises, un sommier dans une alcôve, un traversin, une couverture, un duvet, une armoire, une valise par terre. Sur la table, une bouteille de vin à demi vide et un journal étalé.

Ils s'assirent sur des chaises et Assomption sur le sommier.

— Pourquoi nous attendiez-vous ?

— Vous m'avez vous-même averti que vous m'arrêteriez d'un moment à l'autre après l'audition de vos témoins. Je vous attendais donc pour la fin de la journée.

Tibal prenait son temps. Cet homme le déroutait. Cerné de présomptions lourdes, il semblait résigné à son sort. Étranger au village, broyé jadis par la victime, exposé à toutes les manœuvres pour avoir claironné partout les raisons de sa présence à Bints, il incarnait un coupable idéal, à l'image de l'abbé dans *La Mort inouïe de la Comtesse.* Tibal eut envie de creuser un peu plus le personnage.

— Quelle est votre situation exacte en ce moment ? Vous êtes au chômage ?

— Non, je n'ai jamais été au chômage.

— Vous n'avez jamais touché d'allocations ?

— Non, je ne les ai jamais demandées.

— Pourquoi ?

— Dans un premier temps, je n'ai pas imaginé une seconde que je resterais plus de trois mois sans retrouver un emploi. D'ailleurs on m'en a proposé plusieurs et je les ai refusés.

— Pourquoi ? s'étonna le commissaire.

Assomption se leva et vint occuper la troisième chaise.

— Monsieur le commissaire, vous ne pouvez pas comprendre, personne ne peut comprendre, il faut que vous sachiez qu'autrefois non seulement Capulac et moi nous étions cul et chemise mais que, des deux, c'était moi le plus brillant, c'était moi le grand espoir... Pendant qu'il vérifiait ses factures et qu'il négociait ses pourcentages, moi je ramassais les clients et je donnais des interviews à la presse professionnelle. Ça doit paraître extraordinaire à des gens d'ici, qui ont appris à la télévision la nomination de Capulac, tandis qu'ils ont vu ce que j'étais devenu, mais c'est pourtant comme ça, messieurs, je fus l'un des cadres commerciaux les plus doués de ma génération, et donc, à l'époque, je ne doutais pas de mes moyens. Et quand j'ai compris que mon milieu me marginalisait, c'était trop tard, et alors, dans un second temps, par orgueil, j'ai refusé de sombrer dans l'aide sociale, puis ma famille et mes amis m'ont quitté et j'ai disparu de la circulation.

— Vous avez été quand même quelque part ?

— Oui, dans une chambre de bonne et puis dans la rue.

— Comment avez-vous vécu ?

— D'expédients, commissaire, mais rassurez-vous, pas de trafics malhonnêtes, j'ai été, en quelque sorte, recueilli par de braves gens qui ont eu pitié de moi.

— Qui sont ces braves gens ?

— Les professeurs et les élèves du cours Marie, à Paris. Ils m'ont procuré une chambre dans leurs locaux, ils m'ont employé à de menues tâches : vider leurs poubelles, faire des commissions, garder des places de stationnement.

— Et, tout d'un coup, vous avez décidé de venir à Bints pour rencontrer Capulac ?

— Oui, mais pas sur un coup de tête. J'ai appris sa nomination à la présidence du groupe Sacoprim, ça m'a fait un choc, j'ai décidé d'en finir avec cette dérive tant qu'il était encore temps... la hantise de la cloche, de l'asile, du mouroir vers 70 ans.

— De quoi vivez-vous à Bints ?

— Je suis hébergé par Le Touc, j'ai 340 francs et mon billet de retour pour Paris.

Une excitation parcourut le visage du cadre déchu. Il dardait sur le commissaire un œil perçant.

Le commissaire et le brigadier semblaient presque fascinés par ce bonhomme étrange, dont le cas devait terroriser tous les officiers de la guerre économique tant il faisait peser d'insécurité et d'aléas sur leurs propres situations. Si un cadre de la valeur de cet Assomption pouvait se retrouver aux portes de la clochardisation, c'est qu'ils n'étaient eux-mêmes à l'abri de rien et que, du jour au lendemain, leur réputation, leur standing risquaient de voler en éclats.

— Je peux jeter un coup d'œil sur vos affaires ? demanda Tibal en se levant, imité aussitôt par le brigadier.

— Je vous en prie, répondit Assomption, non sans une amère ironie. Tout est là, sous vos yeux et dans l'armoire.

À côté de la valise, le blouson kaki fourré blanc, les chaussures de jogging. À l'intérieur, un tee-shirt rose propre, deux slips, un tricot de corps, des chaussettes basses, des chaussettes hautes, une chemise, une cravate. Dans l'armoire, un costume gris clair et une paire de chaussures de ville.

— Vous avez un beau costume, commenta Tibal.

— Dernier vestige de ma splendeur, grinça Assomption. Je l'ai amené ici au cas où le Bolet m'aurait invité à dîner avec quelque personnage important.

— Le Bolet ?

— Ah, vous ne connaissez pas ce surnom, ce n'est pas moi qui lui ai donné, il a été inventé après mon départ. Capulac a réussi d'un coup et si vite que ses pairs ont comparé son ascension à la poussée d'une champignon la nuit après la pluie, et ils l'ont appelé le Bolet parce qu'il y a beaucoup de cèpes à Bints.

— À votre avis, pourquoi a-t-il réussi si vite ?

— Des circonstances, une chance énorme engendrée par la tragédie. La réussite de Capulac était marquée du sceau de la mort, et c'est d'ailleurs extraordinaire qu'il soit, lui aussi, la victime d'un sort funeste. En vérité c'était un personnage falot, une espèce de Gaudissart, si vous voyez ce que je veux dire, un provincial à la mentalité d'intendant, pas un chef, pas d'envergure humaine, et il a profité du cancer de M. Ample, feu le président de la Sacoprim, et du suicide de son successeur Machicou !

Immobiles et debout, Tibal et Petitvisier écoutaient le cadre déchu avec un très vif intérêt.

— Savez-vous pourquoi Machicou s'est suicidé, monsieur Assomption ? interrogea le commissaire un rien solennel.

— Tout ça s'est passé longtemps après mon élimination et ma chute, expliqua Assomption, un demi-sourire aux lèvres, et donc je n'étais plus depuis longtemps dans le secret des dieux, ou plutôt des commissions occultes et énormes qui règlent les rapports dans cette branche, mais j'ai mon idée.

Tibal s'approcha d'Assomption. Il réfléchissait. Il avait lancé un regard furtif au brigadier. C'était peut-être le moment de tenter un coup. En même temps, c'était se délester d'un atout. Le commissaire joua brutalement la carte. Il tira d'une poche de sa veste le feuillet retrouvé sous le sofa de Capulac et le plaqua sur la table, juste sous le nez d'Assomption, en disant :

— Comprenez-vous quelque chose à ce qui est écrit sur ce feuillet ?

« Affaire Bam-Bam. Ce jour, commission 16 %. »

Le cadre déchu lut. Puis il se saisit du feuillet et relut. Ces mots le rendaient rêveur. Un silence absolu s'abattit sur la pièce. Tibal et Petitvisier avaient compris que ce feuillet produisait son effet sur l'étranger. Ils respectaient son trouble évident. Ils attendaient qu'Assomption se remette et les édifie. C'est alors qu'on frappa à la porte, ce qui rompit la sorte de tension magique régnant dans la pièce. Assomption sursauta. Tibal et Petitvisier, visiblement contrariés d'être dérangés à un instant important de leur enquête, braquèrent leurs regards sur la porte.

— Entrez ! s'écria le commissaire, sur un ton de méchante humeur.

La porte s'entrouvrit avec précaution. Et la tête du cadre provincial bancaire Le Touc apparut. Il n'avait pas reconnu la voix du cadre déchu. C'est pourquoi sa surprise fut grande de se voir ainsi accueilli. Tibal connaissait Le Touc, l'un des chefs de file de l'écologie départementale et qui défrayait souvent la chronique.

— Monsieur Le Touc ! s'exclama-t-il, faisant contre mauvaise fortune, bon cœur, justement je voulais vous voir, mais pas ici et pas maintenant si vous n'y voyez pas d'inconvénient.

— Si vous voulez, Monsieur le commissaire, vous pouvez me rejoindre chez moi, j'habite tout à côté, à deux minutes à peine, le brigadier connaît ou, si vous préférez, je peux me rendre à la gendarmerie.

— Nous irons chez vous dans dix minutes au plus tard, dit Tibal.

Le cadre Le Touc referma la porte tout en regardant Assomption avec des yeux écarquillés par la curiosité. Le silence revint.

— Alors ? lança Tibal.

— D'où vient ce feuillet ? s'enquit Assomption.

— On l'a ramassé sous le sofa de Capulac, il devait y en avoir d'autres, l'assassin les a emportés, mais il n'a pas vu que celui-ci traînait sous le sofa.

Assomption branla du chef.

— Alors ? répéta Tibal, une nuance d'impatience dans la voix.

— Je crois savoir ce que ça signifie, en fait c'est assez simple, mais ce qui est plus drôle, c'est que je reconnais à peu près sûrement l'écriture.

Le commissaire et le brigadier, debout dans le dos d'Assomption, échangèrent un regard.

— On vous écoute, prononça Tibal, sèchement.

— Bam-Bam est un nom de code désignant une opération donnant lieu au versement de pots-de-vin, la commission occulte s'élevant à 16 %, Ample et Machicou étaient connus pour cela dans le milieu, ils avaient graissé de nombreuses et très éminentes pattes, et l'on disait Anton-Bélise à l'écart de ces friponneries, or, j'en suis sûr, ce feuillet est de sa main.

— Anton-Bélise ?

— C'est le rival évincé de la présidence de Sacoprim par Capulac, celui dont tout le monde croyait qu'il serait désigné par le conseil d'administration. L'élection du Bolet a été une énorme surprise. Anton-Bélise a été obligé de venir à Bints, pour la chasse, par son nouveau patron, il a dû souffrir le martyre de devoir accepter, il est descendu au *Grand Hôtel du Pic.*

— Vous êtes absolument certain que ce feuillet soit de sa main ?

— J'ai beaucoup travaillé avec lui, c'est lui qui m'a éjecté avec la complicité de Capulac, son écriture est caractéristique, demandez-lui d'autres papiers de lui et vous verrez. D'ailleurs ça m'étonnerait qu'il le nie, mais il sera bien emmerdé, ça c'est sûr.

Tibal reprit le feuillet et le remit dans sa poche. Il

parut s'abîmer dans des réflexions complexes. Il fit le tour de la table et se planta devant Assomption. Il le considéra longuement puis il dit :

— En somme, M. Assomption, dans l'hypothèse où vous seriez l'assassin, vous conserveriez quelque part, ici, dans la maison ou ailleurs, les feuillets du dossier.

— Et pourquoi aurais-je pris cette peine ?

— C'est assez clair : vous retrouvez, longtemps après votre chute, vos deux bourreaux ; vous tuez l'un, et vous entrez en possession d'un formidable moyen de chantage sur l'autre. Le hasard vous aura servi ce soir-là puisque Capulac avait décidé de consulter cette chemise verte, vous n'aviez qu'à vous baisser pour ramasser ces preuves redoutables.

— Et j'en aurais oublié un ?

Tibal observa quelques secondes de silence. Puis il répondit :

— Et vous en auriez oublié un. Dans le mouvement de bascule de Capulac, ce feuillet a glissé sous le sofa.

Assomption balança le crâne, triste, las, pessimiste.

Tibal balaya la pièce de son regard et ajouta :

— Ça collerait plutôt bien avec vous. Je constate que vos rares affaires sont soigneusement rangées, empilées, pliées, vous avez comme une manie de l'ordre, M. Assomption, et voilà qui expliquerait que, dès le coup de couteau porté, en une sorte de réflexe, vous avez pris la peine et le temps de ramasser les pièces d'échecs qui avaient roulé par terre, ainsi que la poupée russe et, probablement, la chemise verte, encore que Capulac ait pu consulter les feuillets en la laissant sur la table…

Assomption ne répondit pas.

— Bon, dit Tibal, merci de nous avoir reçus.

Maintenant nous allons voir monsieur Le Touc, il va finir par s'impatienter.

— Vous ne m'arrêtez toujours pas ? interrogea le cadre déchu.

Tibal le fixa droit dans les yeux et dit :

— Pas encore, monsieur Assomption. Je vous l'ai déjà dit, je dois entendre tous les témoins, et consigner leurs dépositions, les leur faire signer, après quoi, en effet, si rien ne vient à votre secours, je crois que je serai conduit à vous arrêter.

Assomption soupira. Les deux hommes s'en furent. Et alors le cadre déchu s'étendit pour réfléchir.

Pour aller de la petite maison occupée par Assomption à celle de Le Touc, il suffisait de remonter la rue haute sur environ 300 mètres. Ces deux maisons possédaient aussi une entrée sur leur arrière, c'est-à-dire des jardins exposés au sud et d'où l'on dominait le Bints, la placette et la demeure de Capulac, visible en partie seulement et en hiver car cachée par des bouquets de frênes, de mélèzes et de noyers aux autres saisons. Ces jardins communiquaient tous entre eux par un sentier soumis à un droit de passage et que Le Touc empruntait le plus souvent pour se rendre de son habitation à la maisonnette héritée de son oncle. Nos enquêteurs, eux, utilisèrent la voie orthodoxe, ce qui était bien naturel. Et tout en avançant à une allure de chenille, ils échangeaient des vues. Le brigadier connaissait-il cet Anton-Bélise ? Oui. Voilà plusieurs années qu'il le croisait au village à l'occasion de la chasse au sanglier. Chasse au demeurant fréquentée par Assomption du temps où il était l'ami de Capulac. Le brigadier avait même rencontré le numéro 2 du groupe Sacoprim le samedi après la messe. Il se rendait à la taverne des contrebandiers. Un homme plutôt sympathique que Petitvisier ne voyait guère dans la peau d'un assassin.

— Il n'empêche que si ce feuillet est rendu public, ce monsieur va se trouver au centre d'un scandale retentissant, observa Tibal. Et plus j'y songe, plus il nous sera difficile de passer l'éponge, à nous, représentants de l'autorité publique, si, à la faveur d'une enquête criminelle, nous découvrons une illégalité, de quelque ordre qu'elle soit. Notre mission et notre devoir sont de la signaler, sans quoi ça peut nous retomber dessus un jour ou l'autre.

Le brigadier ne pouvait qu'approuver ces justes paroles. Il les médita. Puis il dit :

— Tuer Capulac et s'emparer de ces documents compromettants, surtout après avoir perdu une bataille pour le pouvoir, ça constitue un mobile, un mobile au moins aussi puissant que celui ou ceux d'Assomption.

— C'est sûr, convint le commissaire. Mais lui, autant qu'on le sache pour le moment, n'a pas été vu par des témoins entrer chez Capulac et en sortir à l'heure du crime.

Ils étaient arrivés devant chez Le Touc.

— Je suis curieux de voir comment réagira cet Anton-Bélise quand nous lui montrerons ce feuillet, dit le commissaire. Et il frappa à la porte.

Le Touc leur ouvrit aussitôt. Ils entrèrent et furent invités à s'asseoir dans un salon vaste et agréable, doté d'une belle bibliothèque.

Tibal ne dissimula pas son étonnement. Ce qui fit sourire Le Touc.

— Je vois que vous aimez les livres, dit le commissaire.

— C'est vrai que c'est surprenant chez un fils de paysan qui n'a pas quitté sa cambrousse, expliqua le cadre de province. Mais, vous savez, moi aussi j'ai fait des études, j'étais même meilleur que Capulac à l'école. Je n'ai pas eu la chance d'être poussé par ma famille, comme lui, et j'ai dû me contenter d'une carrière plus modeste. Je suis passionné par mon pays, presque tous les livres sont des éditions originales de textes concernant le pays bintsois, son histoire, sa faune et sa flore. J'y consacre une bonne partie de mes économies.

— J'ai l'impression qu'Assomption a tué Capulac. Il a des témoignages terribles contre lui, qu'en pensez-vous ? demanda Tibal à brûle-pourpoint.

Le Touc prit son temps pour répondre. Il se fit grave.

— C'est vous qui lui avez conseillé d'aller à la gendarmerie, poursuivit Tibal.

— Oui, quand Ordonez m'a informé de ce qui s'était passé, je me suis dit que c'était mieux pour lui.

— Vous avez rencontré l'Espagnol le matin, d'où veniez-vous ?

— De saboter des pièges, c'est ma spécialité, une spécialité dangereuse, un jour je risque de prendre un coup de fusil, mais je connais à fond la forêt et je ne suis pas facile à surprendre.

— À quelle heure êtes-vous parti de chez vous ce matin ?

— Vers 6 h 30, et je suis rentré au village à 9 h 30.

— Et où étiez-vous hier soir entre 11 h et minuit ?

— J'ai invité Assomption à dîner. C'est un pauvre diable, il est attachant, il me fait pitié, c'est pour ça que je lui ai cédé la maison, il voulait coucher dehors. Hier soir à 10 h 30 il est parti, il avait bien bu, moi aussi mais un peu moins que lui. Je me suis couché peu après parce que je voulais me lever de bonne heure. J'ai entendu sonner 11 h au clocher.

— Tiens, vous aussi, note Petitvisier.

Devant l'air interrogateur de Le Touc, Tibal précisa :

— Oui, Assomption a utilisé la même expression que vous, il a dit : « j'étais au lit quand j'ai entendu la vingt-troisième heure sonner au clocher… » Vous n'avez pas répondu à ma question : vous pensez qu'il a tué Capulac ?

— Je ne sais que dire, c'est trop grave, et je n'en sais pas plus que vous. Je le connais depuis quelques semaines seulement. À première vue, je le crois trop intelligent pour se flanquer une affaire pareille sur le dos. Ce n'était pas le bon moment pour lui, Capulac lui avait fait dire par Anton-Bélise qu'il pouvait espérer, qu'il prendrait une décision avant de repartir pour Paris.

Le commissaire examina attentivement le cadre écologiste.

— Vous ne me paraissez pas très convaincu, prononça-t-il. De plus, quand Assomption est venu à la gendarmerie sur votre conseil pressant, il nous a donné le sentiment que vous le jugiez plutôt coupable, sans le préciser formellement, il est vrai.

— Je suis bien embarrassé, vous et lui ce n'est pas la même chose, vous, vous êtes policier, je dois faire très attention à ce que je dis. Lui, sur le coup, après avoir entendu Ordonez, je lui ai passé un savon, je lui ai reproché d'avoir trahi ma confiance, je lui ai dit : « Je t'ai hébergé à Bints par charité et toi tu m'as raconté n'importe quoi. En réalité tu es venu ici pour tuer Capulac et tout ça va rejaillir sur moi. » Voilà ce que je lui ai dit, mais de là à le croire coupable réellement, ça c'est autre chose…

— Pourquoi ça rejaillirait sur vous ? Parce que vous l'avez hébergé ?

Le Touc rougit soudain. Tibal et Petitvisier le sentirent touché. Le commissaire se réjouit intérieurement. Il eut du mal à refouler une bouffée de vanité. Son expérience le lui avait enseigné : tout individu a son point sensible, il suffit de savoir mener un entretien et on finit par le toucher. Alors, point la douleur qui entraîne souvent la déconfiture.

— Vous comprenez, murmura Le Touc, ici, tout le monde est au courant : ce Capulac était l'homme que je haïssais le plus au monde, et ça ne datait pas d'aujourd'hui…

— Vous pouvez nous expliquer ? demanda doucement Tibal.

Le Touc raconta l'histoire tragique d'Arlette. Quand il eut terminé, les deux enquêteurs, émus et gênés, cherchaient une contenance.

— Avouez qu'il y a de quoi faire de moi un suspect, conclut Le Touc.

Tibal approuva du chef. Il dut faire un effort pour évacuer la sympathie que cette narration avait fait naître chez lui à l'endroit du cadre écologiste. Il s'efforça de ne retenir que le logique épilogue de celui-ci. Tibal alla plus loin. Il songea que pour assouvir enfin sa vengeance, Le Touc avait saisi l'aubaine de la présence à Bints de deux hommes ayant des mobiles de meurtre. Sans les témoignages à l'encontre d'Assomption, Le Touc et cet Anton-Bélise se fussent trouvés dans une situation immensément critique.

Le commissaire se leva et dit :

— Je vous remercie, monsieur Le Touc, de nous avoir parlé avec sincérité. Je vous demanderai de vous tenir prêt à être convoqué à la gendarmerie pour enregistrer et signer votre déposition, sans doute en fin de journée ou demain dans la matinée.

Ils prirent congé. Et ils descendirent la rue haute en silence. Les Bintsois chuchotaient sur leur passage.

— Qu'en pensez-vous, commissaire ? s'enquit le brigadier qui n'y tenait plus.

— J'en pense que si Assomption a dit la vérité, il nous sera pratiquement impossible de démasquer l'assassin.

Ils débouchèrent place de l'église. Ils franchirent le pont.

— Et maintenant, proposa le commissaire, si on allait au *Grand Hôtel du Pic* bavarder un peu avec cet Anton-Bélise.

— Très bien, commissaire.

Place des Platanes, Tibal s'immobilisa brusquement.

— Vous savez ce qui me frappe, brigadier ?

Petitvisier attendit la suite.

— C'est que, jusqu'ici, deux des trois principaux suspects vont au-devant de nos désirs, comme s'ils voulaient nous mâcher le travail. Ils nous donnent eux-mêmes les raisons susceptibles d'attirer sur eux les soupçons. À cet égard, je suis curieux de voir comment va se comporter Anton-Bélise, car s'il s'accuse lui aussi, je ne serai pas loin de conclure à un assassinat collectif.

— Comment ça, commissaire ?

— Eh, brigadier, s'ils avaient décidé ensemble de le tuer et ensuite de brouiller les pistes ? Ou encore, si une quatrième personne, pour l'heure bien à l'abri dans sa tanière, avait profité de la situation ?

Petitvisier se gratta le crâne. Manifestement, ces hypothèses lui paraissaient extravagantes. C'est pourquoi il réagit. Il était brave, discret, modeste, mais pas idiot. Il l'avait moult fois démontré. Et Tibal le savait.

— Vous oubliez les témoignages, commissaire.

Tibal réfléchit une bonne dizaine de secondes.

— Vous avez raison, brigadier, il y a les témoignages.

Et ils mirent le cap sur le *Grand Hôtel du Pic.*

Comme ils se dirigeaient vers l'hôtel, un homme à bicyclette surgit dans leur dos et interpella Tibal :

— Monsieur le commissaire !

Ils se retournèrent vivement. C'était Baptiste, le jardinier des Capulac. Il descendit de sa machine et dit :

— Je viens de la gendarmerie, je voulais vous voir.

Les deux enquêteurs se consultèrent du regard.

— C'est urgent ? questionna le brigadier.

— C'est-à-dire que ma femme m'a dit que oui, c'est elle qui m'a envoyé à la gendarmerie, elle a dit que ça pouvait pas attendre.

— Ah, maugréa le commissaire, c'est à quel sujet ?

Le jardinier répondit à voix basse :

— C'est au sujet de M. Anton-Bélise.

Voilà qui opéra une métamorphose sur le commissaire et le brigadier. Le jardinier ne les dérangeait plus.

— Ça tombe bien, se réjouit Petitvisier, justement, on allait le voir.

— Je vous écoute, dit Tibal.

— Ici ?

— Oui, ici. Votre déclaration sera consignée plus tard si elle est intéressante.

— Eh bien voilà, M. Anton-Bélise nous a rendu visite ce matin pour savoir ce qui s'était passé exactement. Il a vu Mme Capulac et puis nous. Alors on lui a raconté comment on avait retrouvé le pauvre monsieur Paul, et quand je lui ai dit qu'on avait ramassé un feuillet par terre, ça lui a fait comme un choc. Il m'a demandé comment il était ce feuillet, la couleur du papier, de l'encre qui était dessus. Après, il est parti tout excité, comme s'il avait peur. Sûrement que ces feuillets qui ont disparu ils étaient importants pour lui, et c'est plus tard que Solange elle m'a dit : « C'est bizarre comment il a réagi, tu devrais aller le dire à la gendarmerie.... »

Tibal et Petitvisier demeurèrent silencieux un moment. Après quoi, le commissaire prononça :

— Je vous remercie, monsieur Baptiste, vous avez bien fait de venir nous voir, ce pourrait être important, et c'est bien qu'on le sache avant de voir M. Anton-Bélise. Passez demain, en fin de matinée, à la gendarmerie, on enregistrera vos déclarations.

Baptiste remonta sur sa bicyclette et s'en fut.

— La chance est avec nous, brigadier, murmura Tibal. On va mettre cet Anton-Bélise à la torture.

Ils furent accueillis par Robert et Georgette, tous deux serrés l'un contre l'autre derrière leur bar. Ils devaient les épier depuis qu'ils étaient place des Platanes, et ils avaient assisté de loin au bref entretien entre eux et Baptiste. Mais ils étaient, eux aussi, impatients de fournir une information aux enquêteurs. Eux aussi se disposaient à se rendre à la gendarmerie, et l'arrivée du brigadier et du commissaire leur facilitait la tâche infiniment. Les Bintsois, à l'instar de tous les gens de la campagne et de la montagne, préféraient les contacts discrets aux démarches ostentatoires, surtout s'agissant des autorités.

En dehors des patrons, il n'y avait personne, ni dans la salle ni au bar. Voilà qui était propice aux confidences.

— Nous aimerions voir monsieur Anton-Bélise, s'il est là, déclara le brigadier.

— Il est dans sa chambre, indiqua Robert. Il n'arrête pas de téléphoner à Paris et de recevoir des coups de fil. J'ai l'impression que ça chauffe pour le remplacement du pauvre Paul, et cette mort les excite tous.

— Vous pouvez nous annoncer ? pria le commissaire.

— Il faut que je vous dise quelque chose d'abord, chuchota Robert. Ça m'embête, mais c'est mon devoir.

Georgette approuva vigoureusement de la tête. Robert se pencha plus encore et poursuivit :

— Hier soir, justement vers 11 h, M. Anton-Bélise n'était pas là, il était sorti, vers 10 h, et on ne l'a pas entendu rentrer…

— Ah, il ne manquait plus que ça, pesta Tibal. En voilà encore un qui se baladait dans la nature à l'heure du crime et, comme un fait exprès, on nous livre deux informations précieuses juste avant de rencontrer l'individu. Je vous le dis, brigadier, plus on paraît nous faciliter le travail, plus les choses s'embrouillent, la situation de chaque suspect s'aggrave. Vous verrez que j'ai raison, ils sont bien capables de s'y être mis à trois pour trucider Capulac et se garantir l'impunité.

Robert et Georgette semblaient déconcertés par la réaction du commissaire. Ils avaient pensé lui faire plaisir en lui révélant ce renseignement capital et voilà qu'il maugréait.

— Bon, nous allons voir tout ça de près, dit Tibal. Annoncez-nous.

Robert obtempéra. Le commissaire et le brigadier

s'engagèrent dans l'escalier. Là-haut, à l'étage, Anton-Bélise ouvrait déjà la porte.

— Bonjour, messieurs, dit-il. Entrez et asseyez-vous.

Ce qu'ils firent.

Anton-Bélise leur donna l'impression d'un homme affairé et sûr de lui. Une attitude et un ton de patron. Une courtoisie distante. Un homme accablé de tâches qui fait effort pour se rendre disponible. Ce qui indisposa le commissaire.

— Je vous écoute, messieurs, nous ne serons pas dérangés, j'ai demandé à monsieur Robert de bloquer les appels téléphoniques pendant notre entrevue. On me téléphone beaucoup depuis la mort tragique de Paul Capulac. Je dois décider si oui ou non j'accepterai la présidence, une position que certains ont du mal à comprendre étant donné que tous ces derniers mois j'ai postulé ardemment avant d'être battu par le défunt. Pourtant, ça me paraît normal, je n'ai pas trop envie de remplacer un mort, surtout la victime d'un crime... En même temps, c'est vrai que nul ne connaît les dossiers mieux que moi. Cela compte à la veille d'une augmentation de capital risquée, et la conjoncture n'est guère favorable. Excusez-moi d'avoir été un peu long, alors que je suis là pour écouter vos questions et y répondre, mais j'ai pensé que ça vous éclairerait sur le contexte.

Tibal n'avait pas envisagé pareille assurance. Et, pour des motifs complexes, son humeur ne cessait de s'aggraver au fil de l'après-midi. Peut-être prenait-il conscience que le ou les coupables se moquaient de lui, qu'en dépit de quelques apparences l'enquête s'avérait plus ardue que prévue. Et cet envoi du cadre-manager Bélise l'avait franchement irrité. On était loin de l'homme quasi paniqué décrit par le jardinier

Baptiste. Aussi le commissaire n'y alla-t-il point par quatre chemins. Il sortit le feuillet de sa poche, le brandit en glapissant :

— Puisque vous êtes si bien disposé, monsieur Anton-Bélise, pouvez-vous nous éclairer au sujet de ce feuillet ? Il a été trouvé sous le sofa de Capulac, il dépassait à peine. L'aviez-vous déjà vu ? Et, à votre avis, où sont passés les autres ?

Anton-Bélise ne se démonta nullement. Simplement, une gravité sincère se peignit sur son visage. Tout en téléphonant, il avait aperçu, de sa fenêtre, Baptiste en discussion avec les enquêteurs, et il avait acquis la conviction que ce beau monde parlait de lui, de sa réaction chez Capulac. Il n'était donc pas du tout pris au dépourvu.

— Je savais que ce feuillet était entre vos mains, dit-il. Le jardinier des Capulac m'en avait informé ce matin, cela m'avait rendu très soucieux. Ce feuillet fait partie d'un dossier confidentiel du groupe Sacoprim, feu les présidents Ample et Machicou m'avaient, à une époque, confié la tâche de m'occuper des commissions occultes qu'ils avaient pris l'habitude de verser aux clients et à divers entremetteurs haut placés. Cela à seule fin de me mettre à l'épreuve et de me mouiller, car ma réputation de serviteur de la haute fonction publique était alors sans tache. J'ai accepté par ambition et aussi parce que j'étais moins naïf qu'on ne l'a dit. D'ailleurs, commissaire, apprenant que ce dossier avait été dérobé par l'assassin et qu'une pièce était entre vos mains, je me suis empressé d'en informer le conseil d'administration et les amis de Sacoprim qui sont nombreux et très puissants. De sorte que s'il advenait quoi que ce soit en ce domaine, le scandale dépasserait de loin ma modeste personne.

Si Tibal en avait douté, maintenant le fait était

patent : cet Anton-Bélise se révélait un redoutable personnage. Le commissaire dut lutter contre une poussée de découragement. Il se semonça et se contraignit à faire son métier de son mieux.

— Vous saviez que Capulac avait ce dossier chez lui ?

— Certainement pas, je l'ignorais totalement. Je n'étais même pas certain qu'il fût en sa possession, je le croyais dans un coffre de la famille Ample...

— Monsieur Anton-Bélise, où étiez-vous hier soir, à l'heure du crime, c'est-à-dire entre 11 h et 11 h 30 ?

— Je vais vous le dire, quoique ça ne va pas arranger mes affaires. J'en avais assez de la façon dont le Bolet me traitait, cruelle et méprisante, blessante, et bien que je fusse prêt à beaucoup endurer afin de réussir ma sortie du groupe, il y avait des limites, et je m'étais promis de le lui dire, face à face, d'homme à homme, avant la journée de la chasse où je craignais qu'il ne m'humilie davantage encore et en public. Alors, après dîner, j'ai d'abord fait ma petite promenade habituelle puis je me suis rendu chez Capulac et, là, à ma grande surprise, j'ai vu Assomption à côté de la grille. Je suis reparti, je n'avais pas envie de tomber une nouvelle fois sur lui devant chez Capulac.

— Pourquoi ? Ça s'était déjà produit ?

— Oui, vendredi soir, Capulac m'avait chargé de prendre contact avec lui, de le tâter. Il nous avait écrit pour nous prévenir de sa présence à Bints. Il voulait de l'aide, mais nous ne l'avions pas vu depuis si longtemps, on ne savait pas ce qu'il était devenu, je l'ai donc cherché ce soir-là, et je l'ai trouvé là.

— Devant la grille ?

— Oui.

— Mais comment l'avez-vous trouvé là ?

— Eh bien par hasard. Je m'étais d'abord rendu

chez lui, à la maison que lui a prêtée Le Touc. Il n'y était pas, je me préparais à descendre au village et à le chercher dans les bistrots lorsque j'ai eu comme une impulsion. Je n'étais pas loin de chez Capulac, je n'étais pas venu depuis un an, et j'ai décidé de pousser d'abord jusque-là. Je sais que ça paraît bizarre, mais c'est comme ça, et je suis tombé sur Assomption, c'était le hasard, le pur hasard…

— Assomption prétend n'être pas entré chez Capulac et être reparti de la grille vers 22 h 40, vous auriez pu attendre qu'il s'en aille pour mettre à exécution votre projet de voir Capulac. Vous l'auriez surpris en train de consulter ce fameux dossier. Ou encore, la mise au point entre vous aurait pu mal se passer, dégénérer, il aurait pu se lever excédé, aller dans son bureau, revenir au salon avec cette chemise verte, vous menacer de rendre le dossier public. Vous auriez alors vu rouge, décroché un couteau, tranché sa gorge, ramassé les feuillets épars sur le sol, machinalement replacé la poupée russe et les pièces d'échecs. Puis, peut-être dérangé par un bruit extérieur ou intérieur, vous avez accéléré votre retraite en oubliant un feuillet, qui avait glissé sous le sofa.

Anton-Bélise esquissa un sourire, dont on ne savait s'il traduisait de la lassitude ou de l'ironie.

— N'a-t-on pas vu Assomption sortir de chez Capulac vers 23 h 30 ?

— Comment savez-vous ça ? s'étonna Tibal.

— C'est Assomption qui me l'a dit lui-même.

— Quand ?

— Pas plus tard que ce matin, il revenait de la gendarmerie, il a demandé à me voir.

— Qu'est-ce qu'il voulait ?

— Oh, rien de particulier, un peu de réconfort, il avait besoin de parler.

— Vous ne m'avez toujours pas dit où vous étiez entre 23 h et 23 h 30. Quand vous avez rebroussé chemin à la vue d'Assomption, il devait être autour de 22 h 35, vous êtes rentré à l'hôtel ?

Tibal eut l'impression qu'Anton-Bélise cherchait à sonder ses arrière-pensées. Il le scrutait tout en trahissant un rien d'indécision.

— Non, commissaire, je ne suis pas rentré à l'hôtel, c'eût sans doute été mieux pour moi, mais voici ce qui s'est passé dans ma tête : d'abord, je suis reparti en me promettant de revenir un peu plus tard et, pour patienter, j'ai prolongé ma promenade. Et puis, je n'ai pas eu le courage de revenir, j'étais énervé, j'ai marché longtemps avant de rentrer à l'hôtel…

— Il était quelle heure à votre avis ?

— Tard… Peut-être 1 h 30…

— C'est une très longue promenade.

— Je suis allé jusqu'au hameau de Rucasut…

— Je me suis laissé dire que samedi, après la messe, vous vous êtes retrouvés, vous, Le Touc et Assomption, à la taverne des contrebandiers. Vous avez pris l'apéritif, payé chacun votre tournée, enfin c'était plutôt joyeux.

— J'étais allé voir Assomption pour lui transmettre le message de Capulac. Le Touc est arrivé après et il nous a invités à l'apéritif.

Tibal se leva, s'approcha de la fenêtre et dit :

— Vous croyez, vous, qu'Assomption a tué Capulac ?

— Il dit que non.

— Mais vous, qu'en pensez-vous ? Vous le croyez capable d'égorger quelqu'un ?

— Je ne peux pas répondre à cette question, commissaire. Vous-même avez dressé tout à l'heure un tableau où j'étais l'assassin, et ce que vous avez raconté aurait pu se produire. Qui sait ce qu'un homme est capable de faire, quand il est acculé, poussé à bout.

— Nous allons nous retirer, monsieur Anton-Bélise, mais vous devrez concilier votre présence ici et vos affaires. J'aurai encore besoin de vous, et tant que le juge d'instruction Kuff, à qui je vais présenter les premiers éléments du dossier, ne vous aura pas autorisé à quitter Bints, vous devrez rester à la disposition de la justice.

Anton-Bélise eut un geste de résignation.

Les deux enquêteurs s'en allèrent. Place des Platanes, le commissaire lâcha :

— On a quand même avancé, brigadier. Trois personnes avaient un mobile puissant pour tuer Capulac, aucune n'est en mesure de fournir un alibi. Toutes les trois étaient dehors le soir du crime, deux ont rôdé autour de la propriété, une assure n'être sortie en forêt qu'à l'aube, mais elle ne peut pas le prouver, et une autre a été vue et reconnue à 22 h 30 et à 23 h 30. Maintenant, on va se partager la tâche : vous allez convoquer tous les témoins sauf un, vous enregistrez leurs déclarations et vous les faites signer. Moi, je vais voir Alfonso Ordonez. Vous informez tout ce monde, y compris bien sûr les trois suspects, que nous procéderons, ce soir même, à une reconstitution officieuse à l'extérieur de la propriété. Nous conférerons demain avec le juge d'instruction.

— Très bien, monsieur le commissaire.

Ils se séparèrent devant le monument aux morts. Tibal se dirigea vers le pont. Il s'accouda au parapet et contempla le Bints magnifique, une rivière épargnée par la pollution. Il n'avait jamais éprouvé un pareil malaise au cours de sa carrière. Quelque chose clochait dans ce crime. L'évidence de la culpabilité de cet Assomption s'imposait à lui et elle s'imposerait aux autres. Et, malgré tout, le commissaire avait l'intuition que cette évidence était fragile, qu'elle pouvait à tout moment voler en éclats.

En cette fin d'après-midi du dimanche 2 novembre, tandis que la majeure partie de la population rentrait du cimetière, Tibal gravissait ce qu'on appelait le Teilh, c'est-à-dire la côte raide de la rue haute menant au quartier paysan, à la sortie duquel habitait Alfonso Ordonez. Il avait voulu voir seul l'Espagnol. Celui-ci n'était-il pas à la fois le principal témoin à charge, celui qui pouvait conduire Assomption à la réclusion à perpétuité, et, semblait-il, l'ami humble et dévoué de Le Touc, l'un des suspects ?

À vingt mètres de la bicoque, les chiens commencèrent à aboyer. Quand le commissaire arriva à la porte de l'enclos, ils se déchaînèrent. Et leur maître tardait à se montrer, ce qui courrouça Tibal. Il parut enfin, calma ses bêtes, les enferma sous un hangar entouré d'un grillage et servant de chenil, puis il ouvrit au commissaire. Celui-ci qui, au départ, n'avait pas nourri l'intention de pénétrer chez l'Espagnol, décida du contraire sous l'effet de cette irritation soudaine. Il se fit très officiel, exhiba sa carte et prononça sèchement :

— On peut entrer ?

Ordonez en resta interdit quelques secondes avant de bredouiller :

— Entrez, entrez.

Tibal se retrouva dans une pièce unique, plus spacieuse qu'on ne l'aurait imaginé de l'extérieur au vu des modestes dimensions de la bicoque, et surtout d'une propreté et d'un confort surprenants. Des meubles ordinaires mais agréables, une superbe télévision, d'évidence du dernier cri, et tout était rangé très soigneusement. Cela rappela irrésistiblement au commissaire que l'assassin avait pris la peine de ramasser les pièces d'échecs et la poupée russe.

Il s'était assis sans y avoir été convié. Son hôte forcé demeurait debout. L'homme, un héros de l'armée républicaine espagnole, quand on le considérait de près, quand on était soumis au feu de ses yeux étincelants à l'abri de sourcils charbonneux, quand on s'attardait sur ses mains fines et nerveuses, impressionnait, inspirait de la circonspection. Il ne ressemblait plus du tout au hère aperçu de loin sur une route et bousculant ses chiens.

Il ne s'asseyait toujours pas. Il attendait. Et Tibal qui avait des questions précises à lui poser les retenait au fond de sa gorge à cause de l'excitante spéculation brusquement à l'œuvre dans son cerveau : n'avait-il point, en face de lui, le quatrième homme ? À l'heure du crime, il passait par là. Il avait vu Assomption approcher de la grille et repartir. Il connaissait les habitudes de Capulac, l'existence de la panoplie de couteaux et de coutelas. Il a attaché sa meute, lui a intimé silence. Il a pénétré dans la demeure et tué. Maniaque de l'ordre, il a remis des objets en place. Et après, il a affirmé avoir surpris l'étranger détalant de la maison. A-t-il assassiné pour son compte ? Ou pour celui de Le Touc ? Ou pour Le Touc et Assomption ? Ou pour les trois ? Mais s'ils avaient monté le coup à trois ou quatre, pourquoi ne pas avoir prévu un alibi pour Assomption dans le but de brouiller toutes les cartes ? Par exemple, Le Touc ou Anton-Bélise auraient pu voir Assomption rentrer chez lui avant 23 h et Alfonso persister à assurer l'avoir surpris sortant de chez Capulac vers 23 h 30. L'Espagnol, à l'instar des trois autres, avait-il un mobile ?

— Vous avez déclaré avoir vu monsieur Assomption, hier soir, à 23 h 30, sortir de chez monsieur Capulac, est-ce exact ?

Ordonez fit oui de la tête.

— Vous promenez toujours vos chiens à la même heure et au même endroit ?

Ordonez acquiesça derechef.

— Pourquoi ?

Cette fois, il fut bien obligé d'ouvrir la bouche. Il répondit avec un fort accent espagnol :

— Avec les chiens, j'évite les rues du centre du village, je pars de chez moi et je vais de l'autre côté du Bints jusqu'aux grandes prairies, les bêtes aiment ça, je peux les lâcher un moment et, chaque fois, je passe deux fois devant la grille des Capulac, une fois à l'aller, une fois au retour.

L'accent était mauvais mais la langue loin d'être fruste. Le commissaire le considéra longuement.

— Vous êtes absolument sûr qu'il s'agissait d'Assomption.

— Oui.

— Vous savez que votre témoignage peut envoyer un homme en prison à perpétuité.

Ordonez fixa le commissaire.

— J'en ai fait, moi, de la prison, je sais ce que c'est, et c'était pas la prison française d'aujourd'hui. Si je vous dis que je l'ai vu, c'est que je l'ai vu.

Tibal jugea le ton et le propos convaincants. Il faut se méfier de ces exilés politiques, songea-t-il, leur culture et leur intelligence sont souvent bien supérieures à leur statut social dans le pays d'accueil, souvenons-nous des princes russes chauffeurs de taxi.

— Vous allez venir avec moi à la gendarmerie, nous enregistrerons votre témoignage et vous le signerez.

L'Espagnol approuva du chef.

— Et ce soir, poursuivit Tibal, entre 22 h 30 et 23 h 30, nous procéderons à une petite reconstitution, ce n'est pas nécessaire d'emmener vos chiens.

— Et pourquoi je les emmènerais pas ? protesta Ordonez. C'est justement l'heure pour les sortir.

— Je disais ça pour ne pas vous embêter.

Tibal se leva Ordonez lui ouvrit la porte. Ils sortirent dans l'enclos.

— Au fait, dit le commissaire, vous saviez que Le Touc et Capulac avaient aimé la même femme autrefois.

— Bien sûr, Arlette, et même je la connaissais. Vous savez, je suis là depuis 1939, ils étaient tous des enfants quand je suis arrivé, et la petite Arlette venait juste de naître, j'ai été embauché comme cantonnier grâce à l'oncle de Le Touc.

— Ah, c'est pour ça que vous êtes amis.

— Eh oui, c'est pour ça. Sans l'oncle de Le Touc, j'aurais crevé de faim, et on m'aurait expédié, comme les camarades, au camp du Vernet, et après…

— Le Touc aurait bien pu tuer Capulac, vous ne croyez pas ?

— Oh si, je le crois, mais autrefois, pas aujourd'hui, du moment qu'il ne l'a pas tué à l'époque, après, c'était trop tard…

— Et vous, bien sûr, vous n'aviez aucune raison de le tuer.

— Moi ? Si, j'en avais une, et une vraie.

Le regard du commissaire s'alluma.

— Vous pouvez me dire laquelle ?

— Oh, c'est pas un secret, tout le monde le sait ici… Le père Capulac et les Le Touc ne s'entendaient pas du tout, à cause de la politique, et aussi d'un terrain, au bord de la route, entre Bints et Sout, le village d'à côté. Quand mes camarades et moi on est arrivés d'Espagne, on s'est cachés ici, les Le Touc en ont hébergé beaucoup, et moi j'ai été caché par l'oncle Le Touc, et le père Capulac l'a dénoncé. J'ai dû m'échapper en pleine nuit dans la montagne, j'y suis resté trois semaines, l'oncle Le Touc a failli être déporté, heureusement qu'un général à la retraite bien avec Vichy et ami de la famille Le Touc, malgré la politique, est intervenu, mais deux de mes meilleurs camarades de la guerre y ont laissé leur peau. À la libération, j'étais prêt à les venger et à tuer le père Capulac, mais il est mort tout seul.

Le commissaire prit congé. L'Espagnol le suivit des yeux jusqu'à ce qu'il ait disparu.

L'homme, de là où il était, pouvait admirer la partie de la face ouest du Grand Pic encore épargnée par les rouleaux de brume qui, dans trois heures, auraient déboulé sur le village. Ainsi en allait-il chaque soir de l'automne en attendant la neige de l'hiver. Et cette brume conférerait à la reconstitution voulue par le commissaire un caractère fantasmatique à la hauteur du crime perpétré, un cachet artistique indéniable, justifié, mérité. L'homme portait respect à ce Tibal et même à ce Petitvisier presque toujours silencieux mais dont on devinait que peu de choses lui échappaient. Pas étonnant qu'ils aient joué un rôle aussi intelligent lors de la mort inouïe de la comtesse. Il est vrai que sans les cogitations décisives de feu le docteur Permont, l'énigme n'aurait pas été résolue. L'homme se demanda si le docteur aurait été capable de démonter le mécanisme de son plan diabolique. Il en douta profondément. Et, quoi qu'il en soit, le vieux retraité subtil et malicieux n'était plus de ce monde. Certes, Tibal n'avait manifesté aucun génie. Il interrogeait les témoins imposés par l'assassin, il prenait les décisions prévues par lui. Cependant, on le sentait sur ses gardes, flairant un trucage indéfinissable. Et cela, à soi seul, participait déjà d'une espèce d'exploit. Depuis qu'il avait donné le branle à sa machination homicide, l'homme jouissait de la sensation rare d'admirer son beau rêve s'inscrivant dans la réalité. Sensation sans doute comparable à celle de l'écrivain devant son livre ou du dramaturge devant sa pièce. Il jubilait à l'avance à la perspective de cette reconstitution. Eschyle et Shakespeare n'auraient pas craché sur un tel acte. Tibal et Petitvisier imaginaient-ils que lui, l'homme, l'assassin, avait appris, jadis, ces auteurs à l'école ? Les connaissaient-ils eux-mêmes autrement que par ouï-dire ?

Assurément, le plus drôle et le plus gratifiant résiderait dans la mise en scène du crime proprement dit, de l'égorgement de Paul Capulac. À l'issue de cette reconstitution, les enquêteurs se retrouveraient encore plus empêtrés dans ses filets. L'homme rentra en sifflotant là où il habitait.

A 20 h 30, en ce dimanche des Défunts, le commissaire et les gendarmes avaient dûment enregistré les principaux témoignages et déclarations. Mme Capulac avait été officiellement entendue à son domicile par le brigadier. Mais la journée était loin d'être finie. Tout le monde était convoqué et mobilisé pour la reconstitution.

Tibal avait reçu au téléphone des consignes de prudence de sa hiérarchie. Des pontes parisiens, alertés par Anton-Bélise, avaient sensibilisé quelques ministres. Peu leur importait l'identité du coupable. Ils n'exigeaient aucun privilège en faveur d'Anton-Bélise. A leurs yeux, qu'un président fût assassiné par son second, si tel s'avérait le cas, leur paraissait gênant, nullement tragique. Le groupe Sacoprim s'en relèverait. Par contre, le traitement de la question du et des feuillets appelait du doigté, de la circonspection. Tibal avait compris : il convenait de cantonner l'affaire dans ses limites policières. Le policier avait toute latitude. Pas le citoyen.

Le juge Kuff téléphona de son côté. Le commissaire souhaitait-il sa présence ? Il lui fut répondu par la négative. Cette reconstitution était officieuse et avait pour but de fixer les idées des enquêteurs, non de revoir à l'œuvre un assassin. Si, à l'issue ou au lendemain de l'opération, un suspect se muait en coupable présumé, alors le juge ordonnerait une nouvelle et officielle reconstitution, comme il était de règle. Les gendarmes rentrèrent dîner chez eux. Tibal déclina gentiment l'invitation de Petitvisier. Il avait loué une chambre au *Grand Hôtel du Pic* et préférait y prendre son repas ne serait-ce qu'afin de se pénétrer de l'atmosphère ambiante.

À l'origine, le commissaire désirait vérifier trois points : la position des protagonistes le soir du crime, la possibilité pour Ordonez de reconnaître Assomption à la lumière incertaine de la lampe extérieure de la maison de Capulac, du réverbère censé éclairer la rampe, et ce malgré le manteau de brume couvrant le village, enfin le minutage des différents déplacements. À la réflexion, il jugea avantageux de profiter du dispositif pour reconstituer aussi le crime lui-même. Soucieux de ne pas importuner Mme Capulac outre mesure, il choisit de poster un gendarme au second étage de la maison pour savoir si les bruits du salon parvenaient ou non à la chambre de la mère handicapée. Un autre gendarme remplacerait la victime. Un troisième, en faction sur la placette, interdirait l'afflux des curieux. Il avait prié Le Touc de rester chez lui puisque, selon ses affirmations, c'est là qu'il était la veille à l'heure du crime.

Ce soir-là, si les clients du restaurant de l'hôtel étaient rares, ceux du bar étaient nombreux. Voilà qui indiquait que Bints vivait des moments mémorables. À son entrée, les conversations avaient baissé d'un ton. Anton-Bélise, déjà attablé, l'avait salué d'un signe de tête courtois accompagné d'un sourire. Tibal y avait répondu de la même manière puis il avait choisi une table à l'écart. Il commanda un menu frugal duquel il écarta le vin. La journée avait substantiellement sollicité son cerveau et celui-ci serait encore soumis à rude épreuve.

Anton-Bélise avait été convoqué à 22 h sur la placette ainsi que tous les acteurs du drame. Il n'avait donc rien de particulier à dire au commissaire. C'est pourquoi il quitta la salle sans un regard pour Tibal. Celui-ci songea que cette assurance tenait à la conviction du cadre évincé qu'en tout état de cause et grâce aux pressions en haut lieu, il n'y aurait pas d'affaire des feuillets. Il ne se trompait pas.

Allongé sur son lit, Anton-Bélise se félicitait de la détermination des membres influents du conseil d'administration. Pour la mort du Bolet, il saurait se débrouiller. S'il échappait à une inculpation, provisoire ou non, il détenait les meilleures chances d'occuper le fauteuil du défunt. Et pourquoi serait-il inculpé, lui plus qu'un autre ? De toute façon, la situation de ce pauvre Assomption était si critique et limpide, que seuls un caprice, une folle inspiration, une lubie téméraire, pouvaient inciter Tibal à l'inculper lui plutôt que le cadre déchu. Finalement, tout ça l'amusait beaucoup.

Le Touc, nerveux, arpentait son élégant salon de campagne. Nerveux et dépité. Lui qui s'estimait au cœur de l'affaire, il n'était même pas convié à la reconstitution. Qu'il fût chez lui à l'heure du crime lui semblait insuffisant à justifier cet éloignement. Après tout, personne n'avait confirmé son alibi. Aux côtés du commissaire, il eût pu fournir des avis précieux. Le cadre provincial bancaire se servit une goutte et la dégusta dans un fauteuil d'osier, souvenir de son arrière-grand-mère.

À 22 h, une animation sans précédent régnait sur la placette. Tous les témoins, emmitouflés, entouraient le commissaire, le brigadier et ses gendarmes. Seul était absent le personnel de Mme Capulac consigné dans la maison. Ordonez avait du mal à calmer ses bêtes inquiètes.

Le commissaire prit la parole :

— Mesdames et Messieurs, chacun d'entre vous va reprendre la place où il était hier soir à 22 h 30, madame Menton, à sa fenêtre, en haut de la ruelle, même chose pour madame Juliette, madame Mouli ira vider sa poubelle, monsieur Assomption refera son trajet, à l'aller comme au retour, à partir de 23 h, monsieur Ordonez se tiendra avec ses chiens sur le chemin du haut. Je vous rappelle que je veux reconstituer la situation exacte de la veille. Je demande donc à tous ceux qui n'ont rien à faire ici de repartir, ce n'est pas un spectacle. Les témoins referont leurs gestes puis ils rentreront chez eux et ils fermeront portes et fenêtres comme ils l'ont fait hier soir. On commencera à mon signal, je donnerai un coup de sifflet.

Les gendarmes firent évacuer la placette sans trop de difficultés. Les trois femmes témoins repartirent chez elles. Assomption fut se placer en haut de la ruelle. Anton-Bélise, Ordonez, ses chiens et deux gendarmes restèrent sur la placette. Quand chacun fut à son poste, Tibal et Petitvisier se rendirent chez madame Menton et se penchèrent à sa fenêtre sous laquelle se trouvait Assomption. Le silence de la nuit était rétabli. Les acteurs du drame réunis. Et l'assassin respirait quelque part, concentré, attentif à ne pas commettre de bévues. Ou les assassins.

Le commissaire avait emprunté le sifflet d'un gendarme. Il souffla. La stridence déchira la nuit. Alors se déclencha comme un jeu d'automates.

Le cadre déchu se mit en marche et descendit d'un

pas égal la ruelle. Tibal et Petitvisier virent s'éloigner le blouson kaki et la tonsure. Assomption, conformément aux instructions, s'arrêta au pontet, afin de permettre aux enquêteurs de le rejoindre. Ce qu'ils firent en une minute. Mme Juliette apparut à sa fenêtre. Assomption leva le bras en guise de salut. « Bonsoir ! » lança-t-elle. Et elle referma. Assomption se remit en marche. Il franchit le pontet et s'engagea sur la placette. Mme Mouli vidait sa poubelle. Ils se saluèrent d'un geste du bras.

Assomption, Tibal et Petitvisier rejoignirent Anton-Bélise, Ordonez et les gendarmes. Le commissaire consulta son chronomètre.

— Continuez, intima-t-il à Assomption.

Celui-ci reprit son chemin en direction de la demeure Capulac. Le commissaire avait les yeux rivés sur son chronomètre. En dehors du groupe qu'ils constituaient et du cadre déchu qui montait lentement la rampe, pas une âme qui vive. Le silence. La nuit noyée par le brouillard. La lumière jaune pâle des réverbères. Le cadre déchu avait disparu. À 22 h 35, le commissaire adressa un signe à Anton-Bélise. Celui-ci partit à son tour vers la demeure Capulac, suivi par les deux enquêteurs. Au sommet de la rampe, ils firent halte. Ils aperçurent Assomption, appuyé à la grille, qui observait la maison

— C'est alors que vous avez fait demi-tour ? interrogea Tibal.

— Oui, confirma Anton-Bélise.

— Allons-y, dit le commissaire.

Ils regagnèrent la placette.

— À partir de là, en principe, je n'ai plus besoin de vous, puisque vous décidez de faire un tour assez long pour revenir ensuite, ce à quoi vous finissez par renoncer, mais j'aimerais que vous restiez pour assister à la reconstitution du crime, je peux avoir besoin de votre opinion.

— Comme vous voudrez, marmonna Anton-Bélise.

— Le voilà, dit soudain Petitvisier.

Assomption redescendait la rampe. Tibal nota 22 h 38 à son chronomètre. Il avait déjà vérifié que l'étranger n'aurait aucune difficulté à rentrer chez lui et se retrouver sous les draps à 23 h. Maintenant, on allait passer à la deuxième partie de la reconstitution, celle où Ordonez et l'assassin entraient en scène.

— On va chez Capulac, dit Tibal.

Et le groupe s'ébranla.

Devant la grille, le commissaire déclara :

— Il n'est pas encore 23 h, le crime a été commis entre maintenant et 23 h 30. Pour ce que je veux contrôler, on n'est pas à 5 minutes près. Monsieur Ordonez, prenez place avec vos chiens, monsieur Assomption, vous allez jusqu'à la porte de la maison, vous revenez vers nous en courant et vous sautez le muret. Exécution !

L'Espagnol s'éloigna d'une trentaine de mètres avec ses bêtes. Assomption fut se placer à la porte de la demeure Capulac, juste sous le globe électrique extérieur.

— Ordonez ! appela Tibal, vous avez vu monsieur Assomption quand il sortait de la maison ?

L'Espagnol s'approchait houspillant sa meute énervée.

— Je l'ai pas vu refermer la porte, mais je l'ai vu courir juste après.

— Allez-y, Assomption !

Le cadre déchu se mit à courir. À cet instant, Ordonez passa devant la grille sans s'arrêter et disparut dans la descente de la rampe. Tibal et Petitvisier échangèrent un regard : il devenait clair que l'Espagnol avait été en position de reconnaître Assomption. Celui-ci, avant de se noyer dans la brume et la nuit, avait reçu la lumière du globe au moins durant 15 secondes et il était aisément identifiable. Ordonez réapparut avec ses bêtes.

— Je peux m'en aller maintenant ?

— Non, dit Tibal, vous allez attacher vos chiens et nous suivre dans la maison.

L'Espagnol s'exécuta en maugréant.

— Regardez, commissaire ! s'écria soudain le brigadier en désignant du doigt le chemin du bas, voie non carrossable longeant la rive droite du Bints et le côté nord de la propriété Capulac.

Une silhouette se profilait là, un homme éclairé quelques secondes seulement par le réverbère du bas puis qui avait disparu.

— Vite, envoyez quelqu'un ! ordonna Tibal.

— Rosario, allez me chercher cet individu !

Un jeune gendarme bondit. Il traversa la pelouse comme une flèche, sauta le muret du bas. On l'entendit interpeller quelqu'un. Il réapparut à la lumière en poussant un individu devant lui.

— Le Touc ! s'exclama Tibal, aussi joyeux que Napoléon au matin d'Austerlitz. Vous voyez comme j'ai eu raison de ne pas l'inviter à notre cérémonie, j'étais sûr qu'il enragerait et qu'il ne résisterait pas à la tentation. Pourtant, il aurait dû être content que je l'écarte des autres suspects.

Quand le cadre écologiste fut en face de lui, Tibal lui demanda :

— Qu'est-ce que vous faites là, en pleine nuit, monsieur Le Touc ?

— Je suis venu par curiosité, je voulais voir comment ça se passait.

— Mais du chemin d'en bas, vous n'avez pas pu voir grand-chose.

— C'est vrai, j'ai quand même suivi les événements de la ruelle et de la placette.

Tibal donna le sentiment de réfléchir à une question délicate. Puis il prononça :

— Puisque vous êtes là, monsieur Le Touc, autant vous rendre utile. Nous allons passer à la dernière partie de la reconstitution, à l'intérieur de la maison, nous allons refaire le crime, un gendarme fera la victime, mais je ne savais pas qui ferait l'assassin, c'est là que vous pourrez nous aider si ça ne vous ennuie pas trop.

— Si vous voulez, accepta très civilement le cadre provincial bancaire.

Si facilement que les membres du groupe en restèrent cloués par la surprise.

— Eh bien quoi, dit Le Touc, vous auriez préféré que je dise non ? Le commissaire a voulu me punir de ma désobéissance et moi j'accepte la punition, voilà, c'est tout.

Tibal pénétra dans la propriété suivi de la troupe.

À l'intérieur de la maison, ils furent accueillis par Jane, Solange et Baptiste. Reine-Claude veillait sur Mme Capulac. Le gendarme Do fut envoyé au second étage. Tibal demanda des feuilles de papier et une paire de ciseaux. Il les découpa au format du feuillet retrouvé. Puis, il fit apporter un verre qu'il déposa sur la tablette. Le gendarme Aunac, sur les indications du commissaire, s'assit sur le sofa, juste à côté de l'échiquier sur pied et de la tablette sur laquelle étaient placés la poupée russe et le verre. La chemise de carton verte fut déposée sur la grande table basse. Aunac fut invité à se saisir des feuillets et à les consulter. Et Le Touc à ressortir. Tous étaient silencieux et tendus. Assomption, Anton-Bélise et Ordonez impassibles.

— Allons-y, murmura Tibal.

Rosario s'en fut transmettre le signal à Le Touc. Celui-ci entra dans la maison puis au salon. Au mur, dans la panoplie, la place vide de l'arme du crime.

— Essayons de déterminer, dit Tibal, comment l'assassin a pu s'emparer du couteau sans attirer l'attention de Capulac, voyons, réfléchissons. Ils ont engagé une discussion, celle-ci a mal tourné, la victime signifie qu'elle n'a plus rien à dire et que son visiteur doit maintenant s'en aller. Celui-ci, furieux, fait mine d'obtempérer, en réalité il contourne le sofa, décroche le couteau et frappe Capulac, qui s'effondre à gauche, lâche les feuillets, au passage son bras gauche fait tomber la poupée, le verre, et des pièces d'échecs. Monsieur Le Touc, placez-vous ici, devant la table basse. C'est de là que vous discutez avec Capulac. Aunac, plongez-vous dans la lecture des feuillets, voilà. Maintenant, monsieur Le Touc, vous venez d'être congédié, Capulac affecte de ne plus se préoccuper de vous, vous êtes fou de haine, tout à coup, vous ne voyez plus que la panoplie, vous allez tuer Capulac, enfin, depuis tant d'années que vous y pensez, le beau visage d'Arlette s'impose à votre mémoire, vous faites quelques pas, Capulac s'imagine que vous partez. Allez-y, monsieur Le Touc, allez-y, ce n'est qu'une fiction pour le moment…

Le Touc avait pâli. De sourdes réticences le paralysaient. Il braqua un regard fixe sur Assomption et Anton-Bélise, ensuite il le déplaça vers l'Espagnol. Les trois le soutinrent sans broncher. Tibal observait la scène avec un intérêt manifeste. Les employés de Capulac, eux, ne dissimulaient pas leur hostilité au cadre écologiste.

— Si vous voulez, proposa Tibal, je peux vous remplacer par le gendarme Do, ou par l'un de ces messieurs s'il y a un volontaire.

— Au point où j'en suis, je peux continuer, souffla Le Touc, mais je n'avais pas prévu que ce serait si désagréable.

Il avança de trois pas en direction de l'entrée du salon. Là, au lieu de continuer, il fit un pas à droite, décrocha vivement un couteau et leva le bras sur le gendarme.

— Maintenant, Aunac, dit le commissaire, monsieur Le Touc va vous bousculer vers votre gauche, une vraie bourrade, et donc vous vous affaisserez vers la tablette et l'échiquier, et vous vous laisserez aller, n'oubliez pas que l'on vient de vous trancher la gorge.

Le Touc replaça le couteau. Puis il poussa Aunac qui laissa échapper les feuillets. Son bras gauche effleura la poupée russe et fit chuter le verre, ainsi que plusieurs pièces d'échecs. Le commissaire estima l'expérience concluante bien que la poupée russe ne fût pas tombée. La plupart des feuillets s'étaient éparpillés sur les genoux d'Aunac, trois étaient par terre. D'un coup de main, Tibal fit tomber la poupée de bois. Après quoi, il appela le gendarme Rosario, qui descendit du second étage.

— Qu'avez-vous entendu ? demanda Tibal.

— J'ai entendu le bruit d'un verre cassé et d'objets qui roulaient par terre.

— Et après ?

— Comme un bruit sourd.

— Très bien, dit Tibal. Messieurs, je crois que nous avons tous bien travaillé ; je ferai demain mon rapport au juge d'instruction, inutile de préciser aux témoins qu'ils doivent se tenir à la disposition de la justice.

Il s'en fut, suivi du brigadier, des gendarmes et des autres. Solange entreprit de ramasser les pièces d'échecs, la poupée russe et les feuillets.

Assomption leur emboîta le pas. Il paraissait dans les nuages. Le Touc, Anton-Bélise et Ordonez se retrouvèrent seuls à l'arrière, devant la grille de la demeure. Ils semblaient éprouvés par la séance. L'Espagnol détacha ses chiens. Sur la placette, Anton-Bélise lança :

— Messieurs, je vous salue.

Et il obliqua vers le centre du village.

Les deux autres s'en furent en direction du pontet sans mot dire.

Parvenus en haut de la ruelle, Le Touc proposa :

— J'offre la goutte ?

— *Vale**, répondit Ordonez.

* D'accord, en espagnol.

Le lundi 3 novembre, le juge d'instruction Kuff se transporta à Bints, flanqué de son greffier. Le brigadier lui céda son bureau. Le commissaire lui fit un point complet de la situation. Après quoi, le juge étudia le dossier toute la matinée tandis que Petitvisier et ses gendarmes effectuaient une enquête de proximité, interrogeant les Bintsois habitant les environs et le voisinage immédiat des suspects. Tibal profita de ce répit pour se rendre à la préfecture et y expédier quelques affaires en cours. Il revint à 12 h 30 afin de déjeuner avec Kuff et de recueillir ses premières impressions.

Le juge avait été saisi d'une requête d'Anton-Bélise que des occupations intenses attendaient à Paris : la permission de rentrer le jour même dans la capitale, le temps de consulter le conseil d'administration et de régler les questions urgentes qui se posaient au groupe Sacoprim. De toute façon, il retournerait à Bints pour les obsèques de Capulac, fixées au jeudi 6 novembre. Le juge accéda à la démarche. Outre qu'il avait reçu des consignes de souplesse à l'égard du manager naguère évincé par le mort et qu'au surplus il ne considérait pas sa présence à Bints comme indispensable à la bonne continuation de l'enquête, il était persuadé de l'innocence d'Anton-Bélise. L'hypothèse d'un assassinat collectif l'amusait. Il s'en expliqua longuement lors du déjeuner qu'il prit en compagnie du brigadier et du commissaire dans un petit restaurant de Sout, village voisin. Par contre, et en dépit des charges qui pesaient sur Assomption, il hésitait à l'inculper. Le tandem Le Touc-Ordonez l'incitait à beaucoup réfléchir.

— Vous comprenez, exposa-t-il à ses commensaux, en toute franchise, ces deux-là avaient des mobiles incomparablement plus sérieux de tuer Capulac, de ces mobiles qui s'enracinent dans un passé chargé. Cette famille Le Touc qui, depuis près d'un siècle, trouve toujours sur son chemin la famille Capulac, une fois à cause d'une sombre histoire de terrain, une autre à cause de la politique, une troisième à cause d'une jeune femme volée et décédée. Et cet Espagnol, précisément sauvé de la Gestapo par un Le Touc, dénoncé par un Capulac. En voilà deux qui, possiblement, rêvaient de liquider Capulac depuis longtemps, et qui en virent tout à coup l'occasion quand cet Assomption est apparu à Bints, ce qui expliquerait la proposition quand même assez curieuse, même si elle n'est pas totalement aberrante, de Le Touc à l'étranger, de l'héberger dans l'une de ses maisons. J'ai noté que c'est Le Touc qui conseille à Assomption de prévenir une convocation de la gendarmerie. Enfin, si j'inculpe l'étranger, ce sera sur un témoignage et un seul, celui d'Ordonez, ne l'oublions pas.

— Vous avez raison, monsieur le juge, dit Tibal, j'ai pensé à cette hypothèse, et j'y pense toujours...

Durant un moment, ils mangèrent et ils burent en silence, soucieux, perplexes. Tibal reprit, rêveur, comme s'il se décrivait les événements à lui-même :

— Le Touc a soudain une idée lumineuse quand il

rencontre Assomption qui vient d'arriver à Bints et qui lui révèle sa situation, tout le mal, aussi, qu'il a subi de Capulac et d'Anton-Bélise… Le Touc se dit alors : « C'est l'occasion de faire la peau à Capulac… » Il en parle aussitôt à Ordonez qui a vu partir pour toujours des camarades de combat à cause des Capulac et qui, sous des dehors misérables, cache quelqu'un qui n'a pas froid aux yeux et qui sait tuer. Ils se partagent la tâche : Le Touc tiendra le couteau, Ordonez témoignera.

— Ils ne pouvaient pas deviner qu'Assomption, ce soir-là, déciderait de se rendre chez Capulac, objecta Petitvisier, et qui plus est à une heure où il avait toutes les chances d'être vu.

— C'est vrai, accorda le juge. Moi aussi j'ai pensé à ça, mais je me dis deux choses : d'abord, si Assomption avait décidé de tuer, l'objection joue aussi en sa faveur… Pourquoi aurait-il choisi d'aller chez Capulac justement à cette heure où les gens émergent de leur télévision ? Ensuite, je n'écarte pas une coïncidence heureuse pour les assassins. Enfin, ni vous ni moi n'étions chez Le Touc au dîner qui a précédé le crime, où Assomption et son hôte avaient bien bu, et on ne peut exclure que Le Touc, ayant fait boire Assomption, ne lui ait insidieusement suggéré d'essayer de régler sans attendre ses problèmes avec Capulac.

— C'est Ordonez contre Assomption, lâcha Tibal.

— C'est ça, approuva Kuff.

Ils choisirent un fromage du pays.

— Et entre les deux, vous avez tranché ? questionna le brigadier.

Le juge resta muet d'interminables secondes. Les deux enquêteurs le fixaient avec intensité.

— Oui, répondit-il enfin, mais avant de prendre

une décision officielle, je veux interroger moi-même ces trois suspects. Je le ferai cet après-midi.

Ils sautèrent le dessert et commandèrent des cafés.

Comme ils sortaient du restaurant et s'apprêtaient à monter en voiture, le juge dit à ses compagnons :

— Ce qui rend cette affaire un peu spéciale c'est que ceux qui n'ont pas tué Capulac doivent éprouver une joie très vive et même de la gratitude pour le ou les assassins, et peut-être qu'inconsciemment, ils ne souhaitent pas que celui-ci ou ceux-ci soient découverts et punis. C'est une impression qui m'est venue en lisant attentivement les déclarations des suspects, y compris d'ailleurs celle d'Anton-Bélise.

Tibal et Petitvisier renchérirent en chœur. Le commissaire expliqua que de cette même impression était née l'hypothèse d'un crime collectif, à trois ou à quatre. Le juge revint là-dessus dans la voiture.

— Voyez-vous, exposa-t-il, on ne décide pas comme ça, froidement, à cause d'un contentieux, même grave et ancien, d'égorger un individu et, surtout, d'en prendre les risques, il y faut un mobile, je vous l'ai dit, et ces suspects ont certes tous des mobiles mais d'une importance inégale, à mon avis pas de nature à susciter une alliance, une complicité commune, mais j'avoue que cela ferait un bon roman policier.

Ils se turent un instant.

— Je vous ai rarement vu aussi troublé, mon cher commissaire, observa le juge en souriant.

— Ce qui me trouble, murmura Tibal, c'est la sensation d'affronter un calcul, bien plus qu'une simple préméditation. Je ne sais pas s'il y a un ou plusieurs coupables, si le sort les a ou non servis dans l'exécution du crime, mais j'ai comme le sentiment énervant que l'on se moque de nous, que nous sommes manipulés, qu'on nous amène au bord d'une solution pour nous en éloigner aussitôt, et je me demande...

— Vous vous demandez quoi, commissaire ? s'enquit le juge, intrigué.

— Je me demande si nous n'avons pas affaire à un crime parfait.

Le juge s'égaya.

— Qu'est-ce qu'un crime parfait, monsieur Tibal ? Un crime impuni ?

— Beaucoup de crimes sont restés, hélas, impunis, dit le brigadier. Parmi les plus simples et les plus crapuleux, et ils étaient loin d'être parfaits.

— Pourtant, assura le juge, c'est la seule définition qui vaille. Un crime n'est pas parfait en raison de l'intelligence, voire du génie de sa préparation, de sa mise en œuvre et de son exécution, mais bien quand le criminel n'est jamais démasqué, ce qui advient dans la vie réelle, tandis que monsieur Hercule Poirot trouve toujours le coupable des crimes sophistiqués et superbement orchestrés de madame Agatha Christie, mais ce sont des romans.

Les trois hommes demeurèrent songeurs. Petitvisier conduisait doucement.

— Le crime parfait, proposa alors Tibal, ce pourrait être un combiné des deux, un crime impuni mais dont on connaît l'assassin que l'on ne peut confondre à cause d'une idée géniale qui l'a mis à l'abri de toute démonstration.

Ils arrivaient à Bints. Et l'on devinait qu'ils n'étaient pas au bout de cette spéculation.

Le juge Kuff voulut interroger chacun des trois suspects en compagnie de son seul greffier. Aucun de ceux-ci ne réclama l'assistance d'un avocat. Le premier d'entre eux à comparaître fut le cadre bancaire Le Touc.

Extrait d'interrogatoire du cadre Le Touc par le juge Kuff

Kuff : Hier soir, vous êtes apparu par le chemin du bas sur les lieux de la reconstitution à laquelle vous n'étiez pas convié, ce qui a donné des idées au commissaire Tibal. Vous auriez pu, par cet itinéraire, éviter les regards indiscrets des gens de la ruelle et de la placette, pénétrer chez Capulac, le tuer, repartir, et faire accuser l'étranger Assomption grâce au faux témoignage de votre ami Ordonez. Qu'en pensez-vous ?

Le Touc : J'en pense que c'était possible, en effet, mais que c'est mal connaître Ordonez. Le faux témoignage, c'est pas son genre, c'est un type pas ordinaire, il a des états de service. À la limite, il serait capable de tuer mais pas de faire un faux témoignage.

Kuff : Et vous ?

Le Touc : Moi ? Je vaux moins que lui, c'est tout ce que je peux vous dire.

Kuff : Ce qui signifie que vous croyez au témoignage de monsieur Ordonez.

Le Touc : Absolument. Ordonez est incapable d'envoyer en prison et en connaissance de cause un innocent.

Kuff : Il a pu se tromper.

Le Touc : Ça c'est autre chose.

Kuff : Vous ne l'excluez pas.

Le Touc : On ne peut jamais exclure ce genre de choses. Il faisait nuit, il y avait de la brume, la lumière était trouble. D'un autre côté, Ordonez n'était qu'à une trentaine de mètres du fuyard.

Kuff : Cependant, Ordonez est formel, il a reconnu Assomption, il aurait pu se contenter de dire : j'ai cru reconnaître, il me semble que j'ai vu...

Le Touc : S'il en est sûr, c'est que c'est vrai.

Kuff : En ce cas, Assomption n'ayant pas d'alibi, il sera inculpé de meurtre ou d'assassinat, nous verrons, et il n'échappera pas à la réclusion, peut-être même à perpétuité.

D'un geste, Le Touc exprima son fatalisme. Puis, le juge le renvoya.

Extrait d'interrogatoire du héros républicain espagnol Ordonez par le juge Kuff

Kuff : Si vous maintenez votre témoignage contre l'étranger Assomption, vous l'envoyez en prison pour dix ou quinze ans, et peut-être à perpétuité, le maintenez-vous ?

Ordonez : Oui.

Kuff : Vous pourriez protéger votre ami Le Touc par un faux témoignage.

Ordonez : Le Touc ? Il n'est pas capable d'égorger quelqu'un, sur un coup de sang, comme beaucoup de gens ici, il peut décrocher son fusil et tirer, mais pas un couteau.

Kuff : Et vous ?

Ordonez : Moi ? J'en suis tout à fait capable, je l'ai déjà fait, il y a longtemps.

Kuff : Vous imaginez donc qu'Assomption, lui, pour le peu que vous en savez et que vous en connaissez, en serait capable.

Ordonez : Je n'ai pas dit ça, j'ai dit seulement que je l'avais vu sortir en courant de chez Capulac vers 11 h 30, quand je promenais mes chiens.

Kuff : Avez-vous distingué la couleur de ses vêtements ?

Ordonez : Oui, oui, son blouson kaki, et le pantalon de velours, bleu ou noir, et aussi sa tête.

Kuff : Qu'avez-vous pensé ? Ce n'est quand même

pas normal de voir un homme partir en courant d'une maison en pleine nuit… Pourquoi n'êtes-vous pas intervenu ? En plus, vous aviez des chiens de chasse…

Ordonez : Je n'ai pas pensé à un crime, j'ai pensé à autre chose.

Kuff : À quoi ?

Ordonez : Je savais que l'étranger était venu à Bints pour voir Capulac et lui demander une situation, je me suis dit qu'il venait de se faire mettre à la porte avec perte et fracas, que Capulac l'avait menacé de lui plomber les fesses, et que c'était pour ça qu'il s'échappait. Je me suis même mis à rire tout seul.

Kuff : Et le lendemain, qu'est-ce que vous avez pensé en apprenant le crime ?

Ordonez : Qu'Assomption avait tué Capulac.

Kuff : Monsieur Ordonez, est-ce que vous sortez beaucoup la nuit, vous ?

Ordonez : Non, pourquoi ?

Kuff : Parce que, au vu des différentes déclarations, j'ai l'impression que ces derniers jours, des gens comme Anton-Bélise, Assomption et Le Touc étaient souvent fourrés dehors au lieu de dormir tranquillement dans leur lit.

Ordonez : Les gens braconnent beaucoup par ici, mais pas moi.

Kuff : Dans quelle direction s'est échappé Assomption le soir du crime ?

Ordonez : Vers la forêt.

Kuff : Vous portez une lourde responsabilité, monsieur Ordonez.

L'Espagnol manifesta d'un mouvement des bras son insignifiance face au destin impitoyable. Le juge se leva et l'accompagna à la porte.

Extrait d'interrogatoire du cadre déchu Assomption par le juge Kuff

Kuff : Vous persistez à nier que vous êtes sorti de chez Capulac à 23 h 30 ?

Assomption : Oui, à cette heure j'étais au lit.

Kuff : Ordonez vous a vu.

Assomption : Il ment ou il se trompe.

Kuff : Comment pourrait-il se tromper ?

Assomption : Il faisait nuit, et la lumière perçant la brume ne permet de voir vraiment que les silhouettes.

Kuff : La reconstitution a prouvé que, sur au moins une dizaine de mètres à partir du seuil de la maison, il était possible de distinguer des détails.

Assomption : Je vous répète qu'à 23 h 30 j'étais au lit.

Kuff : À votre avis, pourquoi un homme comme Ordonez mentirait-il ?

Assomption : J'ai mon idée sur le crime… Dès mon arrivée à Bints, ensuite juste après, quand j'ai écrit à Capulac à Paris, trois hommes qui éprouvaient de la haine à l'encontre de Capulac ont su qu'ils pouvaient enfin le liquider en faisant porter le chapeau à un pauvre diable qui se trouvait sur place avec des intentions et, aussi, un mobile. Alors, l'un d'eux, ou deux d'entre eux, ou les trois, je ne sais pas, ont monté un coup énorme, et ils semblent réussir, puisque vous et le commissaire vous tombez dans le piège.

Kuff : Comment le savez-vous ?

Assomption : Je le sens bien.

Kuff : Je ne tombe dans aucun piège, je constate les faits, j'en tire les conclusions qui s'imposent à tout esprit logique : le samedi soir, après un dîner bien arrosé chez Le Touc, au lieu de rentrer chez vous, vous allez chez Capulac dans le but de brusquer un peu les choses. Vous ne songez pas du tout à le tuer, vous entrez sans même frapper, vous le surprenez consultant les feuillets de l'affaire Bam-Bam, documents très compromettants pour Anton-Bélise, l'homme qui vous avait jadis poussé dehors avec la complicité de Capulac. Celui-ci vous éconduit, probablement méchamment. Il refuse tout, de surcroît il vous humilie. Tant d'années de malheur et de ruminations vous remontent brutalement à la gorge, vous avisez la panoplie, vous décrochez un couteau, vous le plongez dans la gorge de Capulac et, en vous emparant des feuillets, vous méditez un chantage sur Anton-Bélise. En somme, vous avez fait d'une pierre deux coups... Vous ramassez des pièces d'échecs qui ont roulé à terre, ainsi que la poupée russe en bois, un réflexe de maniaque de l'ordre que vous êtes, ou que vous êtes devenu. Vous effacez vos empreintes avec un mouchoir, puis vous partez en courant vers la forêt, car vous ne voulez pas revenir chez vous par le village, ni par le haut ni par le bas, mais en contournant le quartier de la placette, du pontet et de la ruelle... Vous franchissez le Bints 500 mètres en amont et vous rentrez chez vous à l'abri des réverbères et des gens, par la rive gauche du Bints. Voilà ce que vous avez fait et, une fois chez vous, vous réfléchissez. Dans quelques heures, le crime sera découvert, Ordonez déclarera vous avoir vu, il faudra se défendre. Vous décidez de le faire en niant votre présence à 23 h 30, en attirant judicieusement l'attention des enquêteurs sur l'existence des trois autres suspects, en jouant habilement sur ces feuillets et en observant que, pour assassiner Capulac, vous auriez pu trouver mieux que vous montrer à une heure dangereuse sur la placette. Mais, alors, vous n'aviez pas l'intention de tuer, c'est pourquoi, monsieur Assomption, je vous inculpe pour homicide sans préméditation.

Le cadre déchu Assomption reçut l'autorisation de repasser chez lui, escorté de deux gendarmes, afin d'y prendre ses maigres affaires. Et il fut aussitôt convoyé et écroué à la prison de la préfecture.

Au lendemain de l'arrestation, la nouvelle fit la Une des journaux principaux. Cela emplit l'homme de fierté. Et d'une douce félicité. Déjà, il était payé de ses efforts. Le juge n'avait pas été difficile à duper. La mort de Paul Capulac libérait l'homme. Et que personne ne parût vraiment regretter le défunt, à l'exception de la mère elle-même à demi dans la tombe, dégageait sa conscience.

L'homme envisagea l'avenir avec optimisme. Il sifflota un air en vogue à l'époque de son adolescence et dont il avait retenu les premières paroles : « Juché sur le toit d'une maison, un maçon chantait une chanson. » Un hymne à la reconstruction d'après la guerre, à la joie et à la gloire du travail rude et bien fait, qui lui sembla convenir à merveille au crime qu'il avait conçu et perpétré.

L'homme déjeuna de bon appétit. Puis il se concentra sur les tâches futures.

DEUXIÈME PARTIE

Le chien de rouge

Le mardi 4 novembre, un événement fantastique désintégra l'édifice échafaudé autour de la culpabilité d'Assomption, culpabilité qui avait, très vite, satisfait tout le monde tant à Bints qu'à Paris où l'on suivait l'affaire de près. Que le coupable fût un cadre déchu comblait les vœux du conseil d'administration de Sacoprim, et qu'il fût étranger soulageait la population bintsoise. Le juge et les enquêteurs, quant à eux, confortés par la profusion de présomptions et de témoignages décisifs, n'enduraient aucun état d'âme. L'impression confuse et inconstante de Tibal de subir un trompe-l'œil s'était dissipée dès l'incarcération de l'inculpé. Désormais, c'était à la justice d'instruire et de trancher. Or, la singulière et fugitive sensation du commissaire allait trouver sa justification à peine une dizaine d'heures après l'arrestation. Et *la position de Philidor* prendre la dimension de l'une des plus impressionnantes énigmes de l'histoire du crime.

La mort tragique et violente de Paul Capulac avait entraîné l'annulation de la journée de la chasse du lundi. Mais, évidemment, elle n'interdisait pas aux chasseurs de battre la forêt et d'assouvir leur passion. La vie continuait. C'est ainsi qu'à l'aube du 4, une troupe conduite par un certain Birbat, grand traqueur de sanglier devant l'Éternel, éleveur nationalement réputé de chiens de rouge, animaux dressés au débusquage du gibier blessé grâce à leur aptitude à détecter l'odeur du sang, se rassembla sur la place des Platanes avec sa meute puis s'ébranla vers la forêt. Les « postiers », ceux qui étaient chargés d'occuper les postes de tir, c'est-à-dire les endroits où les sangliers pourchassés passeraient à coup quasiment sûr, avaient pris de l'avance car il leur fallait le temps de gagner les lieux fixés avant le commencement de la battue. Les « piqueurs » et leurs chiens devaient, eux, déloger les bêtes de leurs bauges, les harceler et les pousser vers les tireurs. Birbat et son chien de rouge, nommé Capito, intervenaient quand un sanglier blessé réussissait à échapper aux chasseurs et à se terrer en un abri souvent inaccessible. Guidé par l'odeur du sang, ce chien exceptionnel et dressé dans ce but, découvrait la cachette. Alors, les hommes tentaient d'y parvenir pour achever le gibier et le remonter du fond des broussailles et des ravins.

Ce matin-là, le « postier » Loumus tira sur un quartanier de plus de 100 kilos et le blessa sérieusement. L'animal s'enfuit perdant son sang, dévala un à-pic et disparut dans une ravine touffue de ronces et de fougères géantes. La proie était si belle, et si cruel le dépit des chasseurs à la perspective de l'abandonner là, qu'il fut décidé de tout mettre en œuvre pour la récupérer. On fit appel au chien de rouge. Une bonne moitié du groupe se retrouva au poste de Loumus où la situation fut examinée sous la haute autorité de Birbat. Pendant que les hommes discutaient du meilleur parti à prendre, Capito ne cessait d'aboyer et tirer vigoureusement sur sa laisse.

— Il sent la bête, dit Birbat. Il va la dénicher en vitesse, le problème ce sera de la remonter jusqu'ici.

— On va descendre pour voir où elle est et après on verra, proposa un chasseur.

— Oui, c'est le mieux, approuva Birbat.

Il détacha son chien et l'encouragea. Capito se précipita. Mais, à l'étonnement général, au lieu de se ruer vers le bas, il s'arrêta en chemin et se mit à fouiller fébrilement au pied d'une énorme souche.

— Qu'est-ce qu'il a trouvé là ? grommela Birbat.

Il rejoignit Capito, l'écarta et se pencha. Au-dessus de lui, sur le sentier, les autres attendaient silencieux et intrigués. Birbat s'agenouilla, sourcils froncés.

— Qu'est-ce que c'est ce truc là, marmonna-t-il.

Et, de dessous la souche, il extirpa un ballot, comme un sac poubelle de plastique sombre.

— Qu'est-ce que c'est ? s'enquit quelqu'un.

— J'en sais rien. Un ballot, répondit Birbat.

Soudain, le chien, qui fouillait toujours, ramena dans sa gueule un gant noir. Son maître le lui arracha.

— Un gant ! s'exclama-t-il.

Il passa une main sous la souche et retira un autre gant. Il se releva en s'écriant :

— Je crois qu'il y a du sang là-dessus !

Et comme Capito s'acharnait sur le ballot, il ajouta :

— Et il doit y en avoir aussi là-dedans.

Il rejoignit ses compagnons avec ses trouvailles. Il attacha le chien en disant :

— Pour le sanglier, on verra après.

— Qu'est-ce qu'on fait ? s'inquiéta un chasseur.

— Je sais pas, hésita Birbat. Il faut peut-être voir ce qu'il y a là-dedans.

Personne ne risqua un commentaire. Pour les choses importantes relevant de la chasse, Birbat était le chef. On sentait les hommes non seulement contrariés par cet incident peu commun qui retardait l'opération prévue mais vaguement anxieux. D'où provenaient ce ballot et ces gants ? Qui les avait cachés là ? Et pourquoi ? Le trouble s'accrut quand Birbat eut défait le paquet. Celui-ci contenait un pantalon de velours bleu, un blouson kaki fourré blanc, des chaussures de jogging, un tee-shirt rose et une moumoute figurant une couronne de cheveux gris encerclant une large tonsure. Ces vêtements paraissaient pratiquement neufs. Et les chaussures aussi.

— Qu'est-ce que c'est ça ? répétait Birbat.

— Mais c'est plein de taches de sang, observa le « postier » Loumus.

— Sûr que c'est du sang, approuva Birbat. Il y en a aussi sur ce gant, c'est pour ça que Capito s'est arrêté.

Il y avait, en effet, des taches de sang sur l'extrémité de la manche droite du blouson, sur la partie supérieure droite du pantalon et sur le gant de la main droite.

À ce moment surgirent d'autres « piqueurs » et leurs chiens.

— Qu'est-ce qui se passe ici ! tonitrua joyeusement le géant Isidore. Vous attendez que j'arrive pour remonter la bête ! De vraies fillettes, ma parole !

— On a trouvé ça, expliqua Birbat, laconique.

— Ça ? Mais c'est à l'étranger ! s'écria Isidore.

Il y a toujours au sein d'un groupe quelqu'un qui a des idées et ne s'embarrasse pas de fioritures. Isidore, esprit simple et franc, luron de la bande, y occupait cette place. Cependant, ce qui lui semblait évident et naturel avait manifestement échappé à ses camarades. Ceux-ci, subitement éclairés, n'en étaient pas moins ébahis et mécontents. Ils détestaient les complications et avaient l'habitude de régler leurs problèmes entre eux. Et ils comprenaient fort bien que leur découverte ne procurerait que des ennuis.

— Quel étranger ? questionna Loumus, presque machinalement.

— Le type qui est chez Le Touc ! Il est tout le temps habillé comme ça.

— Les gars, déclara Birbat, lugubre, il va falloir porter ça à la gendarmerie. J'ai comme l'impression que ça a à voir avec Capulac. Isidore a raison, c'est les habits de l'étranger. Il a été envoyé en cabane, il aura du mal à s'en tirer. Ce serait le sang de Capulac qu'il y a là-dessus que j'en serais pas étonné.

Il refit soigneusement le paquet.

— Et cette perruque, qu'est-ce qu'elle fout là ? s'interrogea à voix haute un certain Cos.

— Ça, c'est pas notre affaire, répondit Birbat.

— Et la bête ? On va pas la laisser en bas à cause de ça ! s'insurgea Isidore.

— Bien sûr que non, dit Birbat. Vous allez la chercher, moi je descends tout de suite au village et je vais porter ça à la gendarmerie. Ils se démerderont avec.

Il se présenta à la gendarmerie vers 11 heures. Le brigadier le reçut aussitôt. Il avait sur son bureau le journal régional qui annonçait l'arrestation d'Assomption à la Une. À la vue du contenu du ballot, Petitvisier reçut un choc. Livide, stupéfait, il contempla longuement ces pièces à conviction nouvelles dont il avait saisi sur-le-champ l'importance et les effets qu'elles entraîneraient. Puis il procéda lui-même à l'enregistrement minutieux de la déposition de Birbat. Ce n'est qu'après qu'il téléphona au commissaire Tibal.

— Il vient de se passer quelque chose d'extraordinaire, annonça-t-il. Est-ce que Assomption a pris un avocat ?

— On a commis d'office le jeune B. Pourquoi ? Expliquez-moi bon Dieu !

Petitvisier raconta les événements de la matinée. Il y eut un blanc au téléphone.

— Vous en déduisez quoi ? demanda le commissaire.

— Sans doute ce que vous en déduisez vous-même. Le type qu'a vu Ordonez à 23 h 30 n'était pas Assomption mais quelqu'un qui s'était déguisé en Assomption.

— Venez tout de suite ici, Brigadier, et apportez-nous ce ballot et ces gants, on va les passer à l'analyse et conférer avec Kuff.

C'est ainsi que le mardi 4 novembre, à l'heure du déjeuner, le brigadier Petitvisier prit la route de la préfecture avec le ballot et les gants. Et dans la tête, de graves et multiples préoccupations dont deux principales : l'affaire était loin d'être bouclée et la presse ne se priverait pas de dauber sur la précipitation et l'aveuglement des enquêteurs.

Ils étaient là, tous les trois, le brigadier, le commissaire et le juge, dans le bureau de celui-ci, malheureux, désorientés, pénétrés de leur insuffisance, aussi déboussolés que le lecteur de *la position de Philidor.*

Les assassins choisissent leur victime mais pas leurs enquêteurs et leur juge d'instruction. Les affaires criminelles sont du ressort de la juridiction du lieu où elles éclatent. Elles mettent rarement en présence des génies des deux bords. Et de braves gendarmes, des policiers de bonne volonté, ont la malchance de devoir élucider des énigmes qui les dépassent. C'est pourquoi celles-ci ne sont pas résolues. Assassins et enquêteurs de haut niveau existent mais ne sont pas confrontés. Dans la plupart des cas, la lutte est inégale. Voilà des pensées qui, sans aucun doute, taraudaient ce jour-là ces représentants de l'ordre et de l'autorité pour la raison, précisément, qu'ils étaient loin d'être bêtes et qu'ils prenaient conscience qu'un cerveau diabolique se jouait d'eux. Des trois, celui qui enrageait le plus était incontestablement le commissaire Tibal qui, devant le contenu de ce ballot et ces gants qui s'étalaient sur la table, voyait se renforcer sa conviction initiale que l'assassin avait monté un mécanisme trompeur, créé un décor truqué, obtenu des connivences, volontaires ou non, qui lui permettaient de brouiller les pistes. S'il n'avait tenu qu'à lui, il n'aurait pas arrêté Assomption. Mais il était trop tard, maintenant, pour faire valoir ce point. Il avait été solidaire de la décision. Il devait le demeurer d'autant plus qu'il n'apercevait aucune solution à l'horizon. Pas d'éclaircie lui permettant de réparer la faute, de rectifier le tir. Si Assomption n'avait pas tué Capulac, qui était coupable ? Comment démasquer l'homme qui avait si sûrement calculé son coup, patiemment tissé sa toile ?

— Deux conclusions s'imposent, dit enfin le juge. Il faut libérer Assomption et tout reprendre de zéro.

Tibal et Petitvisier approuvèrent tristement du chef.

— Cet Anton-Bélise m'agace, poursuivit le juge. Il jouit de trop de privilèges à mon goût. On a fait pression pour que je l'autorise à repartir pour Paris s'occuper de ses affaires. Le bruit court qu'il pourrait succéder à Capulac à la présidence de Sacoprim. Ça ne semble pas beaucoup le déranger de s'asseoir dans le fauteuil d'un homme qu'il haïssait, qui l'avait supplanté et que l'on a égorgé tandis que lui, Anton-Bélise, se trouvait non seulement sur les lieux mais devant sa grille juste avant le crime. De plus, il ne nie pas être un adepte des promenades nocturnes. Je vais demander son retour immédiat à Bints et tant pis pour ses affaires. Qu'en pensez-vous ?

— Ça ne peut pas être une mauvaise chose, dit le commissaire. Comme vous le dites, il va falloir tout reprendre de zéro, mais par où ? Il y a tant d'obscurités dans cette affaire, tant d'anomalies, par exemple…

Tibal s'interrompit et se fit tout à coup lointain.

— Par exemple ?

— Eh bien, entre autres bizarreries, prenez le cheminement d'Assomption et celui de l'assassin le soir du crime : si Assomption avait nié s'être rendu à la grille de Capulac avec l'intention d'entrer pour y renoncer au dernier moment, on aurait pu imaginer que l'assassin s'est déguisé en Assomption du début à la fin, qu'il s'est montré sur le pontet et sur la placette affublé de sa moumoute et vêtu d'habits semblables à ceux d'Assomption, à une heure où il savait que des gens sortiraient de chez eux, puis qu'il s'est enfui de chez Capulac à une heure où il savait qu'Ordonez passerait par là avec ses chiens. Mais ce n'est pas du tout ça, Assomption reconnaît être allé jusqu'à la grille, donc il nous faut admettre que l'assassin avait calculé de se déguiser uniquement après son crime, d'être reconnu pour Assomption seulement par Ordonez. Et alors il nous faut constater une étonnante coïncidence : comment l'assassin pouvait-il prévoir que le vrai Assomption déciderait de rendre visite ce soir-là à Capulac ? Et s'il était entré au lieu de repartir ? Il serait tombé sur l'assassin accomplissant son forfait, ou il aurait du moins grandement contrarié ses plans.

Ils méditèrent.

— Si je peux me permettre, monsieur le commissaire, intervint le brigadier, quelqu'un savait qu'Assomption se rendait chez Capulac ce soir-là, c'est Le Touc. Vous avez observé vous-même, l'autre jour, que nous n'étions pas là lors du dîner chez Le Touc qui a précédé le crime. Tout ce qu'on sait, c'est qu'Assomption a bien bu. Le Touc l'a-t-il fait boire un peu plus que de raison ? Avec l'idée de lui mettre dans la tête d'aller chez Capulac ? Il aura pu le suivre par le chemin du bas, puis pénétrer chez Capulac après la retraite d'Assomption.

Les paroles de Petitvisier les incitèrent à la réflexion.

— Mais, brigadier, objecta le juge, si Assomption, au lieu de repartir, était entré chez Capulac, qu'aurait fait Le Touc, tapi dans le chemin du bas, habillé en Assomption et la moumoute en poche ?

— Le Touc se préparait à tuer Capulac. Qu'Assomption soit entré ne le dérangeait pas, il savait que, de toute façon, il finirait bien par ressortir. Ce que voulait Le Touc, c'est qu'Assomption soit vu au moins par une personne. La seule chose qui aurait pu déranger ses plans c'est qu'Assomption tue Capulac à sa place ! J'imagine que dans ce cas, ayant découvert le crime, il serait reparti chez lui en se frottant les mains que le travail ait été fait.

— C'est très intéressant tout ça, murmura Tibal, rêveur. Le Touc rencontre par hasard Assomption à Bints, discute un moment avec lui, découvre la haine de l'étranger pour Capulac. Il sait, par ailleurs, qu'Anton-Bélise sera présent à la Toussaint, il se dit que c'est le moment ou jamais de régler son compte à son ennemi mortel. Il imagine un plan qui fera porter le chapeau à Assomption, se procure une moumoute, achète des habits et des chaussures, fixe le jour et l'heure du crime, dîne ce soir-là avec Assomption, le fait boire, l'excite, lui suggère de régler sans attendre son problème avec Capulac, se déguise dès que celui-ci part de chez lui, rejoint la propriété de sa victime par le chemin du bas, il voit Assomption à la grille, il attend que celui-ci pénètre chez Capulac, puis il le voit repartir, ce qui ne le gêne pas car il sait que les gens du pontet et de la placette l'ont vu passer. Il sait aussi que tout à l'heure Ordonez sera sur le chemin du haut avec ses chiens. Alors il entre chez Capulac, le tue avec l'un de ses couteaux, coiffe sa moumoute, attend dans l'ombre le passage de l'Espagnol, s'enfuit vers la forêt où il va cacher les habits, les gants et les chaussures, puis il revient tranquillement se coucher.

— Tout nu ? demanda le juge.

— Comment tout nu ?

— Eh bien oui, vous dites qu'il est allé dans la forêt dissimuler son ballot, mais il est revenu comment ?

— Il devait avoir un ballot avec dedans les vêtements propres, les siens, avec ses chaussures, répliqua le commissaire sans se démonter.

Ils restèrent silencieux une bonne dizaine de secondes.

— Ça peut tenir, soupira le juge Kuff.

— Seulement, prononça Tibal, il n'avait pas prévu le chien de rouge.

Sur ce, ils convinrent d'aller manger un morceau.

Ce déjeuner commencé tard se termina tard. Les trois hommes réfléchirent tout haut, manièrent les hypothèses, se renvoyèrent la balle, en sachant qu'à peine levé de table le juge libérerait Assomption. Ils soulevèrent mille questions et ne répondirent qu'à quelques-unes.

Où pouvait-on acheter une moumoute ? Chez un perruquier ? Un marchand d'accessoires ? Était-il possible de commander une moumoute sur mesure et de son choix ? Et n'importe où en France ? Cela prenait-il du temps ? Examens, analyses, enquêtes auprès des professionnels, perruquiers, spécialistes des farces et attrapes, permettraient peut-être d'y voir plus clair en ce domaine. Le commissaire, pour sa part, avait répondu à l'avance. Cette moumoute lui était apparue rudimentaire, tout à fait ordinaire, les cheveux bien plus gris que ceux d'Assomption, le matériau grossier, un caoutchouc synthétique plus rouge que rose, bref une perruque inutilisable pour qui aurait voulu tromper en plein jour, juste bonne à quelque gang des postiches ou à un clown, par contre très suffisante de nuit, surtout associée à des habits identifiables et suggestifs.

— L'assassin, dit Tibal, opérant dans la nuit et la

brume, n'avait que faire d'un déguisement parfait. Il lui suffisait de faire illusion, de provoquer un ou plusieurs témoignages contre Assomption, après quoi il ne lui restait plus qu'à balancer tout ça au fond de quelque trou en montagne ou en forêt profonde, ce qu'il a fait… Je suis sûr que les spécialistes nous confirmeront que ce genre de moumoute peut être achetée par n'importe qui n'importe où, si ça se trouve, même dans les supermarchés au rayon des jouets

Et les habits ? Après analyse, il faudrait les faire essayer par les suspects. Ils étaient neufs. Ce qui complétait l'observation de Tibal au sujet de la moumoute.

— Ce que nous pouvons considérer comme l'une des rares certitudes de l'affaire, c'est que l'idée du crime est venue brusquement à l'esprit de l'assassin, probablement en découvrant qu'Assomption était à Bints pour la Toussaint et qu'il entendait à toute force obtenir de l'aide de Capulac. D'où l'idée d'en profiter pour tuer et charger Assomption, d'où l'idée de se travestir. À partir de là, rien n'était plus aisé que d'acheter une moumoute de carnaval ou de surprise-partie masquée, même pas exactement ressemblante au crâne d'Assomption, un pantalon de velours bleu, un blouson kaki fourré blanc, un tee-shirt rose et des chaussures de jogging. C'est vrai que sans le chien de rouge de Birbat, le crime aurait été parfait.

— Qui sait s'il ne va pas le rester, murmura le juge.

— Il y a une question que je me pose, hasarda le commissaire. Et même deux… D'abord, si je comprends bien, ces habits et cette perruque ne pouvaient abuser des témoins que de nuit, dans de mauvaises conditions de vision, et donc, en tout état de cause, l'assassin n'aurait pas osé descendre la ruelle, franchir le pontet et traverser la placette ainsi déguisé. Ce sont des endroits où l'on voit nettement mieux la nuit. Les témoins auraient pu déceler une ou plusieurs anomalies, donc, en toute hypothèse, l'assassin, selon moi, n'aura jamais envisagé de s'exhiber avant le crime, peut-être même ne s'est-il déguisé que deux ou trois minutes avant. Il s'est rendu chez Capulac en prenant mille précautions et en emportant dans un ballot les vêtements du crime et la moumoute, il a dû se changer dans le noir, soit dans le chemin du haut soit dans celui du bas, faire un ballot de ses vrais vêtements et de ses vraies chaussures, et se rechanger dans la forêt.

— De toute façon, observa le juge, cette question ne se pose pas puisque l'on sait depuis le début que c'est Assomption qui a été vu sur le pontet et la placette.

— Eh bien, justement, reprit Tibal vivement, et si ce soir-là, les deux Assomption avaient traversé la placette à quelques minutes d'intervalle, le vrai et le faux. En ce cas, il n'est pas inutile d'éliminer le deuxième au moyen du raisonnement que je viens de faire.

— Mais, cher ami, insista le juge, Assomption lui-même confirme avoir salué les trois femmes qui ont témoigné. Il s'agissait donc bien de lui, à moins que nous ayons mis en prison un faux Assomption conclut-il en riant franchement.

— Il n'est pas indifférent de savoir si l'assassin a traversé le village déguisé ou s'il s'est travesti au dernier moment, prononça Tibal légèrement vexé. Le faux Assomption a pu traverser la placette sans être aperçu, à son grand dépit d'ailleurs puisqu'il souhaitait être pris pour le vrai. Il a dû alors s'en remettre à Ordonez plus tard… Tapi quelque part, il a vu arriver puis repartir le vrai Assomption, après quoi il a tué... Un assassin qui a pris le risque de traverser le village sous un déguisement approximatif n'a certainement pas la même psychologie qu'un assassin prudent et mettant toutes les chances de son côté.

Le juge en convint.

— Quoi qu'il en soit, nota-t-il, vous venez de nous démontrer que nous avions affaire à un assassin prudent.

— Disons audacieux mais pas téméraire.

— Vous vous posiez deux questions, commissaire, quelle est l'autre ?

— En fait, je suis comme vous, je m'en pose bien davantage, mais tout à l'heure je pensais à ceci : Ordonez n'a pas menti et il n'est pas complice. Il a cru sincèrement voir Assomption s'enfuir de la maison Capulac, et donc voilà une hypothèse qui s'effondre, ou l'Espagnol est coupable seul ou il ne l'est pas du tout.

— Maintenant que vous avez une preuve de sa bonne foi, pourquoi le garder parmi les suspects ?

— Nous n'avons aucune raison de le disculper, d'autant qu'au point où nous en sommes, nous ne pouvons exclure de nouveaux rebondissements, par exemple la découverte des feuillets disparus derrière son chenil. Mais il y a surtout que, très simplement, Ordonez a pu quitter son domicile, mettons à 23 h ou 23 h 15, avec le ballot et ses chiens, attacher ceux-ci à 4 ou 500 mètres de la grille, s'habiller tranquillement en Assomption, coiffer sa perruque, entrer chez Capulac, le tuer, repartir en courant, enfiler ses vrais vêtements, faire un ballot des autres, de la moumoute et des chaussures, le cacher quelque part, rentrer ses chiens, repartir pour balancer son ballot en forêt, ou même faire tout de suite le trajet avec ses chiens et, enfin, assurer le lendemain le plus naturellement du monde à son ami Le Touc avoir vu Assomption s'enfuir de chez Capulac la veille à 23 h 30. Je ne vois pas ce qui, pour l'heure, nous inciterait à exclure cette hypothèse.

Tibal marqua une pause avant de reprendre presque aussitôt :

— Pas plus d'ailleurs que l'hypothèse Anton-Bélise. En voilà un qui est sorti la nuit le vendredi et le samedi. Il a pu préparer et emporter un ballot, ou seulement les vêtements, les chaussures et la moumoute afin de ne pas attirer l'attention et en faire un ballot plus tard... Le soir du crime, le voici tapi, déguisé aux alentours de la demeure Capulac. De ses vrais vêtements il a refait un ballot qu'il a dissimulé dans un fourré... À sa grande surprise, il voit arriver Assomption, ce qui n'était pas prévu dans son plan mais ce qui, à la réflexion, ne le dérange pas, et même l'arrange, car il songe qu'à cette heure-là des gens auront peut-être vu le cadre déchu et qui, le lendemain, seront autant de témoins à charge. Il attend, il devine qu'Assomption hésite, il le voit repartir, alors il bondit et pénètre chez Capulac. Il entre, il tue, il s'empare des feuillets, il coiffe sa moumoute et ressort en courant... Dans le chemin, derrière un fourré, il remet ses vrais vêtements et refait un ballot avec ceux du crime, tachés de sang, puis il part en forêt pour les cacher en un endroit repéré à l'avance et où il n'y a aucune chance de les retrouver jamais...

— Et là encore, on a oublié le chien de rouge, épilogua le juge Kuff.

Ils s'accordèrent un répit au cours duquel leurs pensées vagabondèrent.

— Bon, dit le juge, et maintenant, quel est le programme ?

— Chargé, répondit le commissaire. J'imagine

que ce soir Assomption couchera à Bints, que la population, et demain les médias, vont faire leurs choux gras de la découverte de ce ballot et de cette libération précipitée. J'imagine aussi qu'à Paris quelques excellences s'irriteront du rappel de monsieur Anton-Bélise, qu'elles vous feront savoir que vous auriez pu, tout aussi bien, patienter un jour de plus, jusqu'à jeudi, date des obsèques de Capulac, auxquelles son successeur devait assister. Si nécessaire, je vous apporterai mon modeste soutien. Pour nous enquêteurs, une journée c'est beaucoup. Mercredi nous reprendrons nos interrogatoires, sous un autre angle, et mercredi soir nous procéderons à une nouvelle reconstitution et, cette fois, j'espère que vous ne vous priverez pas du spectacle. C'est pour ça qu'il est important qu'Anton-Bélise revienne dès demain. J'ai de nombreux détails à vérifier. Cette reconstitution sera plus longue que la précédente car les trois suspects devront à tour de rôle se déguiser en Assomption et exécuter nos instructions. Ils revêtiront les vêtements du crime, coifferont la moumoute et mettront les chaussures de jogging. Nous verrons si tout ça est à leurs tailles et à leurs pointures. Il est bon que cette reconstitution ait lieu avant les obsèques de Capulac. Nous aurons l'esprit plus clair, nous pourrons étudier à loisir toute cette faune des grandes affaires qui va se presser à Bints pour l'occasion, et aussi obtenir des cadres de la Sacoprim, qui ont bien connu certains des protagonistes, quelques précisions ou leur avis sur les événements. Le voilà, le programme, est-ce qu'il vous convient, monsieur le juge ?

— Il est chargé, en effet, alors ne perdons plus une minute.

Ils levèrent le camp. Ils se séparèrent sur le trottoir. Juste avant, le juge Kuff dit :

— Vous vous souvenez, commissaire, de notre conversation dans la voiture sur les crimes parfaits ? Comment, maintenant, appliquer une définition à l'affaire qui nous occupe ? D'un côté, l'assassin ayant oublié le chien de rouge de Birbat, la perfection de son plan est mise en défaut. D'un autre, malgré cela, s'il reste impuni, et seul comptant le résultat, son crime sera réputé parfait cependant.

— Nous ne sommes qu'au début de nos peines, monsieur le juge.

Le cadre provincial bancaire Le Touc fut l'un des tout premiers à s'agiter dès que fut connue la découverte extraordinaire des chasseurs. Comme prévisible, elle devint le sujet exclusif des conversations et papotages de la population. Celle-ci croyait rêver, vivre une aventure bien plus croustillante que celles proposées par les télévisions. Et il faut admettre que tel était le cas. Il n'était pas fréquent qu'un mystère aussi épais et tragique, auquel étaient mêlés de puissants personnages, vînt rompre la relative monotonie d'un si petit village. La plupart des Bintsois espéraient de tout leur cœur que la libération d'Assomption précéderait de peu l'inculpation du deuxième suspect étranger, cet Anton-Bélise, rival parisien de leur grand homme assassiné, par lui brillamment évincé, assez intelligent pour avoir imaginé un crime aussi complexe, trahi autant par le bon Dieu que par le chien de rouge de Birbat, lequel devait bénir le ciel de cette publicité formidable en faveur de son élevage. À la rigueur, et quoique de mauvaise grâce, ils se replieraient sur la culpabilité de l'Espagnol, étranger lui aussi, cependant adopté de bon gré et de longue date. Mais, par une sorte de réflexe tribal, même les ennemis de l'écologiste Le Touc se montraient indisposés à la perspective d'une mise en cause de celui-ci. Il appartenait à une trop vieille famille. À travers lui, Bints serait souillé. Au surplus, ils étaient sincèrement convaincus de l'innocence de Le Touc. Celui-ci le savait. Il possédait son village sur le bout des doigts. Il saisit immédiatement la gravité et l'importance de ce ballot. C'est pourquoi il n'hésita pas à multiplier les rencontres et les explications. Il eut l'habileté d'attiser les soupçons de ses compatriotes à l'égard d'Anton-Bélise et d'épargner l'Espagnol tout en n'excluant pas totalement que, mû par un coup de sang, il ait mis à profit la situation singulière de cette Toussaint pour assouvir enfin sa vengeance. Il eut d'ailleurs une longue et orageuse discussion avec Ordonez et il le fit connaître.

— Nous voilà maintenant dans de beaux draps, lui dit-il. La découverte de ce ballot nous met en première ligne, qu'est-ce que tu penses de ça ? Comment allons-nous en sortir ? Comment prouver notre innocence ?

Et l'autre de rétorquer :

— C'est plutôt à moi de te poser la question. Moi j'ai raconté ce que j'ai vu, c'est tout.

— Nous allons être interrogés des heures durant, nous devons éviter de nous charger.

— Le plus simple et le plus efficace, c'est tout simplement de maintenir nos dépositions. Après tout, qu'avons-nous à ajouter ? Nous ne pouvons rien prouver mais la police non plus. Nous sommes innocents, un point c'est tout. Moi je promenais mes chiens à l'heure habituelle et toi tu étais au lit parce que tu devais te lever de bonne heure le lendemain. Voilà tout. On ne va pas se transformer en coupables pour faire plaisir à ces messieurs, c'est cet Anton-Bélise qui devra se débrouiller.

— C'est vrai Alfonso, tu as raison, gardons notre calme. Mais, avoue que la découverte du ballot complique tout.

— Ça complique tout mais ça ne prouve pas qu'on soit coupables, et d'ailleurs on ne l'est pas, pas vrai ?

— On ne l'est pas, dit Le Touc.

— On ne l'est pas, mais on est quand même bien contents que cette ordure ait été liquidée.

— C'est sûr que j'irai pas lui porter des fleurs.

— Il faut qu'on soit à l'enterrement ou non ?

— S'il était mort d'une crise cardiaque, j'y aurais pas mis les pieds, mais là c'est différent.

— On a qu'à y aller et rester au fond de l'église.

— Je vais le dire au village, comme ça les gens seront prévenus. Ils sauront pourquoi on est là et ils s'en étonneront pas.

Ils parlèrent encore de choses et d'autres et réglèrent quelques détails. Leur souci était de se débarrasser au plus tôt des soupçons de la police. Il était trop tard, maintenant, pour qu'ils se fournissent un mutuel alibi. Ils avaient déjà déposé. Mais, puisqu'ils plaidaient non coupables, ils pouvaient se contenter de dire la vérité, de répéter obstinément les versions de leurs emplois du temps sans jamais varier d'un pouce. Ils se séparèrent amis, pleins d'optimisme à défaut de sérénité. Ils redoutaient les humeurs et les erreurs des policiers. Ils avaient bien coffré Assomption. Il est vrai que ne pesaient pas sur eux d'aussi lourdes présomptions. Surtout, ils ne faisaient l'objet d'aucun témoignage. Au pire, ils seraient éternellement soupçonnés.

Le Touc passa les heures suivantes dans tous les endroits de Bints où l'on buvait. Il exposa ses appréhensions et ses soupçons. Il annonça à qui voulut l'entendre que lui et Ordonez seraient incessamment sur la sellette et qu'ils auraient grand besoin du soutien et de la confiance des Bintsois. Il alla jusqu'à proclamer, pathétique, que s'il avait su qu'un pareil événement surviendrait tant d'années après la mort d'Arlette, il aurait, en son temps, proprement exécuté lui-même ce Capulac honni de lui et de sa famille. Il prit soin de préciser que l'Espagnol était dans les mêmes dispositions. Ni lui ni Ordonez ne pleuraient la victime mais celle-ci, même morte, continuait à leur pourrir la vie. Ne seraient-ils pas obligés d'assister aux obsèques à seule fin de ne pas se singulariser, de ne pas passer pour des monstres aux yeux des Parisiens, des policiers et du juge ?

Les Bintsois, à entendre tous ces malheurs, au courant de l'histoire du village, compatissaient en hochant gravement la tête. Y compris les contrebandiers, pourtant peu suspects de sympathie à l'endroit de Le Touc. Face aux étrangers et au scandale, il fallait se serrer les coudes.

— Et Ordonez ? lança quelqu'un au bar de la taverne. Tu crois qu'il aurait pu faire le coup ?

— Capable il l'est, c'est sûr. Tout le monde sait ici que derrière les apparences, c'est un rude. Mais je suis certain que c'est pas lui, c'est pas le genre à se déguiser, à s'acheter une perruque et des pantalons. Tout ça c'est trop calculé, c'est pas la méthode de quelqu'un d'ici…

— Alors c'est qui à ton avis ?

— On peut accuser personne sans preuve, mais j'en connais qui devront s'expliquer, vous voyez ce que je veux dire.

Tous voyaient ce que le cadre écologiste Le Touc voulait dire. Ils branlèrent du chef, l'air entendu.

Le Touc rendit visite au curé. Une démarche astucieuse, de nature à accroître l'émotion et la solidarité de la population.

— Monsieur le curé, dit-il, je suis venu vous dire que je suis innocent du crime, quoi qu'il arrive, je vous demande de me garder votre confiance.

Et le prêtre se convainquit sans mal de cette innocence.

— Et Ordonez ? questionna-t-il.

— Je le crois aussi innocent, répondit Le Touc, mais je ne peux pas parler pour lui.

À la sortie du presbytère, Le Touc apprit qu'Assomption, libéré, était de retour à Bints. Une voiture de la gendarmerie l'avait ramené. Le cadre provincial bancaire décida de le rencontrer sans attendre.

Le manager évincé Anton-Bélise, rendu aux intrigues par la mort prématurée de son vainqueur assassiné, s'activait à Paris pour occuper enfin le fauteuil de la présidence de Sacoprim lorsqu'il apprit la découverte du ballot et reçut sommation de revenir à Bints toutes affaires cessantes. Sa première réaction, recueillie par le juge Kuff qui lui téléphonait la nouvelle et l'injonction, fut :

— Qui diable a trouvé ce ballot ? Et comment ?

Édifié, il grinça :

— L'assassin avait donc oublié le chien de rouge.

Puis il s'emporta :

— Monsieur le juge, vous savez bien que je serai à Bints jeudi, pour les obsèques de Capulac, pourquoi exiger mon retour pour demain mercredi quand une journée pour moi est si précieuse ? Est-il si nécessaire à l'enquête que je sois à Bints un jour plus tôt ?

— Si je n'étais pas convaincu d'une telle nécessité, monsieur Anton-Bélise, aurais-je pris cette décision ? La découverte de ce ballot a un double effet : elle obscurcit et complique l'affaire, mais elle révèle un fait précis et considérable : nous savons maintenant que l'assassin a dûment prémédité son crime, qu'il s'est déguisé en Assomption et qu'il a voulu orienter la police vers ce pauvre diable de cadre au quatrième dessous que vous avez vous-même largement contribué à écraser, qui représentait un suspect et un coupable idéals. Dès lors, nous devons reprendre l'enquête de zéro, ne pas donner le temps au criminel de s'organiser et, avec Le Touc et Ordonez, vous êtes une personne que nous devons réinterroger au plus vite.

— Dites tout de suite que je vais me retrouver en prison.

— Monsieur Anton-Bélise, bien que loin de Paris, nous ne jetons pas les gens en prison pour un oui ou pour un non.

— Vous l'avez bien fait pour Assomption.

— Avouez que nous avions quelques raisons et que cette affaire sort de l'ordinaire. Assomption avait été vu et reconnu par un témoin, nous apprenons aujourd'hui que ce témoin était sincère mais que l'homme qu'il a vu le soir du crime s'était déguisé en Assomption. Convenez que ce n'est pas banal, que n'importe quel juge d'instruction aurait inculpé Assomption, et que n'importe quel juge d'instruction l'aurait libéré, que n'importe quel juge d'instruction exigerait votre présence à Bints dans les heures qui viennent, car les enquêteurs et moi, nous avons la très désagréable impression que l'assassin se fiche de nous et nous aimerions que ça cesse au plus vite. N'oublions pas, monsieur Anton-Bélise, qu'un homme a été égorgé, qu'il vous avait évincé du pouvoir, qu'il avait anéanti votre vieux rêve de présider Sacoprim, que vous en étiez malade, ce que je comprends, ce qui ne suffit pas à tuer quelqu'un, ce que j'admets, mais ce qui commande au juge que je suis de reprendre en main sur-le-champ tous ceux qui, de près ou de loin, sont mêlés à l'affaire et parmi lesquels, forcément, figure le coupable.

Anton-Bélise avait encaissé sans mot dire cette espèce d'admonestation. Ce juge cul-terreux avait du répondant. Et aussi beaucoup de pouvoir. On vivait une époque où ces juges-là exerçaient sans vergogne ce pouvoir-là Anton-Bélise n'avait-il pas deux amis, deux clients, deux chefs de très grosses entreprises, qui, l'année dernière, avaient encouru et subi les foudres de ces nouveaux et turbulents justiciers ? Ces deux patrons influents n'avaient-ils point été incarcérés pour des délits liés à leurs relations avec des partis politiques ? Ces juges étaient capables de tout. Anton-Bélise n'eut pas de mal à réaliser que les dégâts causés par une inculpation et un éventuel emprisonnement seraient irréparables. Même si, à l'instar d'Assomption, il bénéficiait lui aussi d'un non-lieu, d'une libération, il n'obtiendrait jamais du conseil d'administration un vote de confiance. L'image du groupe ne s'accommoderait pas d'un président éclaboussé par l'assassinat de son rival. Anton-Bélise devait, à tout prix, éviter ces avatars et, pour cela, une seule voie s'ouvrait : ne pas cabrer le juge, arrêter les pressions sur lui, apaiser son irritation.

— Je comprends, monsieur le juge. De toute façon, plus vite on connaîtra la vérité et le coupable, mieux ça sera pour mes affaires. Je serai à Bints demain matin.

— J'y serai aussi, dit le juge, agréablement surpris de cette réaction. Je m'installe à la gendarmerie… À demain, monsieur Anton-Bélise.

Il raccrocha, satisfait. Et il songea que le manager avait compris la précarité de sa situation. Il était engagé dans une partie délicate : assurer sa conquête du pouvoir dans des circonstances problématiques, des conditions psychologiques équivoques, tout en se disculpant de l'assassinat. Le juge se garda d'esquiver une donnée fondamentale qui n'avait échappé ni à lui, ni au commissaire, ni au brigadier mais qu'il convient de rappeler ici au lecteur de *la position de Philidor*, c'est que le cadre évincé, Anton-Bélise, aspirant derechef au pouvoir, était doté d'une intelligence réellement exceptionnelle que ses déboires avaient peut-être un peu trop estompée.

Le candidat à la présidence du groupe Sacoprim rédigea une note à l'intention des membres du conseil d'administration, des grands cadres de la compagnie et des principaux clients. Il les informa de la découverte en forêt de Bints d'un ballot compliquant singulièrement l'enquête, entraînant l'élargissement du présumé coupable Assomption, exigeant sa présence à Bints dès mercredi. Anton-Bélise se déclara confiant en les capacités des enquêteurs locaux d'aboutir dans les délais les plus brefs. Il invita tous ceux, collaborateurs et amis, qui en avaient la possibilité à assister aux obsèques de feu le président Capulac, ou à défaut, à se réunir à l'église Saint-Honoré-d'Eylau le même jour à la même heure. Enfin, il assura les destinataires de son dévouement total à l'entreprise en ces heures douloureuses et difficiles pour elle.

Le conseil d'administration, ainsi d'ailleurs que la fraction huppée de l'*establishment*, étaient partagés au sujet d'Anton-Bélise et de sa brigue. Les arguments en sa faveur et en sa défaveur s'équilibraient. Le numéro 2 avait pour lui sa profonde connaissance du groupe et de sa grosse clientèle. Ses qualités intellectuelles intrinsèques et le puissant noyau de ceux qui l'avaient soutenu naguère. Contre lui, outre les habituels rivaux, de l'ombre ou officiels, cette histoire de feuillets, certes provisoirement muselée mais désormais suspendue au-dessus des têtes et, aussi, peut-être surtout, son incarnation du mauvais œil. Au long de sa carrière, Anton-Bélise avait servi des hommes qui tous avaient disparu de maladie maudite ou de malemort. Au lendemain de la mort du Bolet, certains s'étaient souvenus d'un ministre décédé empoisonné et au cabinet duquel débutait le jeune « énarque » Anton-Bélise. Le cancer de M. Ample, le suicide de Machicou, l'égorgement de Capulac finissaient par impressionner les milieux d'affaires, comme on le sait insensibles aux états d'âme mais pas à la superstition. Ce handicap s'aggravait de l'incertitude qui planait sur l'issue de l'enquête criminelle. Une incertitude que d'aucuns se plaisaient à entretenir discrètement. Ce n'est pas que l'on crût, à Paris, Anton-Bélise capable d'avoir égorgé son exécré rival le Bolet, mais on faisait, malgré tout, la part de l'imprévisibilité de la nature humaine, en particulier quand le sang monte au cerveau. C'est pourquoi on attendait avec une impatience certaine que l'affaire fût élucidée, bouclée, sur le terrain.

Anton-Bélise n'ignorait rien des considérations qui précèdent. Depuis son échec face à Capulac, à l'issue de leur lutte féroce pour le pouvoir, il était entré volontairement dans une zone de turbulences extrêmes. Il s'était préparé à la tempête. La découverte de ce ballot donnait le signal d'un paroxysme qu'il était résolu à affronter les dents serrées, avec le plus grand sang-froid. Au demeurant, il opérait une différence entre le sort que lui réservait le développement de l'enquête, la fin de celle-ci, et le cours futur de sa carrière. Et cela, bien que les deux aspects fussent momentanément liés. D'évidence, ils atteindraient un stade où ils se dissocieraient. C'est ainsi que, même innocenté, il n'était pas assuré d'accéder à la présidence. Au moins fallait-il qu'un coupable fût démasqué, arrêté, jugé, condamné. Si l'enquête ne débouchait sur rien, alors les soupçons pèseraient sur tous. Et Anton-Bélise aurait du mal à conserver ou à trouver une fonction importante, à la hauteur de son savoir, de son expérience et de son ambition. C'est pourquoi l'inculpation et l'emprisonnement d'Assomption servaient à merveille les desseins du manager en brigue. Ils remplissaient la condition non suffisante mais absolument nécessaire de la réussite de son plan. C'est dire le dépit qu'il avait éprouvé en apprenant la découverte de ce fichu ballot. Que M. Assomption fût injustement accusé ne touchait pas Anton-Bélise. Il estimait que son ancien collègue avait eu ce qu'il méritait, récolté ce qu'il avait semé. Assomption vainqueur du combat de cadres se fût, à coup sûr, révélé impitoyable à l'égard des vaincus. En outre, il avait, par la suite, succombé à son orgueil démesuré. S'il n'avait pas obstinément borné ses recherches à des emplois de direction générale, il ne serait pas tombé si bas. S'il n'avait pas provoqué le Bolet chez lui, tant d'années après son éviction du groupe, s'il s'était abstenu d'écrire et d'envoyer sa photographie, il n'aurait donné l'idée du crime à personne. Les gens comme Assomption sont de perpétuelles sources d'ennuis et de scandales. Victimes de leur vanité sans limites et d'une intelligence dévoyée, velléitaires de plus en plus haineux sous leurs guenilles, ils arpentent leurs bas-fonds avec une idée fixe : entraîner, par tous les moyens, leurs vainqueurs de jadis dans leur chute. Voilà qui ne prédispose ceux-ci ni à l'indulgence, ni à la compassion, ni à une exigence de justice. Anton-Bélise ne fit aucun effort pour repousser l'idée que l'assassin du Bolet, malgré son acte, valait cent mille fois mieux que le cadre déchu. Il pensa à Le Touc et à cet Espagnol. Des deux, qui ferait un bon coupable ? Lequel était le plus vulnérable ? Contrairement à Assomption, les deux

Bintsois n'inspiraient pas de mépris à Anton-Bélise. Mais c'était eux ou lui. En revenant à Paris, il croyait l'affaire réglée. Elle ne l'était plus du tout. À cause d'un chien de rouge.

En ce 4 novembre, le héros de l'armée républicaine espagnole avait eu la même réaction que le cadre écologiste Le Touc : prendre langue au plus tôt avec le cadre déchu Assomption. Cet empressement engendra une situation drolatique : comme sonnait la dix-neuvième heure au clocher, ils se retrouvèrent nez à nez à la porte du suspect élargi. Ils n'eurent ni le temps ni la capacité de masquer leur embarras. Ils se tinrent debout une douzaine de secondes sous une bruine froide et dans la pénombre, penauds et muets. Eux qui s'étaient juré mutuelle assistance le matin, que n'avaient-ils concerté cette démarche nocturne ? Se cachaient-ils quelque chose ? Jouaient-ils chacun pour soi ?

— On a eu la même idée, marmonna Ordonez.

— C'est pas parce qu'on est là tous les deux qu'on a eu la même idée, bougonna Le Touc. Entrons, on est déjà tout trempés.

Derrière les volets fermés filtrait de la lumière. Le Touc frappa. Puis, il poussa la porte sans attendre de réponse.

Ils s'immobilisèrent éberlués par le spectacle qui s'offrait à eux : Assomption, à demi allongé dans un large et vénérable fauteuil qui avait jadis accueilli la carcasse de l'oncle Le Touc, enveloppé dans sa robe de chambre, chaussé de ses pantoufles, se reposait devant un feu crépitant. Le cadre déchu tourna la tête, sourit, se leva et vint au-devant de ses visiteurs, la main tendue vers Le Touc.

— J'étais sûr que vous viendriez prendre de mes nouvelles. Excusez-moi pour le fauteuil, je vous avais promis de ne pas toucher à la grande chambre, mais, après ces émotions, avec ce temps qui se gâte, j'ai eu une faiblesse.

— Vous avez bien fait, dit Le Touc.

Ordonez referma la porte. Assomption lui serra la main à son tour. Du geste, il désigna le fauteuil à Le Touc et proposa :

— Le fauteuil vous revient de droit.

— Mais non, mais non, protesta le propriétaire, un rien agacé.

L'Espagnol et lui s'assirent sur des chaises. Assomption, en veine de délicatesse, abandonna le fauteuil et fit de même.

— On a su qu'on vous avait ramené, alors on s'est dit que vous seriez content qu'on passe, expliqua Le Touc.

— Je suis plus que content, remercia Assomption. Je suis seul, pauvre, et je sors à peine de prison, soupçonné d'un horrible crime. Heureusement que je suis tombé sur vous en arrivant à Bints, monsieur Le Touc. C'est la providence qui vous a mis sur mon chemin. Vous m'avez parlé, offert l'hospitalité, invité à manger et à boire, et maintenant vous me rendez visite avec Ordonez... En dehors de vous et de la police, qui s'est soucié de moi jusqu'ici ? C'est pourquoi je vous suis infiniment reconnaissant, et mon plus grand malheur est de penser que je suis tombé si bas et suis si démuni de moyens et de perspectives, que je ne pourrai jamais vous rendre le millième de ce que vous m'avez si généreusement donné.

Cette tirade emphatique de l'élargi mérite examen. D'abord, elle n'exprimait que la vérité, tout au moins en partie, celle qui concernait l'accueil par Le Touc du réprouvé de la guerre économique qui, sans cela, eût couché dehors et vécu en marge de la population. Ensuite, elle révélait un Assomption au mieux de sa forme intellectuelle et psychologique. Il est vrai qu'ayant touché le fond et frisé la réclusion à perpétuité, un chien de rouge le propulsait miraculeusement à la surface, ce qui justifiait amplement ce calme et cette humeur. Tout gueux qu'il était, il possédait de beaux restes : l'art du compliment, voire de l'entourloupe. Enfin, à y regarder de plus près, on pouvait s'interroger sur le sens réel de cette reconnaissance au style quelque peu ampoulé. Ne décelait-on point là de l'antiphrase ? Une venimeuse ironie superbement habillée ? Assomption n'en rajoutait-il pas à l'intention de gens qu'il estimait, désormais, coupables non seulement d'avoir perpétré le crime mais orienté vers lui les soupçons et l'enquête ? Tout le monde ne chasse pas le sanglier avec un chien de rouge dans la meute. Que serait-il advenu si le ballot avait chanci des décennies et des siècles sous cette souche pourrie, au fond de cette combe sinistre ? Cet Espagnol, occupé à curer ses molaires avec un méchant canif, aurait-il jamais modéré son témoignage ? Déclaré aux jurés que le fuyard surpris par lui, s'il ressemblait à Assomption, lui avait paru porter des cheveux bizarres ? Ne savait-il pas, lui, Ordonez, volontiers drapé dans les oriflammes de son glorieux passé, que ce fuyard n'était autre que son compère et complice Le Touc, affublé des faux habits d'Assomption et d'une perruque grossière ? Et que ce déguisement n'était pas destiné, à l'abuser lui, Ordonez, parfaitement au courant du subterfuge, mais à leurrer un éventuel intrus, un couple de Bintsois à la recherche de clandestinité, un insomniaque inattendu dans les parages, qui auraient alors pu témoigner, eux aussi, que c'était bien l'étranger qui s'échappait ainsi, à cette heure, de la maison de la victime ? Et maintenant qu'on avait découvert ce ballot, ce pot aux roses, le cadre déchu n'était-il pas en droit d'assener, en substance, à ses visiteurs empressés : "Vous voilà donc, inquiets et fébriles, à la veille de subir ce que j'ai subi, obligés d'affronter derechef la police et le juge, avec un suspect en moins, impatients d'apprendre de moi l'état d'esprit nouveau des enquêteurs, celui de votre situation, mon opinion et mes intentions, mes alliances éventuelles : Assomption a-t-il une idée du ou des coupables ? Si oui, le livrera-t-il aux autorités ? Débarrassé de Capulac, vengé par l'assassin, avide d'une revanche totale, soutiendrait-il son bienfaiteur Bintsois, Le Touc, contre son deuxième ennemi mortel Anton-Bélise, à l'origine, lui aussi, de l'élimination et de la chute de l'ancien génie du marketing ? Ou choisirait-il d'enfoncer, pour des raisons impénétrables, soit Le Touc, soit Ordonez, soit les deux ?"

Voilà le message que l'élargi avait peut-être tenté d'expédier en l'emballant sous une flatterie affectée.

— J'ai du corbières ordinaire, proposa Assomption.

Il s'affaira et servit du vin.

— À votre santé, dit-il en levant son verre.

— À la vôtre, répondirent-ils en chœur.

— À la découverte de l'assassin, ajouta l'élargi : plus vite on le bouclera, mieux nous irons tous.

Voire. À la condition, cela allait de soi, que le criminel ne fût point l'un des deux visiteurs. Ceux-ci n'étaient guère bavards. Et pour cause : ils s'épiaient. Ils n'étaient pas venus ensemble dans un but fixé à l'avance et d'un commun accord. Chacun eût aimé bavarder seul avec Assomption. Chacun regrettait, déplorait la présence de l'autre, ce qui expliquait ce silence embarrassé. Les yeux du cadre déchu pétillaient de satisfaction et de malice. Il bénéficiait d'une curieuse métamorphose. Il semblait retrouver une assurance, une confiance en soi, depuis longtemps perdues. Un observateur non averti n'aurait pas imaginé que cet homme en robe de chambre, détendu et sûr de lui, ne recevait pas chez lui ces hôtes déconfits et muets, dont les vêtements mouillés fumaient à la chaleur du foyer. Moins encore, que, sur l'échelle sociale, il se situait plus près du marmiteux que du chef de service d'une division préfectorale. La gêne des visiteurs n'échappait pas à Assomption. Il la mit sur le compte de leur dépendance circonstancielle et désagréable et non sur le fait qu'ils étaient bien ennuyés de se rencontrer là sans s'être consultés. Son intuition, pour incomplète qu'elle fût, n'était pas fausse. Le Touc et Ordonez avaient grand intérêt à se concilier le cadre élargi. C'est pour cela qu'ils avaient couru sitôt connue la nouvelle de son retour. Mais leur présence simultanée les paralysait et installait entre eux une méfiance qui avait percé lors de leur discussion matinale.

Assomption porta une première botte.

— Si l'un d'entre vous ou Anton-Bélise avait avoué le crime ou avait été dénoncé pendant que j'étais en prison, je n'en serais pas sorti aussi mal à l'aise. J'aurais pensé, en effet, par exemple : Ordonez s'est trompé à cause de la brume, il a servi, volontairement ou non, la cause de Le Touc ou d'Anton, ou la sienne, au cas où il aurait été coupable. Il a essayé de charger un suspect tout désigné, et vous ne seriez pas là maintenant, sauf pour me féliciter et m'inviter à faire la fête si Anton avait été arrêté. Tandis que là, nous n'avons toujours pas de coupable et, bien pire encore, je sais maintenant que tout a été calculé pour m'envoyer finir ma chienne de vie entre quatre murs. On a monté contre moi, on a prémédité un coup incroyablement vicieux, et je ne dois mon salut qu'à une bête, voilà qui crée une sacrée atmosphère de suspicion, un sentiment de dégoût et de révolte. Et je ne serais pas étonné qu'il soit partagé par les gens d'ici, et même par les gens de Paris et la police. Je ne vous accuse pas, je vous demande de comprendre un peu ce sentiment, et si vous me voyez apparemment détendu, c'est surtout l'effet du soulagement. Je me dis que, maintenant, c'est à vous d'en baver et de vous débrouiller. Ça ne me rend pas heureux mais ça m'apaise…

Cette fois, le cadre déchu avait épuré son discours de toute boursouflure au profit d'un bel académisme. Il dévoilait un pan de ce qui avait dû, autrefois, être sa force devant ses auditoires professionnels, l'une de ses qualités majeures qui avait fait sa réputation : l'éloquence, l'instinct des arguments appropriés à chacun de ses interlocuteurs, la faculté de tenir la scène, de convaincre, de provoquer, d'émouvoir, de contredire à bon escient. Le cadre déchu ne déparerait pas, assurément, à la tête de commandos de vente. Malgré son âge et ses années de dérive, un recyclage indispensable mais réduit au minimum le porterait aisément vers le sommet des organigrammes. Voilà ce qui occupait l'esprit du cadre provincial bancaire Le Touc. Il le jaugeait soudain en confrère. Il ne connaissait pas dans sa banque, tout au moins à l'échelon de sa région, un cadre de direction capable de s'exprimer si clairement et si intelligemment. Tout à coup, qu'un tel homme fût engoncé dans cette pauvre robe de chambre, nanti d'un si misérable bagage, hébergé par lui dans l'intérieur fruste de feu son oncle, et qu'il eût subi si longtemps un tel déluge de calamités, lui parut incongru. Cela ne changeait rien à sa priorité vitale : déjouer les pièges de la police, démontrer son innocence, au pire bénéficier du doute. Mais cela modifiait sensiblement ses projets. S'il se tirait d'affaire, il agirait au mieux pour réintégrer le cadre déchu dans la vie sociale. En le présentant à sa hiérarchie ou à ses relations comme un homme remarquable et capable de performances, il ne courait aucun risque.

Cette assurance et cette maîtrise d'Assomption avaient, évidemment, frappé aussi Alfonso Ordonez. Cependant, il ne tirait pas les mêmes conclusions que son compagnon écologiste. L'Espagnol était un exilé, évadé des prisons du général Franco, dont l'horrible guerre civile avait bouleversé à jamais la vie et l'avenir. Il avait dû combattre, fuir, se terrer, accepter les emplois qui s'offraient sans faire la fine bouche. Sur le plan strictement intellectuel, il n'avait rien à envier à Le Touc ni même à Assomption. Mais ses souffrances l'avaient rendu rude et méfiant. La perspective, au soir de son existence chaotique et ratée, de porter le chapeau pour d'autres l'emplissait de rage. L'assassinat du Bolet n'avait troublé ni sa conscience ni son sommeil. Ne nourrissant aucune révérence à l'endroit des cadres et autres managers de France et de Navarre, qu'Assomption fût brillant et peut-être promis à un rétablissement spectaculaire ne lui faisait ni chaud ni froid. Selon lui, l'arrestation de cette épave était dans l'ordre des choses. Il le tenait pour le coupable élu du destin. Après tout, n'avait-il pas été, lui, Alfonso, victime d'injustices plus flagrantes et traumatisantes ?

Torturé en Espagne ? Interné en France ? Son combat dans le maquis lui avait-il valu plus grande considération des Français ? Les jeunes d'aujourd'hui savaient-ils quelque chose de la guerre d'Espagne ? Ce pays n'avait-il pas recouvré la démocratie sans lui ? La moitié de sa famille n'avait-elle pas été fusillée ? Ne vivait-il pas en solitaire dans une bicoque, entouré de ses chiens ? Le Touc ne le trahirait-il pas en faveur du manager parisien ? Il existait sûrement une « conscience de cadres » et Le Touc était l'un d'eux. Voilà les questions que se posait l'Espagnol. Il rongeait son frein. Il jugeait peu rassurant que Le Touc se fût précipité chez Assomption sans lui en parler. Certes, il pouvait s'adresser le reproche à lui-même. Pourquoi voulait-il lui aussi entrer, seul, en rapport avec le cadre élargi ? Pour lui proposer ou vérifier quoi ? La solidité ou la précarité de sa situation ? Le tenait-on pour coupable, innocent ou complice ? Lequel des trois hommes que la libération d'Assomption avait replacés sur la sellette était le plus vulnérable ? Au fond, habité par l'amertume et le cynisme pathétique de ceux qui ont beaucoup payé pour les autres, Ordonez visait le but exclusif d'être blanchi du crime. Il abominait l'idée de finir sa vie en prison à cause de l'assassinat d'un homme qui, à ses yeux, ne pesait pas lourd sur cette terre, en dépit de son aptitude à procéder à des « tours de table » ou à des augmentations de capital. L'expression « capitaine d'industrie » l'encollerait. Celle de « chevalier de la finance » le dégoûtait. À ceux qui voulaient bien l'entendre, il professait que, comme au bon vieux temps, les peuples se révolteraient un jour, et violemment, qu'ils noieraient et défenestreraient les « seigneurs de la guerre économique », qu'ils les précipiteraient du haut de leurs tours de verre et d'acier pour avoir détourné à leur profit les bienfaits du progrès. Il y avait quelque chose de célinien chez ce héros vieillissant de la république espagnole, qui lui interdisait de s'émouvoir sur le sort d'un Capulac. Et que la famille de celui-ci ait jadis failli le livrer à la milice de Pétain n'arrangeait rien du tout. Qu'il fût coupable ou non ne changeait pas le problème. Innocent, tout lui serait bon pour ne pas être accusé à tort. Coupable, il se souciait comme d'une guigne qu'un autre que lui fût reclus à perpétuité. Aucun des suspects connus de lui ne méritait de sa part un ultime et nouveau sacrifice. Alfonso Ordonez luttait, désormais, pour une fin de vie exempte de calamités et de souffrances supplémentaires. Certes, il souhaitait que Le Touc sortît aussi indemne de l'affaire : la famille de l'écologiste lui avait, autrefois, sauvé la mise. Mais si, après Assomption, l'étranger Anton-Bélise échappait à la police, il serait, hélas, obligé de choisir entre lui-même et le cadre écologiste. Alors, sans hésitation, il trancherait en sa propre faveur. Lui qui avait enduré des tortures pour ne pas dénoncer ses camarades de combat, il estimait, quarante-cinq ans plus tard, avoir droit à un écart. L'égorgement d'un Capulac ne justifiait nullement une nouvelle crise d'héroïsme. En vérité, l'Espagnol, d'ordinaire muet sur ses exploits, pensait qu'il devrait au plus vite raconter ses guerres au cadre élargi afin de le mettre de son côté.

Voilà ce qui, ce soir-là, travaillait les cervelles de ces trois hommes, créant une atmosphère singulière où se mêlaient tension, défiance, indécision. La partie qui se jouerait dans les jours à venir s'annonçait subtile et, à certains égards, passionnante. Maintenant, le lecteur juge sûrement à leur valeur les protagonistes de *la position de Philidor.* Chacun, dans son genre, a de quoi en remontrer aux autres. Peu à peu, les personnalités se dévoilent. Ordonez a en réserve de l'intelligence, de la hargne, de la férocité. Anton-Bélise est le contraire d'un soliveau. Le Touc est pétri de ruse. Assomption, sous ses guenilles, fabrique du venin. Tous ont en commun la force du ressentiment, les blessures jamais refermées des grands vaincus, l'amertume mille fois ruminée des perdants. Trois d'entre eux vont essayer de se sauver, soit ensemble, soit séparément. Aucun ne regrette la mort violente de Capulac. Ils possèdent sur la police un avantage exceptionnel et rare : tous ont conscience que s'ils ne commettent pas de bêtises, s'ils gardent leur sang-froid, les enquêteurs n'ont aucune chance sérieuse de découvrir un coupable. Si Assomption accepte d'observer la neutralité, s'il n'invente pas quelque faux témoignage coulant l'un des suspects, s'il n'abuse pas de sa situation d'élargi, s'il n'exerce pas sa vengeance, s'il s'abstient de représailles, s'il se satisfait d'un non-lieu général, du classement de l'affaire faute de preuves confondant le ou les assassins, alors la vie reprendra pour tous plus douce qu'avant. Anton-Bélise deviendra président de Sacoprim, il aidera Assomption à se rétablir. Ordonez remerciera enfin les dieux républicains, jusqu'ici si inconstants et cruels à son égard, de lui avoir apporté une satisfaction digne de ce nom au soir de sa vie : un homme à fric fasciste saigné à blanc sur son sofa. Le Touc pourra porter des fleurs chaque année, à la Toussaint, sur la tombe d'Arlette, sans encaisser d'humiliation.

Pour aboutir à ce résultat épatant, une condition nécessaire et suffisante : s'unir contre la police. Puisque nul d'entre eux ne verse une larme sur la victime, pourquoi lui offrir une revanche posthume avec l'arrestation du ou des coupables ? Et se priver des bienfaits d'une opération manifestement conduite de main de maître ?

Tous pour un, un pour tous. Et quand la police, lassée, regagnera ses quartiers, tous triompheront. Que compte un crime impuni si le mort est une fripouille ?

Il eût été étonnant que l'idée d'une aussi profitable coalition ne naquît point dans l'un de ces cerveaux fertiles, ici ou à Paris. Quel dommage qu'il soit trop tard pour s'offrir de mutuels alibis ?

Le cadre élargi ouvrit une grosse boîte de cassoulet de Castelnaudary, plusieurs autres bouteilles de corbières, et ils passèrent à table.

L'homme était perplexe pour la première fois. Certes le crime demeurait parfait. Et le mécanisme conçu ne dépendait pas de quelques anicroches. Qui dit perfection, dit certitude absolue de réussite. Simplement, il n'avait pas prévu un impondérable psychologique fort curieux : une coalition des principaux suspects. Car il existait des personnes a priori moins impliquées mais tout aussi soupçonnables et qui, bizarrement, n'avaient pas retenu l'attention de la police. Peut-être cela viendrait-il à son heure. L'homme ne tenait pas absolument à ce qu'un coupable fût à tout prix découvert. L'essentiel était qu'il ne le fût point, lui. Évidemment, il avait réglé le mécanisme de façon que les suspects fussent multiples, par ordre de préférence, de sorte que si l'un se disculpait, le suivant le remplaçait. Ainsi escomptait-il instaurer entre eux une discorde de nature à brouiller davantage encore, si c'était possible, les pistes. Voilà qu'ils s'accommodaient du crime en raison de sa perfection même ! Ce n'était pas banal ! Convaincus qu'en toute hypothèse, l'énigme Capulac ne serait jamais résolue, ils passaient le crime par profits et pertes pour ne plus se soucier que d'eux-mêmes, de leur salut.

L'homme devait prendre une décision à ce sujet et en peser soigneusement les termes. Participer à cette entente le chagrinait, altérait la pureté de sa machination. Il se situait au-

dessus des autres, en quelque sorte au-dessus de la mêlée. Il était, lui, l'assassin de génie, pas moins. Il avait tout inventé, évalué, supputé. Et aussi pris tous les risques. Car l'absence de risques ne caractérise en rien la perfection d'un crime. Dans ces conditions, se retrouver piètrement au sein d'un quarteron si dénué de panache le contrariait. Faire bande à part n'était pas dépourvu de dangers. Si évident était l'intérêt de cette coalition sur le point d'affronter la police, que la refuser attirerait la suspicion. Ce péché d'orgueil pouvait coûter cher. Capoter si près du but ! Que de gens intelligents, riches et puissants, à qui rien ni personne ne résistaient, furent broyés par la vanité, en définitive vraie maîtresse des destins ! L'homme sentit des gouttes de sueur perler sur son front. Il se concentrait violemment afin de chasser la tentation de s'écarter de cette coalition. Que c'était difficile ! La haine qui avait si délicieusement fécondé son intelligence et engendré ce crime stupéfiant ne devait pas se muer en vertige. L'homme se pénétra du fait qu'on pouvait, une fois dans sa vie, avoir une idée de génie sans être un génie soi-même. Ce combat intérieur dura longtemps et fut éprouvant. Il en sortit vainqueur, épuisé, les nerfs en bouillie. Il revint à l'origine de son histoire, à la raison d'être de cette aventure sanglante et délirante : tuer Capulac en exploitant des circonstances spéciales et ne pas être pris. Cela et pas autre chose. Après cette rude alerte, l'homme demeura prostré une bonne heure. Puis il but un verre et se coucha, apaisé. Il avait recouvré tous ses énormes moyens. Il jouerait le jeu. Il se joindrait aux autres.

Le mercredi 5 novembre, le commissaire Tibal prit derechef ses quartiers à la gendarmerie de Bints. La veille, et jusque tard dans la nuit, il avait réfléchi à une méthode pour aborder et remplir les tâches de la journée la plus chargée de sa carrière. Le juge et lui avaient reçu de leurs hiérarchies respectives l'injonction d'aller vite et de ne pas engluer Anton-Bélise à Bints, commandement qui, pour une fois, leur agréait, tant ils s'étaient convaincus que s'ils ne démasquaient pas l'assassin diabolique au plus tard dans la semaine, ce crime, à moins d'un hasard ou d'une trahison, resterait impuni. Le commissaire avait fini par cerner l'origine de son malaise, de son impression d'être manœuvré dans un décor en trompe-l'œil, sans toutefois l'identifier entièrement. Il l'attribuait au cadeau incroyable que les circonstances avaient offert à l'assassin. Celui-ci, dans sa préméditation, n'avait pas eu à se préoccuper de la disposition des lieux, du nombre et de la qualité des personnages. Tout cela avait été choisi en dehors de lui par les acteurs eux-mêmes. Son éclair de génie avait seulement consisté à s'en apercevoir à temps pour utiliser la situation créée. Ainsi, comme il n'était pour rien dans la mise en place du décor et des héros, il ne risquait pas d'y commettre des erreurs. La majorité des criminels attirent ultérieurement les soupçons pour être trop intervenus au stade de la préparation du forfait. Par exemple, ils ont attiré la victime en un lieu précis, ou ils lui ont téléphoné, envoyé un message, ils l'ont invitée à dîner, à un week-end, ils lui ont fixé un rendez-vous en rase campagne, ou ils l'ont suivie subrepticement quand elle partait en voyage ou qu'elle rentrait chez elle, etc. En ce cas, rien de tel, bien au contraire. Tout avait fonctionné comme si Capulac avait organisé lui-même sa mort. C'est lui qui, à l'occasion de la Toussaint, était descendu à Bints et avait mandé Anton-Bélise à sa chasse. Ce sont ses couteaux qui ornaient les murs de son salon. Et il n'ignorait pas la présence au village de deux mortels ennemis : Le Touc et Ordonez, lesquels s'ajoutaient à son rival parisien évincé. Là-dessus, sous l'effet d'une impulsion provoquée par la nouvelle de la nomination du Bolet à la présidence de Sacoprim, Assomption avait surgi. La victime, les principaux suspects se retrouvaient soudain pour quelques jours en un lieu propice aux déplacements et aux observations furtives sans que l'assassin ait levé le petit doigt ! Quelle chance inespérée d'assouvir une vieille et inexpiable haine ! Et l'arme du crime accrochée au mur, derrière Capulac ! Une besogne mâchée ! Il suffisait de s'aviser de cette situation remarquable et de savoir l'utiliser, de se montrer à la hauteur de la providence. L'assassin avait repéré les suspects. Il avait jugé Assomption le plus fragile et le plus avantageux des trois. L'idée de tuer en se faisant passer pour lui était alors née, accouchant aussitôt du corollaire : se déguiser. Dès lors, tout s'enchaînait en harmonie. Facile d'acheter une moumoute à peu près correcte pour évoquer, de nuit, le crâne d'Assomption ; des vêtements et des chaussures semblables aux siens ; d'en faire un ballot après l'égorgement et de l'enfouir en un lieu réputé inaccessible. Le système était en passe de résister grâce à l'existence de deux autres suspects tout aussi sérieux qu'Assomption.

Voilà les idées qui avaient assiégé le commissaire et le juge dans la soirée de mardi. L'un et l'autre avaient prévenu les chefs de leur pessimisme. Tibal, s'il croyait avoir mieux saisi l'atmosphère générale, n'avait, par contre, pas progressé d'un pouce en direction de l'assassin. Il comptait reprendre des interrogatoires, reconnaître l'endroit où avait été découvert le ballot, procéder à une deuxième reconstitution nocturne, cette fois avec, dans le rôle du coupable, chacun des trois suspects en lice et en présence du juge Kuff. Anton-Bélise devait arriver en fin de matinée de Paris. Tibal fit savoir au citoyen chasseur Birbat qu'il aurait besoin de ses services et de ceux de son chien de rouge aux alentours de 14 h 30. Puis il convoqua, dans l'ordre, Assomption, Le Touc et Ordonez. Il se tenait dans la salle de réunion de la gendarmerie. Les pièces à conviction s'étalaient sur la grande table : le couteau, la toile et le contenu du ballot, les gants noirs. Le commissaire avait fait quérir une toise de la mairie du chef-lieu de canton et qui servait depuis toujours à mesurer la taille des conscrits lors des conseils de révision. Un commerçant de la préfecture, mobilisé pour la matinée, déballait des chaussures de jogging de différentes pointures et les alignait soigneusement dans un coin de la pièce. Assis à côté du brigadier Petitvisier, le tailleur en retraite Martial, un centimètre autour du cou, visiblement heureux d'être de la fête et de reprendre du service, observait les préparatifs d'un œil vif et mobile. On attendait le cadre déchu. Il fut à l'heure. Il entra vêtu de son équipage habituel : blouson kaki, tee-shirt rose, pantalon de velours bleu passé, chaussures de jogging de la marque Nike.

— Bonjour, monsieur Assomption, dit le commissaire en se levant. Je souhaite vérifier un certain nombre de points : votre taille, celle de votre pantalon, la pointure de vos chaussures, avant d'en faire de même avec d'autres personnes. Excusez-moi si je vous donne l'impression de vous faire repasser le conseil de révision, mais je vous demanderais d'ôter vos chaussures, de passer sous cette toise, puis de laisser monsieur Martial, ici présent, prendre les mesures de votre pantalon. Nous comparerons ensuite avec les pièces que vous voyez là.

Assomption ôta ses chaussures et les tendit à un gendarme. Celui-ci les apporta au chausseur qui les examina attentivement puis en mesura la semelle au moyen d'un pied.

— Alors ? s'enquit Tibal, avec un rien d'impatience.

— 41.

Le commissaire et le brigadier échangèrent un regard entendu. Le gendarme rapporta ses chaussures à Assomption.

— Avant de vous rechausser monsieur Assomption, et puisque nous y sommes, voulez-vous passer sous la toise ? Voyons si vous faites bien 1,77 m comme l'indique votre carte d'identité…

Assomption s'exécuta de bonne grâce. Il mesurait, en effet, 1,77 m. Le tailleur Martial fut alors invité à prendre les mesures du pantalon. Ce qu'il fit avec une précision, une dextérité qui avaient fait merveille tout au long de cinquante ans de travail.

— Le pantalon que porte Monsieur lui va à la perfection, déclara-t-il. C'est un pantalon pour une personne de sa taille, ce qui n'est pas le cas de celui-là, conclut-il en désignant du menton le pantalon, maculé de sang séché sur sa partie supérieure droite, étalé sur la table.

Il enroula son centimètre, satisfait de son diagnostic.

— Vous nous avez dit, monsieur Martial, que le pantalon de l'assassin irait à un homme de 1,80 m, c'est bien ça ?

— C'est bien ça.

— Jusqu'à quelle taille, à votre avis, un homme plus petit aurait-il pu porter un tel pantalon, de nuit évidemment, ou plutôt sous un mauvais éclairage ?

— Tout dépend de l'éclairage en question, répliqua le tailleur. Évidemment, s'il fait très noir, on peut même se promener tout nu sans être vu.

Le brigadier, ses gendarmes, Assomption sourirent. Le chausseur s'esclaffa, ce qui lui valut un coup d'œil incendiaire du commissaire qui n'avait pas du tout envie de plaisanter. Cependant, mettant à contribution le très honnête et très apprécié tailleur Martial, il s'abstint de le réprimander. D'autant, convint-il en son for intérieur, qu'il avait raison.

— Je vous demande, monsieur Martial, de venir ce soir à la reconstitution et de vous tenir à mes côtés pour vérifier cet aspect des choses. Mais à partir de quelle taille, à votre avis, est-il possible, en plein jour, de remarquer qu'un pantalon est trop long ?

— Quelqu'un du métier remarquera le moindre défaut, assura Martial. Pour les autres, il me semble que deux ou trois centimètres vous feront un bas de pantalon trop écrasé sur la chaussure.

— Deux ou trois centimètres, répéta Tibal, pensif. Très bien, nous ferons l'expérience.

Le commissaire se retourna vers le chausseur.

— À vous maintenant. Vous avez mesuré les chaussures de l'assassin et vous avez trouvé qu'elles faisaient du 42. Là aussi, y a-t-il une marge acceptable ? Par exemple, quelqu'un qui chausse du 42, peut-il utiliser du 42 et demi ou du 41 et demi, ou même du 43 ou du 41 ?

— Certainement pas du 41, encore moins pour des chaussures de sport. Il ne pourrait même pas les mettre, ou alors il souffrirait énormément... Par contre, la nuit, pour se déguiser, il pourrait mettre du 43, ce serait bien trop grand et il ne pourrait pas aller loin avec ça, faire une course ou une longue promenade, mais ce ne serait pas complètement impossible...

— Et pour les demi-pointures ? interrogea Tibal.

— Là c'est différent. Ça varie selon les marques de chaussures. Pour les Nike, on peut admettre qu'un 42 chausse un 41 et demi, ou un 42 et demi, ou un 40 un 40 et demi, ou un 41 et demi un 42. Ce ne serait pas l'idéal, mais on pourrait marcher avec, au moins un certain temps.

— Si je comprends bien, monsieur Assomption, par exemple, qui chausse du 41, aurait pu mettre les chaussures de l'assassin et se débrouiller avec, mais pas l'inverse, l'assassin n'aurait pas pu marcher avec du 41...

— C'est exactement ça.

Ces échanges et constatations avaient plongé l'ensemble des personnes présentes dans de profondes méditations. Assomption lui-même, tout en se rechaussant, semblait absorbé par nombre de spéculations.

— Je vous remercie, monsieur Assomption, je n'ai plus besoin de vous pour le moment. Tenez-vous à ma disposition et soyez ce soir à la reconstitution.

D'un mouvement de tête, le cadre déchu acquiesça et salua tout à la fois. Il quitta la pièce. Dans le couloir, il croisa Le Touc. Les deux hommes se serrèrent la main au passage, à l'étonnement du gendarme Rosario, qui avait surpris le geste. Le Touc pénétra dans la salle de réunion.

— Bonjour, monsieur Le Touc, dit le commissaire. Asseyez-vous. Nous procédons aujourd'hui à certaines vérifications de routine puisque l'enquête est relancée par la découverte de ce ballot dont le contenu est là, sur la table. Puis-je vous demander de vous déchausser ? Nous allons vérifier votre pointure, votre taille et les mesures exactes de votre pantalon.

— Ah je vois ! Vous voulez comparer avec ce que vous avez trouvé dans ce ballot.

— C'est cela même.

Le Touc obtempéra docilement. Tibal surveillait son visage. Il l'imaginait en assassin. La toise confirma 1,78 m. Le chausseur annonça un 42. Le tailleur Martial attesta que le pantalon qu'il portait tombait normalement, que celui du ballot était plus long de 2 centimètres.

— Monsieur Le Touc aurait donc pu le porter sans grand dommage, commenta Tibal.

— C'est sûr, approuva Martial.

— Quant aux chaussures, ajouta le commissaire, pas de problème, elles ont la même pointure.

Le Touc se rechaussa dans un silence gêné. Comme si cette concordance exacte constituait un élément décisif de la nouvelle enquête. Les policiers détestent agir dans le noir. Ils veulent des pistes. C'est pourquoi, dès le début d'une enquête, ils s'engouffrent, quelquefois trop rapidement, dans l'une d'elles au détriment des autres. Ils ont alors du mal à se défaire de l'idée reçue initiale et cela nuit à leur capacité d'exploration.

S'acharner sur un suspect ou sur une hypothèse comporte le risque de déboucher sur une impasse et, alors, il est souvent trop tard pour reprendre sereinement l'affaire à son commencement. Tibal connaissait ce danger. Lui-même y avait succombé dans sa jeunesse. Il mit donc les choses au clair, davantage à l'intention de ses collaborateurs et des deux citoyens qu'à celle du cadre écologiste sur le gril.

— Évidemment, le fait que la pointure de l'assassin soit la vôtre, monsieur Le Touc, ne prouve absolument rien. Nous enquêtons sur un crime, c'est tout. Les mêmes épreuves seront imposées à d'autres. Des pointures qui vont de 40 à 42 sont courantes, moi-même je chausse du 42, comme vous, et je mesure 1,77 m comme M. Assomption, et j'aurais pu, à 11 h du soir, mettre ces chaussures et revêtir ces habits sans aucun problème.

— Je comprends, monsieur le commissaire.

— Avez-vous une idée de la taille de monsieur Ordonez et de celle de monsieur Anton-Bélise ? questionna soudain Tibal.

Voilà qui était inattendu pour tout le monde. Si le commissaire avait présumé Le Touc innocent, conformément à la loi républicaine, il lui rappelait brusquement sa condition de suspect. Il respectait le citoyen mais il ne lâchait pas sa proie. Le brigadier le gratifia d'un regard appréciateur.

Le Touc s'était préparé à jouer serré. Comment aurait-il mesuré la taille des deux autres ? Pour quelle raison les aurait-il interrogés à ce sujet ? Mais le commissaire avait parlé d'une « idée ». Tout le monde était capable d'avoir une « idée » sur la taille de tout le monde. Tibal le savait bien. Il avait posé la question pour le déstabiliser, lui manifester ses soupçons, sa volonté de le coincer, non pas en cet instant précis, mais plus tard, à la moindre défaillance, au plus petit faux pas, à la première erreur. Les deux hommes se fixaient sans bienveillance.

— Anton-Bélise est plus grand que moi, Ordonez, je ne sais pas, on est à peu près de la même taille.

Le commissaire s'adressa au brigadier :

— On a les tailles de ces messieurs ?

Petitvisier ouvrit une chemise et consulta son contenu.

— Les cartes d'identité indiquent : Anton-Bélise, 1,80 m ; Ordonez, 1,79 m.

— Vous ne vous êtes pas trompé, constata Tibal.

— Je n'ai pas grand mérite, observa Le Touc. Déterminer, à quelques centimètres près, la taille de quelqu'un, n'est pas très difficile.

— C'est terminé pour le moment, monsieur Le Touc, dit le commissaire. Je vous demanderais de vous tenir à notre disposition jusqu'à nouvel ordre, j'aurai besoin de vous ce soir pour une nouvelle reconstitution.

Le Touc se leva.

— Je vous raccompagne, dit Tibal, à l'étonnement général.

Ils sortirent ensemble. Ordonez attendait dans le couloir. Le Touc lui adressa un signe ostensible de sympathie. L'Espagnol y répondit à peine

— Il n'a pas l'air de très bonne humeur, prononça Tibal sur un ton ambigu.

On ne savait si ça l'irritait ou si ça l'amusait.

— Il faut le comprendre, plaida Le Touc, il est plus vieux que nous. C'est grâce à des gens comme lui que, vous et moi, nous sommes libres Il a sacrifié sa vie à ses idées, il n'en a retiré que des déboires. Adolescent, il voulait être médecin à Salamanque. À l'âge où nous jouions aux petits cubes, il interrompait ses études et il combattait entre l'Èbre et Tarragone, son père mourait au combat, son frère aîné était fusillé. En 1939 sa mère mourait à son tour, de maladie et de chagrin. Après la guerre, son oncle franquiste n'a plus voulu le voir… Passé en France, il est embauché dans des carrières. Ensuite, interné au camp du Vernet, il s'évade, rejoint un maquis, revient et échoue à Bints en 1944, mon oncle le prend sous sa protection, le vieux Capulac le dénonce, le voici de nouveau dans la montagne et, en 1945, il s'installe enfin. Mon oncle lui trouve un travail. Il ne voudra jamais revoir l'Espagne et, maintenant, il est suspecté d'un crime. Vous ne pensez pas, monsieur le commissaire, qu'il y a de quoi se tordre les côtes ?

Ils étaient au-dehors. Tibal encaissait le coup. Car c'était un coup. Une sorte d'agression, aussi brutale que subtile. En l'absence de témoins, le cadre écologiste ripostait et marquait des points. Il couronna sa contre-offensive en épiloguant :

— Et malgré tous ses malheurs Ordonez a encore des principes, à une époque où ça ne court pas les rues, vous en conviendrez… Je ne le vois pas égorger Capulac, mais, je vais vous parler franchement, commissaire : quand bien même l'aurait-il fait, si je le savais, je ne vous le dirais pas, en dépit de tous les ennuis que ça me causerait.

— Ce que j'ai entendu vous honore, monsieur Le Touc, sauf que votre devoir de citoyen vous dicterait de dénoncer le criminel à la justice si vous le connaissiez. Mais je me permets de vous faire remarquer que je ne suis pas magistrat, que je suis le simple instrument de la justice, que ma mission est de démasquer les gens qui coupent la carotide de leurs semblables, quel que soit leur passé. Ce n'est pas à moi d'accorder des circonstances atténuantes, c'est à un jury du peuple français. Bien sûr, je préférerais confondre et arrêter un goujat, un profiteur, plutôt qu'un héros des combats passés de la démocratie, mais ce n'est pas moi qui choisis les coupables. À ce compte, tous les valeureux combattants de toutes les guerres, revenus à la vie civile, pourraient tout se permettre, y compris de trucider n'importe quel agent de change. C'est ce qui fait d'ailleurs la dureté de notre métier. Là où nous sommes requis, il y a toujours du malheur et de la fatalité. C'est comme ça et nous n'y pouvons rien, comprenez-vous ?

— Je n'ai pas cherché à philosopher, monsieur le commissaire, j'ai seulement réagi à votre réflexion sur Ordonez, quand vous l'avez vu dans le couloir.

— Soit, je fais pour cela amende honorable. Au demeurant, je serais tout aussi navré d'avoir à vous arrêter. Vous n'avez fait ni la guerre d'Espagne ni la Résistance, pas plus que moi, mais, pour autant que je sache, vous êtes un citoyen très estimé dans tout le département, même si certains déplorent votre mauvaise tête et votre zèle écologique.

— C'est pour me dire tout ça que vous avez pris la peine de me raccompagner ?

Tibal sourit. Assurément, le maniement de ce Le Touc était ardu. Sans mettre en doute sa sincérité, force était de constater qu'il pinçait toutes les cordes, qu'il maîtrisait plusieurs registres. On était loin des personnages classiques animant les romans policiers : le mari, la maîtresse, l'amant, la servante, le voisin, l'héritier, le savant, l'artiste, etc. Son affaire à lui, à mesure qu'elle se développait, prenait l'allure d'une joute, d'un défi intellectuel lancé non seulement par l'assassin mais par les innocents suspects. Tout ce monde-là semblait se liguer, mobiliser des capacités impressionnantes à seule fin d'égarer la police, comme si, en un accord tacite et jouissif, ils avaient décidé d'imposer à la société la suppression pure et simple de Paul Capulac. Tibal tournait sans cesse autour de ce concept. Chacune de ses réflexions le ramenait régulièrement à cette idée de complices, auteurs du crime, l'un d'eux l'exécutant, les autres couvrant ses arrières.

— Je voulais vous demander, hors présence de témoins, ce que vous inspirait la découverte de ce ballot en haute forêt.

— Elle ne m'a inspiré rien d'original. J'en déduis, comme vous, que quelqu'un a tué Capulac en montant un coup contre Assomption, ce qui me laisserait, je vous l'avoue, indifférent, si ça ne m'impliquait pas dans l'affaire. Même si on n'a rien à se reprocher, ce n'est pas drôle du tout d'être un sujet de conversation un peu partout, d'être obligé de donner des explications au directeur de sa banque, à ses collègues, à ses copains…

— J'en ai bien conscience et je fais au mieux pour circonscrire l'enquête et mes démarches. Mais il y a des décisions que je ne peux esquiver, par exemple, ce soir, cette pénible reconstitution, où vous devrez endosser les habits de l'assassin, mettre ses chaussures, coiffer sa moumoute. Je ne peux pas agir autrement.

Le Touc eut une mimique désenchantée et s'éloigna.

Ordonez attendait toujours dans le couloir, assis sur une méchante chaise, la tête basse, les avant-bras sur les genoux. Quand il revint et qu'il fut devant lui, le commissaire, la cervelle toute bruissante des propos échangés avec Le Touc, eut brusquement honte. Coupable ou non, cet homme exigeait un minimum d'égards. Tibal ne se sentit pas en état d'imposer à l'Espagnol l'épreuve de la toise en public. Cela lui rappellerait par trop ses geôliers et ses tortionnaires.

— Je suis à vous tout de suite, monsieur Ordonez, glissa-t-il en passant.

Alfonso haussa les épaules sans daigner lever un œil. Tibal regagna la salle de réunion et déclara :

— Je vais maintenant recevoir monsieur Ordonez. En ce qui le concerne, je n'ai pas besoin de mesures, je les ai déjà. Je vous remercie, monsieur Martial, et vous, monsieur Soula, d'avoir apporté votre concours à l'enquête. Pour aujourd'hui, c'est terminé.

Les gendarmes et les « experts » vidèrent les lieux, à l'exception du brigadier. Tibal s'expliqua aussitôt :

— Ordonez a connu les prisons fascistes, je n'ai pas voulu l'exposer en chaussettes et sous une toise devant tout ce monde-là. Je ferai le travail moi-même. Dépêchez-vous de récupérer le pied du chausseur avant qu'il s'en aille. Dites-lui qu'on le lui rendra dès que possible, qu'on peut en avoir besoin, il dit en avoir d'autres, ça ne le gênera pas.

Le brigadier sortit au pas de charge. Tibal s'en fut quérir Ordonez. Ils se dévisagèrent en silence durant quelques secondes, de part et d'autre de la table. Désignant du menton les affaires étalées à côté d'eux, l'Espagnol prononça :

— C'est ça le ballot ?

Tibal ne le quitta pas des yeux. S'il avait confectionné ce ballot, porté ces vêtements, marché avec ces chaussures, il se fichait bien de lui, le héros anti-franquiste. Si, au contraire, il découvrait ces pièces, alors cette entrée en matière en valait bien une autre. Que penser ? Le commissaire éprouva la nécessité de se durcir. La disposition prise d'épargner à l'Espagnol une humiliation inutile l'honorait mais elle ne devait pas se muer en indolence ou mollesse. Après tout, il était au moins aussi suspect que Le Touc ou Anton-

Bélise. Petitvisier rentra à propos, ramenant le pied du chasseur. Tibal lui dit :

— Restez, brigadier, nous allons procéder aux mesures. Et à Ordonez : nous convoquons les personnes mêlées de près ou de loin à l'affaire Capulac, nous comparons la pointure et la taille de l'assassin avec les leurs. Vu votre conduite passée au service de la France et de la République, nous vous recevons seul, sans témoins ni experts, mais nous sommes quand même tenus de ne pas faire une exception pour vous.

Ordonez n'avait pas entendu pareil hommage d'autorités officielles depuis bien longtemps. Il y fut plus sensible qu'il ne l'aurait voulu. Il n'excluait pas, en fait, que ce préambule eût pour objet de dissiper sa méfiance, d'endormir sa vigilance. Quoi qu'il en fût, ce commissaire avait honnêtement, joliment manœuvré. L'Espagnol avait été tant de fois déshabillé, toisé, photographié, en temps de guerre, qu'il aurait mal supporté ces remembrances traumatisantes et injustes. Quelles qu'aient été les arrière-pensées du commissaire, il devait être crédité de son initiative. Tibal n'avait pas retenu Martial pour prendre les mesures du pantalon d'Ordonez. Cela ne le dérangeait guère. Au fond de lui-même, il n'accordait déjà plus grande importance à ces vérifications de routine. Il pressentait qu'il ne coincerait pas l'assassin sur ce terrain. Non qu'il contestât le principe d'or de la police, selon lequel seules une étude et une recherche obstinées, minutieuses, des détails infimes conduisent au succès d'une enquête, mais, en ce cas précis, il comptait avant tout sur le raisonnement à l'état pur. Dès le départ, il avait subodoré que ce crime avait toutes les chances d'être parfait du point de vue strictement technique, si l'on ose dire, et que, pour une fois, l'imagination l'emporterait sur la logique et la quête laborieuse. Encore fallait-il en avoir.

Le brigadier courut chercher un centimètre chez sa femme et officia à la place du tailleur en retraite. Autant qu'il put en juger, le pantalon d'Ordonez lui allait très bien. La toise indiqua 1,79 m. Le pied, 41 et demi. L'Espagnol aurait pu chausser les Nike de l'assassin aussi facilement que Cendrillon sa pantoufle de vair.

— Ce soir, dit le commissaire, nous procéderons à une reconstitution officielle. Le Touc, Anton-Bélise et vous-même serez priés de prendre la place de l'assassin à tour de rôle. Ce ne sera agréable pour personne.

— C'est toujours la même chose, grogna Ordonez, tout en laçant ses souliers. Ce sont les bons citoyens qui trinquent. Si je n'avais rien dit, si je n'avais pas témoigné, je n'aurais pas été impliqué dans l'affaire. Après tout, si j'étais passé cinq minutes plus tôt ou cinq minutes plus tard sur le chemin, je n'aurais vu personne, et je ne serais pas ici en ce moment. C'est pareil pour tout. Vous avez vu cette histoire d'autoroute à la télévision ? Les automobilistes passent sur une gosse sans s'arrêter ; le lendemain, un seul a du remords et se présente à la gendarmerie, il est inculpé pour non-assistance à personne en danger, et même condamné à payer ! Comment être honnête après ça ? Celui qui a tué Capulac, vous voulez que je vous dise, vous le trouverez jamais, il est trop malin, et à cause de ça, jusqu'à la fin de mes jours, il y aura toujours quelqu'un pour penser que c'est moi. Remarquez, je m'en fous, je pleurerai pas sur une fripouille.

— Qu'est-ce qui vous fait dire qu'on ne le trouvera jamais ?

— Je vois bien comment ça tourne… Moi, je sais

quelque chose que vous ne savez pas, c'est que je n'ai rien fait, je suis innocent. Mais quand je regarde autour de moi, je ne vois pas de coupable, je n'ai aucune idée du type que j'ai vu ce soir-là. Ça pourrait être n'importe qui. Le Touc, même déguisé comme ça, je l'aurais reconnu, j'ai l'habitude de son allure. Anton-Bélise, possible. Quand j'y réfléchis, je me dis que cet homme qui courait était peut-être un peu moins grand que lui. Vous me direz, c'était la nuit, tout s'est passé vite. Quelquefois je me demande : et si c'était quelqu'un d'autre que nous ? Que nous les suspects ? C'est vrai qu'on avait tous des raisons de détester Capulac, mais celui qui a fait le coup, il le savait aussi... Qui vous dit qu'il a pas profité qu'on soit tous là, que les deux Parisiens soient là, pour monter son affaire ? Vous savez, c'est pas bien difficile d'acheter une perruque, un pantalon, un blouson et des chaussures de sport. On trouve ça n'importe où, il suffit de l'acheter assez loin d'ici. Vous pouvez pas vérifier les achats de perruque dans toute la France au cours des trois semaines passées. C'est pour ça que je vous dis que le type qui a fait ça, il en a dans le ciboulot et il peut dormir tranquille,

Tibal considéra l'Espagnol un instant puis il dit :

— Dans cette affaire, monsieur Ordonez, il y a quelque chose qui m'intrigue et que je n'ai jamais vu, ni dans la réalité ni dans les romans policiers, et j'en ai lu beaucoup. D'autre part, j'ai mené pas mal d'enquêtes criminelles pour un commissaire de province. Vous en avez entendu parler : *la Mort inouïe de la Comtesse*, le mystère des hippies de Biracet, l'assassinat de la jeune postière du Loumet, la disparition du notaire, et encore quelques autres. Mais ce qu'il y a de spécial dans l'affaire Capulac, c'est que, d'une part, tous les suspects principaux se sont retrouvés à Bints, comme s'ils s'y étaient donné rendez-vous et que, d'autre part, et ça c'est unique, au lieu de se charger mutuellement, ils se soutiennent, et de plus en plus. Tout à l'heure c'était Le Touc qui m'a parlé de vous avec des mots émouvants. Il est sûr que vous n'avez pas commis ce crime. Maintenant, vous lui renvoyez l'ascenseur. Assomption se garde bien d'accuser quelqu'un. Au début vous n'étiez pas comme ça : certains d'entre vous avaient des phrases ambiguës sur tel ou tel mais, maintenant, j'ai presque l'impression que vous vous êtes concertés pour faire un front commun. On aurait pu s'attendre à ce que Le Touc et vous orientiez les soupçons vers un autre étranger, Anton-Bélise, et vous venez de me faire remarquer, ce qui ne figure pas dans votre première déposition, qu'à bien y réfléchir, l'homme que vous avez vu s'enfuir était peut-être moins grand qu'Anton-Bélise !

— Je vous dis ce que j'ai vu. Ça m'avait pas frappé, je cherche seulement à vous aider.

— Brigadier, dit Tibal, quelle est la taille d'Anton-Bélise ?

Petitvisier consulta derechef sa chemise et répondit :

— 1,80 m.

— Vous voyez ? commenta Ordonez. 1,80 m, c'est quand même grand.

— C'est la taille exacte du pantalon de l'assassin, prononça Tibal, un tantinet provocant.

— Moi, je l'ai pas mesuré ce pantalon, observa l'Espagnol avec malice. Le type que j'ai vu, il était plus près de 1,75 m que de 1,80 m.

— Ça fait une grosse différence, dit Tibal, et ce que vous dites là est extrêmement important. Je regrette, encore une fois, que ça ne vous soit pas venu plus tôt.

La convocation prenait l'allure d'un interrogatoire.

Le commissaire apprenait enfin un fait nouveau et relativement précis de l'un des témoins numéro 1.

— Comment s'explique la contradiction ? Le pantalon qui est sur cette table est celui de l'assassin. Regardez-le, il est taché de sang, et ce soir vous l'enfilerez pour les besoins de la reconstitution, mais c'est un pantalon pour une personne de 1,80 m. Comment aurait-il été porté par un individu de 1,75 m ? Il y a trop de différence ? Est-ce que vous vous souvenez du pantalon du fuyard ? Vous a-t-il paru trop grand ?

— Non, ça je peux pas le dire. J'ai vu courir le type de la porte de la maison à l'angle de la pelouse, et là il est entré dans l'ombre. J'ai seulement deviné qu'il sautait le mur. Je l'ai un peu revu quand il s'est remis à courir sur le chemin et j'ai pas fait attention à son pantalon.

— En fait, monsieur Ordonez, ce que vous dites, au lieu d'éclairer un peu l'enquête, l'obscurcit encore davantage.

— C'est pas ce que je voulais, dit Ordonez, sur un ton apparemment navré.

Tibal sentit la moutarde lui monter au nez. Il fit effort. Ce n'était pas la première fois qu'un policier avait la nette impression que le ou les assassins se moquaient de lui. Pourtant, à y bien songer, l'Espagnol n'avait rien déclaré d'infamant et ce pouvait ne pas être de sa faute si le commissaire s'enlisait. Mais cette affaire énervait de plus en plus Tibal. Et même le déprimait. Le juge Kuff et lui, dès la découverte de ce ballot, étaient instinctivement tombés d'accord : il ne fallait pas lanterner. Une reconstitution « dure » devait intervenir sans tarder. L'assassin, pris de court par cet événement, chercherait certainement à en neutraliser les conséquences. Démonté quelque temps, il n'était pas à l'abri d'une faute, à la condition de ne pas le laisser respirer. C'est pourquoi Anton-Bélise avait été sommé de revenir à Bints avant les obsèques de Capulac et la reconstitution fixée au mercredi soir. Cependant, cette dernière décision ne comportait pas que des avantages. Le corps de la victime, mis en bière à l'institut médico-légal, était attendu dans l'après-midi. Mme Capulac avait souhaité que ceux qui le voulaient pussent rendre un ultime hommage à son fils. Outre les citoyens sincères, de nombreux Bintsois ne rateraient pas l'occasion ainsi offerte de s'introduire dans les lieux, mus par la curiosité morbide, afin d'assister aux opérations des premières loges. Les dirigeants et les cadres de Sacoprim qui, paraît-il, commençaient d'affluer au village grossiraient cet étrange public. Les cérémonies étaient prévues le lendemain à 11 h. Seules les personnalités éminentes, disposant d'avions privés, débarqueraient au matin. C'est donc sous une pression malsaine que se déroulerait cette reconstitution. Au contraire de la précédente, il s'avérerait délicat d'interdire à la foule les abords et l'entrée de la demeure du mort. Ni le commissaire, ni le juge, ni le brigadier n'avaient encore la moindre idée de la meilleure façon d'organiser les choses.

Tibal et Petitvisier avaient la tête bourdonnante de ces difficultés. Ils y réfléchissaient en silence lorsque le gendarme Do entra et annonça la présence d'Anton-Bélise.

— Faites-le venir, maugréa le commissaire.

Anton-Bélise apparut et lança :

— Bonjour, messieurs.

Cette courtoisie, cette égalité d'humeur, qui, deux heures avant, eussent réjoui Tibal, ne contribuèrent qu'à l'agacer davantage. Il était persuadé que l'étranger lui chanterait le même refrain : Le Touc et Ordonez me semblent des gens plus qu'estimables, et bien que nos relations soient épisodiques et superficielles, je ne les vois guère dans la peau d'un criminel.

— Monsieur Anton-Bélise, vous avez sur cette table les affaires trouvées dans le ballot. Pouvez-vous nous donner votre taille et votre pointure ?

— Je mesure 1,80 m et je chausse du 42, monsieur le commissaire.

— Ce sont exactement la taille et la pointure de l'assassin.

— C'est bien malencontreux pour moi. J'espère que ça ne suffira pas à m'envoyer en prison.

— Non, répliqua Tibal. Nous autres, policiers et gendarmes, nous n'envoyons personne en prison, nous enquêtons, du mieux qu'on peut… La découverte de ce ballot a tout changé. De tous les suspects, vous êtes aujourd'hui le plus menacé pour les trois raisons que voici : vous n'avez pas seulement un mobile mais deux : votre haine à l'encontre de Capulac et la possession par celui-ci de feuillets compromettants pour vous et dont le contenu, lui, pourrait effectivement vous mener à la prison ; ensuite, ce pantalon et ces chaussures correspondent à un homme de votre taille et de votre pointure, nous avons consulté des experts à ce sujet. D'ailleurs, vous serez amené à les porter ce soir, lors de la reconstitution officielle. Avez-vous des commentaires ?

— Je n'ai pas d'autre choix que de collaborer avec vous, monsieur le commissaire. C'est l'avis de tous ceux que j'ai consultés à Paris. Ces feuillets me compromettent, c'est vrai, mais pas moi tout seul. S'ils sont rendus publics, l'un des plus grands groupes français dans sa branche sera ébranlé au moment même où il s'est lancé à la conquête des marchés internationaux, notamment américain. Les pratiques qu'ils dévoilent sont regrettables mais ne sont pas de mon fait. Elles sont, malheureusement, en usage partout, c'est l'époque qui le veut, je suis le premier à désirer ardemment qu'il n'en soit plus ainsi, mais pour atteindre certains objectifs vitaux, se développer, créer des emplois aujourd'hui, des entreprises comme la nôtre doivent, pardonnez-moi l'expression, cracher au bassinet. Donc, sur ce point particulier, à défaut d'être très fier de moi, j'ai la conscience tranquille. Et comme je suis parfaitement innocent de l'assassinat de Capulac, je n'ai pas à redouter la justice…

— Est-ce que vous confirmez votre déposition, notamment votre présence non loin de la demeure Capulac le soir du crime ? Ainsi que celle d'Assomption devant la grille ?

— Je le confirme.

— Êtes-vous sûr qu'il s'agissait d'Assomption ?

— Pourquoi n'en serais-je plus sûr ?

— Eh bien, l'on sait, maintenant, que ce soir-là, quelqu'un s'est déguisé en Assomption. Vous auriez donc pu apercevoir le faux ?

— Je n'avais pas pensé à ça, murmura Anton-Bélise.

Tibal perçut enfin une hésitation. Elle ne dura pas.

— Je crois me souvenir, reprit le manager en brigue, que plusieurs personnes ont vu Assomption se diriger vers la maison de Capulac, comme j'arrivais à peu près au même moment, ça ne pouvait être que lui.

— Vraisemblable mais pas certain à cent pour cent, rétorqua le commissaire. Je ne veux plus me faire manipuler comme un pantin, je veux reprendre les faits et les regarder bien en face et, parmi ces faits, l'un d'eux est majeur : quelqu'un s'est déguisé en Assomption, mais nul ne sait où et à quel moment… Avant d'entrer dans la maison, à l'intérieur de la maison, avant ou après le crime, à l'extérieur, une fois le crime commis ? Imaginons que vous ayez vu le vrai Assomption devant la grille, vous repartez avec l'intention de revenir plus tard. Quelques minutes après votre retraite, le vrai Assomption renonce à son projet et repart... Dans l'ombre, derrière un fourré, l'assassin, déguisé, surgit de sa tanière, il pousse la grille, il pénètre dans la maison, il tue et il fuit... Alors entre en scène un troisième personnage, Ordonez avec ses chiens, qui témoignera avoir vu Assomption courir, tandis que sur le chemin du bas, un quatrième acteur de cette pièce de théâtre diabolique, Le Touc, surveille la situation, fait le guet, notamment du côté de la placette et du pontet qui sont dans son champ de vision à lui... Qu'en pensez-vous ?

Anton-Bélise paraissait abasourdi.

— Je suis un peu dépassé par ce schéma, reconnut-il. En tout cas, moi, je n'y suis pas, puisque je suis reparti.

— Comment vous n'y êtes pas ? Mais si, vous y êtes.

— Où suis-je ?

— Assomption reparti, vous êtes revenu, vous vous êtes tapi dans le chemin, vous aviez, auparavant, au cours de l'une de vos promenades nocturnes, caché ce ballot non loin de la grille, vous vous êtes déguisé en Assomption, avec un pantalon et des chaussures vous convenant, évidemment, et c'est là l'erreur. Vous avez égorgé Capulac, vous êtes reparti dans la forêt dissimuler ces affaires au fond d'un trou où vous comptiez bien qu'on ne les retrouverait jamais. Seulement voilà, vous aviez oublié le chien de rouge.

Anton-Bélise restait stupéfait. Le brigadier, de son côté, ne cachait pas un étonnement admiratif. Il avait cru le commissaire au quatrième dessous, baissant les bras, désespérant d'y voir clair et d'imaginer un mécanisme à la hauteur de celui élaboré par l'assassin. Et voilà qu'en un sursaut, il expulsait un scénario rendant limpides des faits et des comportements jusqu'ici obscurs ou absurdes.

— Le chien de rouge ? répéta Anton-Bélise, tel un automate.

— Eh oui, sans la découverte de ce ballot, vous auriez berné ce pauvre Assomption, qui aurait passé sa vie derrière des barreaux à se demander ce qui lui était arrivé.

Soudain, Anton-Bélise changea de visage.

— Si je comprends bien, vous venez de m'accuser de l'assassinat...

— Mais non, monsieur Anton-Bélise, mais non, je spéculais, sans plus. Je suis bien obligé, moi aussi, de me surpasser, de triturer mes méninges. Avouez que ce serait un fameux roman policier.

Anton-Bélise cherchait une contenance. Il la trouva.

— Pour l'instant, monsieur le commissaire, honnêtement, je l'ai reçu comme une très mauvaise plaisanterie.

Tibal se leva. Le brigadier et l'étranger en firent autant.

— À ce soir, monsieur Anton-Bélise. Je peux avoir besoin de vous avant, je vous demanderais de bien vouloir rester au village. Moi j'ai à faire, je vais prendre une leçon.

— Une leçon ?

— Une leçon de chien de rouge, lâcha Tibal.

Le brigadier accompagna Anton-Bélise jusqu'à la porte de la salle. Il revint à la hâte.

— Vous croyez vraiment que les choses se sont passées comme ça, commissaire ?

— Je ne sais pas, dit Tibal, songeur, en tout cas, ça doit y ressembler.

Ils sortirent. Ils avaient rendez-vous avec le juge pour déjeuner. Ensuite avec Birbat pour assister à sa démonstration.

Le commissaire avait rendu compte de sa matinée au juge. Ils étaient attablés à l'écart au restaurant du *Grand Hôtel du Pic.* La salle était pleine de gens étrangers au pays : des cadres supérieurs arrivés de Paris en fin de matinée, la plupart logés dans les établissements de la sous-préfecture, faute de place chez M. Robert et d'hôtels dignes d'eux aux environs immédiats. Ils mangeaient de bon appétit, parlaient à voix basse, avaient des regards appuyés en direction des trois représentants de l'autorité. Anton-Bélise brillait par son absence. Peut-être déjeunait-il dans sa chambre afin d'échapper à cette promiscuité.

— Ils sont bien une douzaine, marmonna le brigadier, sans compter ceux qui arriveront d'ici ce soir, ni les grands patrons, demain matin. Sacoprim ne regarde pas à la dépense.

— Ils enterrent leur président, remarqua Tibal.

— Quand je vois leurs têtes, reprit le brigadier, je ne regrette pas ma vie de fonctionnaire dans la gendarmerie, malgré nos salaires ridicules...

— Qu'est-ce que vous leur trouvez, brigadier ? demanda le juge en souriant.

— Des têtes d'esclaves, répondit Tibal à la place

de Petitvisier. Ils sont tendus, apeurés, pressés, on les sent à la merci d'un accident économique, d'une révolution de palais, angoissés par le spectre du chômage. Ils gagnent bien leur vie mais à quel prix ? J'ai un bon copain chez Cospic, marié, deux gosses, qui vit depuis un an dans les rumeurs de restructuration, un maître mot d'aujourd'hui, lui qui avait son franc-parler, il n'ose même plus demander un rendez-vous à son patron…

Ils commandèrent un fromage du pays.

— Nous en avons pour combien de temps avec Birbat ? s'enquit le juge.

— Au maximum une heure et demie, indiqua Petitvisier. Si on prenait le chemin de l'assassin, pour aller à l'endroit où on a trouvé le ballot, il faudrait deux heures, et autant pour revenir. Mais nous irons en jeep par le col de la Core. Du sommet du col, il suffit de descendre au fond de la Combe puis de remonter, c'est un bon exercice mais c'est rapide : vingt minutes de Bints à la Core, à peu près une demi-heure pour franchir la Combe.

— Si l'assassin avait pris une voiture, il aurait gagné beaucoup de temps, observa le juge.

— Une voiture à minuit, ça se remarque, même à Bints. Pour lui, c'était plus sûr d'aller à pied.

— L'assassin est plutôt bon marcheur, dit le juge.

— Plutôt, confirma Petitvisier. Mais ce n'est pas non plus le mont Blanc. La performance serait plutôt d'y être allé de nuit. Il faut connaître et de temps en temps allumer sa lampe de poche. Pour le reste, le sentier est très bon, il monte tout droit et progressivement.

— Vous avez essayé ? interrogea Kuff.

— Oui, monsieur le juge.

— Excusez-moi, brigadier. J'imaginais bien que

vous n'affirmiez pas tout ça sans de bonnes raisons, mais je réfléchis à voix haute...

Ils apprécièrent en silence le fromage de montagne accompagné d'un corbières au nez épicé, à la bouche généreuse. Et en dépit de l'évident plaisir que leur procurait ce mariage, ils restaient soucieux.

— Cette reconstitution de ce soir ne s'annonce pas simple, prononça enfin M. Kuff.

— Il est encore temps de la reporter, dit le commissaire, sur un ton presque provocateur.

— Nous avons, non sans mal, convaincu nos hiérarchies d'y procéder sans perdre une minute, ce n'est plus le moment de reculer.

— Il est peut-être possible d'obtenir de madame Capulac le gel des visites mortuaires entre 22 h 30 et minuit et demi.

— Vous avez essayé ?

— Non.

— Qu'attendez-vous ? Ça simplifierait déjà les choses.

— J'ai craint un refus, après quoi il deviendrait difficile de prendre des dispositions. Par contre, on peut interdire l'accès de la propriété sans la consulter, pour les besoins de l'enquête, en informer seulement son personnel qui, lui, se débrouillerait pour l'aviser.

— Faisons comme ça, décida le juge. Après tout, nous faisons notre travail et nous sommes à la recherche de l'assassin de son fils, ça devrait lui suffire.

— Et pour les voyeurs ?

— Les accès à la placette et au pontet seront bouclés par des barrières, assura le brigadier. Pour passer, il faudra montrer patte blanche.

— Très bien, dit le juge, et, maintenant, si on allait voir ce chien de rouge ?

Ils quittèrent le restaurant sous les yeux scrutateurs des cadres blêmes et trembleurs. Au-dehors les attendaient Birbat, son 4 × 4 et son chien.

— Partez, je vous rattrape avec la jeep de la gendarmerie, dit le brigadier. Je dois donner des instructions pour ce soir.

Ils se rendirent au sommet du col de la Core. Le brigadier les rejoignit à 500 mètres du sommet. Ils garèrent les véhicules et entreprirent de descendre au fond de la grande combe puis de gravir le versant opposé. Ils marchèrent d'un pas adapté à celui du juge, de tous le moins entraîné à cet exercice. Ils mirent donc une heure pour atteindre le sentier emprunté par l'assassin en un point situé à environ 600 mètres de l'endroit où avait été découvert le ballot. Alors, on passa aux choses sérieuses. Birbat attacha son chien de rouge. Il exhiba un paquet de chiffons maculés la veille de sang de poulet. Il l'enveloppa d'un plastique semblable à celui du ballot. Il dit :

— Je reviens, je vais déposer ça juste sous la souche où on a trouvé le ballot, après, on libérera le chien et on le suivra.

Ce qu'il fit. L'animal flairait partout, à droite et à gauche, entamait des descentes, les interrompait subitement, remontait sur le sentier, s'enfonçait dans un sous-bois, reconnaissait une ravine, sans que son maître eût à donner de la voix. Les hommes avançaient à son rythme manifestement passionnés par une expérience qu'ils vivaient pour la première fois. Ils progressèrent ainsi une vingtaine de minutes. Soudain, l'animal prit son temps, s'attarda sur le côté droit du sentier et, tout à coup, il plongea dans l'à-pic broussailleux et ronceux, au bord duquel ils étaient parvenus. On le perdit de vue. On l'entendit aboyer.

— Allons-y, dit Birbat. Je passe devant, vous me suivez, monsieur le juge, allez-y doucement.

Ils retrouvèrent le chien qui, au milieu de fougères géantes, fouillait sous une énorme souche.

— Vous voyez, monsieur le juge, dit Birbat, le ballot est là-dessous. Comme l'autre jour, Capito l'a déniché.

Il flatta la bête, extirpa le ballot et se redressa. Les autres ne pouvaient que constater le fait. Ils remontèrent sans échanger un mot. Comme ils étaient sur le chemin du retour, Tibal demanda à Birbat :

— Il vaut combien, votre chien ?

— Capito ? Oh, la, la, il n'a pas de prix.

— Alors disons un bon chien de rouge, insista Tibal, conciliant.

— Un bon chien de rouge ? Ça peut aller chercher jusqu'à 20 000, plus peut-être.

Ils rentrèrent à Bints sans encombre, chacun muré dans ses méditations. Elles devaient avoir en commun que, décidément, l'assassin avait été véritablement possédé par sa volonté de tuer Capulac pour concevoir pareil scénario. Il avait dû y passer du temps, calculer le maximum d'impondérables, peaufiner les détails. Ils l'imaginaient dans une pièce transformée pour l'occasion en cabinet de travail, avec sur la table des plans de Bints, de la maison Capulac, des environs. Et lui, l'assassin prodigieux, baigné de haine, cogitant jour et nuit : ici je me cacherai, là je me déguiserai, à cet instant précis j'entrerai, à cette minute je sortirai, et j'attendrai que passe l'Espagnol sur le chemin, et alors je m'enfuirai en prenant bien soin d'être vu, ensuite je remettrai mes vêtements, et je porterai les autres loin, sous cette souche noire engloutie dans les fougères géantes, tout au fond de la ravine ronceuse où seuls passent les sangliers pourchassés ou les solitaires en mal de repos.

Et voilà qu'un chien de rouge avait semé la perturbation, forçant l'assassin à se replier. Sur des bases reconnues, prévues à l'avance ? Ou était-il obligé d'improviser ? Ils pénétraient dans Bints. Et leurs pensées vagabondaient toujours.

— Arrêtez-vous, intima soudain le juge. Nous allons changer de voiture et monter avec Petitvisier, ça évitera de faire jaser.

— Comme vous voulez, monsieur le juge.

— Merci, monsieur Birbat, pour votre collaboration, et cette formidable démonstration.

Le brigadier les conduisit à la gendarmerie. Dans le bureau de Petitvisier, ils prirent connaissance des messages et firent un point de la situation.

Une ambulance avait ramené chez lui Paul Capulac en son cercueil. Anton-Bélise et des cadres de Saco-prim entouraient, en ce moment même, feu le président et sa mère. Dans un premier temps, les trois hommes avaient sursauté. Cependant, ils s'étaient ressaisis très vite.

— Anton-Bélise a toutes les raisons de se comporter ainsi, avait observé le juge. S'il est innocent, pourquoi s'abstiendrait-il de cette démarche ; s'il est coupable, n'est-il pas mieux protégé au chevet de la bière aux côtés de la mère du défunt qu'isolé dans sa chambre d'hôtel ?

— J'ai l'impression que la mère Capulac est mieux disposée à son égard qu'au début.

— Elle n'avait même pas voulu le laisser téléphoner de chez elle, rappela Petitvisier.

— Aux dernières nouvelles, elle est dans quel état ? s'enquit le juge.

— D'après l'infirmière, que j'ai vue ce matin, elle a repris du poil de la bête. C'est elle qui commande. Elle a exigé d'être transportée au salon pour veiller son fils. Mais j'ai aussi rencontré au village la petite Jane qui faisait des courses. Elle parle plus facilement. Elle se demande quelquefois si madame Capulac a pleinement conscience de ce qui est arrivé. C'est vrai qu'elle a recommencé de donner des ordres, mais c'est vrai aussi que ses périodes de prostration s'allongent. Elle paraît à la fois lucide et lointaine, par moments elle ne semble presque plus concernée par la mort de son fils.

— C'est bizarre, murmura M. Kuff.

Il réfléchit quelques secondes puis il reprit :

— Si j'allais, moi aussi, présenter mes condoléances à madame Capulac ? Vous pourriez m'accompagner Tibal, qu'en pensez-vous ?

Le commissaire fixa longuement le juge.

— Avez-vous une idée derrière la tête ?

— Non, répondit M. Kuff, mais je me dis qu'Anton-Bélise ne s'attend pas à notre visite, sans doute, et j'aimerais bien tâter l'atmosphère, l'observer entre la mère de son rival trucidé et cette escouade de collaborateurs qui a débarqué à Bints aujourd'hui. D'autant que, si j'ai bien compris, le cercueil est exposé dans le salon, c'est-à-dire sur l'emplacement du crime. Ça ne peut pas être mauvais qu'on aille y jeter un œil.

— Brigadier, dit Tibal, est-ce que tout est prêt pour ce soir ?

— Oui, commissaire.

— Il faudra bien s'assurer des principaux acteurs : Assomption, Le Touc, Anton-Bélise, tous les témoins, sans oublier Ordonez…

— C'est prévu, commissaire, tous ces gens seront rassemblés une heure avant par mes hommes.

— Merci, brigadier, dit Tibal.

Et au juge Kuff :

— Eh bien, allons présenter nos condoléances à madame Capulac.

La table basse et rectangulaire avait été repoussée sur le côté afin de faire place au cercueil. Une vingtaine de chaises avaient été disposées en demi-cercle et par rangées de six pour accueillir les visiteurs. Le sofa supportait deux couronnes : l'une provenant de l'Institut d'études politiques de Paris, l'autre du Centre international des affaires économiques et financières. Entre les deux, une photographie agrandie du Bolet recevant une distinction des élèves de l'École des managers européens. La mère du président assassiné, hiératique et ridée, trônait à l'écart dans son fauteuil roulant, assistée de son infirmière. Le reste du personnel allait et venait sur la pointe des pieds, vaquant à de multiples occupations d'intendance. Quelques Bintsois, les cadres blêmes et trembleurs de Sacoprim, occupaient les chaises. À l'extérieur, à la grille, outre le gendarme Rosario en faction, le frère du jardinier Baptiste, un nommé Gaétan, mobilisé pour l'occasion, canalisait les visiteurs en fonction des places disponibles à l'intérieur à mesure qu'elles se libéraient. Le temps de recueillement maximum avait été fixé à un quart d'heure. Un temps qui ne s'imposait qu'aux gens réputés ordinaires. En particulier ceux du village. Au premier rang des cadres blêmes et trembleurs, Anton-Bélise, leur chef provisoire. Tous s'étaient inclinés devant Mme Capulac, mais celle-ci n'avait répondu à aucun salut. Au point que son inertie, l'incertitude au sujet de son état exact de conscience, suscitaient davantage la curiosité que le cercueil et les photographies de son fils défunt. La vieille dame était-elle lucide ? Mais incapable de parler ? Ou subissait-elle, au contraire, une totale prostration ? De plus, les collaborateurs du groupe, en dehors d'Anton-Bélise, ne l'avaient jamais vue. Et il est toujours fascinant, pour un cadre, de découvrir la mère de son patron, de celui qui est monté si haut qu'il exerce sans partage le droit de favoriser ou de torpiller les carrières. Rares sont les cadres qui ont la chance de contempler un jour la maman, l'engendreuse d'un de ces hommes qui dirigent l'économie et la finance. Et eux, blêmes et trembleurs, voici que non seulement ils jouissaient de ce privilège mais qu'en outre celui-ci leur était dispensé en des circonstances et un décor uniques, exceptionnels. Car derrière ce cercueil, le président avait été égorgé.

Bien qu'aucune chaise ne fût disponible au moment où ils se présentèrent, le juge et le commissaire furent admis dans la demeure, ce qui apparut bien naturel à tout le monde. Ne venaient-ils pas afin de tenter d'arracher au moins un indice, ou de surprendre une attitude, susceptibles d'instiller un filet de lumière au travers de l'opacité de l'affaire. C'était donc là que l'assassin avait sévi. C'est cette poupée russe qui était tombée, des pièces de cet échiquier qui avaient roulé au sol. Et au mur, l'emplacement vide, au sein de la panoplie, rappelait puissamment l'arme du crime. Ces cadres méditaient-ils sur l'incroyable mauvais œil qui, depuis quelques années, décapitait le haut commandement de leur groupe ? Un cancer, un suicide, un assassinat. Les futurs diplômés de l'ENA, de l'IEP, de HEC ne s'écarteraient-ils point, désormais, de Sacoprim ? Eux-mêmes, employés de cette firme maudite, seraient-ils acceptés ailleurs ? À une époque où les cabinets de recrutement et les directeurs de la gestion des ressources humaines tenaient le plus grand compte des analyses graphologiques et des ciels astraux des candidats, ne présenteraient-ils pas un handicap rédhibitoire ? Sûrement que ces questions s'entrechoquaient sous leurs fronts soucieux et livides. L'apparition du juge et du commissaire savait accru la tension. Certains lançaient sous cape des regards équivoques à Anton-Bélise, qui dans leurs esprits enfiévrés, oscillait entre deux statuts potentiels extrêmes, celui de président et celui de coupable. Prudents par expérience, rompus aux périlleuses navigations autour des directions générales, pesant chaque jour l'avenir et les influences de tel ou tel dirigeant, les cadres blêmes et trembleurs avaient effectué le voyage de Paris à seule fin de prendre le vent. Deux ou trois, cependant, qui avaient adopté le parti d'Anton-Bélise lors de la récente lutte pour le pouvoir et qui, dès l'élection du Bolet avaient perdu le sommeil, se réjouissaient vivement de la mort prématurée de celui-ci. Cet assassinat relançait leurs carrières, un instant sérieusement compromises. Un œil exercé les identifiait aisément Ils tremblaient moins. Et ils étaient un peu moins blêmes.

Tibal et Kuff s'étaient assis à l'écart sur des tabourets de cuisine. Le commissaire reconstituait pour la énième fois la scène de l'égorgement. Il contemplait fixement ce sofa, cette panoplie, cette tablette, cette poupée russe, cet échiquier. Puis, son regard se posa sur la nuque d'Anton-Bélise. Il se surprit à noter que cette nuque-là était forte, large et, que, vu de dos, le cadre brigueur offrait une encolure de talonneur d'une équipe de rugby. Un homme doté d'une puissance physique qui ne sautait pas aux yeux quand on le voyait de face. Soudain, Tibal eut conscience que s'attarder sur pareils détails traduisait, en réalité, son incapacité à progresser vers l'essentiel. Sensation qui l'énervait d'autant plus qu'il avait, une fois encore, le sentiment que la clef du mystère pendait dans cette pièce, suspendue à un clou quelque part, comme *La Lettre volée* de Sir Edgar Poe. Mais où ? À quel clou ? Il se leva et se rendit à la cuisine. Solange et Jane s'affairaient en silence.

— Je voudrais un verre d'eau, dit-il pour se donner une contenance.

Solange le servit. Il but quelques gorgées.

— Qu'est-ce que vous pensez de cette histoire de ballot ? demanda-t-il brusquement.

Les deux femmes le considérèrent, inquiètes et interdites.

— Moi, finit par dire Solange, ça m'étonnait que monsieur Assomption soit coupable, et ça étonnait aussi Baptiste…

— Pourquoi ?

— M. Capulac allait l'aider, et même le reprendre chez lui, alors pourquoi il l'aurait tué ?

— Comment savez-vous ça ? Il vous l'avait dit ?

— Non, mais, sans le vouloir, on l'avait entendu téléphoner à Paris, il disait : « Je vais vous donner Assomption comme adjoint, préparez-moi le dossier… »

— Vous ne savez pas à qui il parlait ?

— Non, mais ça doit pas être difficile de trouver…

— Mais est-ce qu'Assomption était au courant ?

— Je ne crois pas. Monsieur Capulac se préparait à

le lui dire, si monsieur Assomption était venu le voir ce soir-là, il lui aurait dit, et vous pensez bien qu'il l'aurait pas tué…

Le commissaire vida son verre d'eau. Sur le fond, cette nouvelle n'apportait pas grand-chose, si ce n'est que, derrière sa façade, Capulac n'avait rien d'un monstre. Si Assomption avait osé pousser la grille le soir du crime il aurait appris une heureuse information et évité la mort du Bolet. Peut-être celui-ci se réservait-il de la lui annoncer le lendemain ?

« À quoi tient un destin », soupira Tibal en son for intérieur. Il remercia les deux femmes et rejoignit le juge.

— On s'en va ? chuchota-t-il.

— D'accord.

Ils se levèrent, s'inclinèrent devant madame Capulac et s'en furent.

Dehors, Tibal rapporta au juge les propos de Solange. Ils cheminèrent sans mot dire jusqu'à la gendarmerie.

Ils rentrèrent et se préoccupèrent de la reconstitution.

Reconstitution : Première phase

Il était 22 h 30. L'heure à laquelle Le Touc avait peut-être dit à Assomption éméché :

— Si j'étais vous, je n'attendrais pas une réponse de Capulac pendant des jours. Ou il accepte de vous aider ou il refuse. Autant le savoir tout de suite. À votre place, j'irais le voir maintenant, vous bénéficiez de l'effet de surprise.

Assomption avait-il alors répondu :

— Quelle bonne idée, je vais lui rendre une petite visite.

Assomption quitta la salle à manger de Le Touc et sortit. Il se rendait chez Capulac par la ruelle, le pontet et la placette. Pour les besoins de la reconstitution, ils avaient fait un vrai repas. Le Touc avait dit au commissaire et au juge :

— On sera plus à l'aise si on se remet dans l'ambiance.

Assomption disparu, le cadre provincial bancaire revêtit lentement les habits du criminel, sous la surveillance de Kuff et de Tibal proprement hypnotisés par le calme, la précision des gestes de l'acteur. Anton-Bélise et Ordonez se révéleraient-ils aussi doués tout à l'heure, quand leur tour viendrait d'endosser les vêtements et d'accomplir les actes présumés de l'assassin ?

Le Touc rangea les gants noirs dans la poche du blouson kaki fourré blanc puis il coiffa la moumoute. Le pantalon de velours bleu tombait bien un peu bas sur les chaussures de jogging, mais il fallait, pour le remarquer, surtout de nuit, y porter une attention particulière.

— On y va ? demanda-t-il au juge et au commissaire pétrifiés devant l'efficacité de ce déguisement, pourtant sommaire.

— Allons-y, répondit Tibal.

Ils sortirent les premiers. Le Touc éteignit les lumières de sa maison. Ils s'engagèrent à la queue leu leu sur le sentier du jardin qui descendait directement sur la rive gauche du Bints et donc évitait la placette et le pontet. Là, ce fut un jeu d'enfant de franchir la passerelle de fortune, deux larges planches de chêne accolées et jetées au-dessus du ruisseau. Ils se retrouvèrent sur le chemin du bas. Tibal consulta sa montre. Il était 22 h 42. Se déguiser et se transporter là avait pris douze minutes à Le Touc. Sur leur gauche, entre deux filets de brume, ils apercevaient la foule des badauds contenue par les barrières qui isolaient la placette sous la vigilance des gendarmes. Là-haut, à la grille, à la périphérie de la zone éclairée par la grosse lampe extérieure de la maison Capulac, on distinguait Assomption et la silhouette du gendarme en faction. Le cadre déchu repartit. Le Touc, tapi, embusqué, attendit patiemment de le voir repasser par la placette. Le juge et le commissaire l'aperçurent sans difficulté.

— Et maintenant ? s'enquit le juge.

— Maintenant, monsieur le juge, indiqua Le Touc, je dois encore attendre un peu. N'oubliez pas que je dois être surpris par Ordonez de façon que, demain, il puisse témoigner avoir vu Assomption s'enfuir vers

23 h 30. Alors j'attends, ça ne me gêne pas du tout, bien au contraire, cela donnera le temps à tous les Bintsois de se coucher, en dehors d'Ordonez et de quelques ivrognes, qui d'ailleurs ne passent jamais par ce chemin du haut, qui n'aboutit nulle part que sur la forêt. Nul ne se risque par ici à minuit. J'ajoute que ce délai permet aussi au personnel de la maison d'aller au lit, donc tout va bien pour moi. Assomption a été repéré à l'aller, même si quelqu'un croit l'avoir vu au retour avant 23 h. L'essentiel est qu'il ait été vu autour de la maison le soir du crime. Ordonez, témoin nocturne capital, apparaîtra vers 23 h, plutôt vers 23 h 15. Dès que je le verrai passer sur la placette, je bondirai et pénétrerai dans la maison, je tuerai Capulac avec l'un de ses couteaux, découvrant, par hasard, ces feuillets compromettants, un simple coup d'œil suffira à les juger tels, je les fourre dans ma poche, je sors à pas de loup, je me colle contre la porte, si quelqu'un d'autre qu'Ordonez vient à passer, qui voit-il là ? Assomption... Mais voici que mon copain l'Espagnol repasse avec ses chiens en sens inverse, il rentre chez lui. Alors, je me mets à courir sans me cacher, bien sûr. Lui, là-bas, s'arrête net et me suit des yeux, dès lors je puis disparaître dans les zones noires, sauter le mur et me perdre dans la forêt, n'est-ce pas ? La nuit dernière, j'ai pris soin de cacher le ballot, qui renferme mes véritables vêtements. Il me suffira de me changer, de dissimuler les habits ensanglantés et de revenir tranquillement à la maison... Attention, regardez là-bas, voici Ordonez et ses chiens...

Le juge et le commissaire se demandaient si Le Touc se moquait d'eux ou si cette volubilité soudaine, cette apparente décontraction ne cachaient pas une fébrilité, une rage, aussi, d'être forcé de s'exhiber dans un spectacle si peu ragoûtant. Ils approfondiraient la question plus tard. Pour l'heure, ils braquèrent leurs regards en direction de la placette et ils virent, effectivement, Ordonez et ses chiens.

— 23 h 5, murmura Tibal à l'oreille de Kuff.

— Maintenant, messieurs, je dois y aller et faire vite, grinça Le Touc.

Il escalada le muret de la propriété avec une belle agilité. Il courut vers la porte de la maison. Le juge et le commissaire l'imitèrent tout en prenant leur temps. Ils étaient convenus d'arrêter l'action au seuil de la demeure. Et avaient obtenu de « geler » les visites au défunt durant les opérations. Ils rejoignirent Le Touc, essoufflé, sous la grosse lampe.

— En ce moment, messieurs, haleta-t-il, je suis à l'intérieur, j'ai décroché le couteau, l'image et le souvenir d'Arlette me soutiennent dans ma tâche de justicier. Ce que j'ai rêvé de faire pendant tant d'années, je vais enfin le réaliser, je pense à mon oncle Le Touc, si valeureux, au père Capulac le lâche et le dénonciateur, je tranche facilement cette gorge, facilement, messieurs. Le sang jaillit, je prends le temps de l'observer, j'ai essayé d'éviter de tacher les vêtements, je n'y suis pas parvenu, tant pis, là où je les enfouirai, on ne les retrouvera jamais... J'avise ces feuillets, j'y jette un œil, je comprends aussitôt qu'il y a anguille sous roche. N'oubliez pas, messieurs, que je suis un cadre bancaire. À tout hasard je les enfouis dans ma poche, on ne sait jamais, ça pourra toujours servir. Tout va bien, rien ne bouge dans la maison, un moment j'ai eu peur, un verre s'est brisé, une poupée russe est tombée, des pièces d'échecs ont roulé par terre. Un réflexe de célibataire habitué à mettre de l'ordre chez lui me pousse à ramasser en vitesse les objets au sol, mais il me semble entendre des aboiements, Ordonez, sans doute, qui va repasser sur le chemin du haut. Je dois partir, ce que je fais sans me paniquer, je me retrouve là où nous sommes, messieurs, en ce même accoutrement, avec cette moumoute, et regardez là-haut, regardez...

Tibal et Kuff levèrent la tête. Là haut, Ordonez et ses chiens passaient sur le chemin.

— Il faut que j'y aille, souffla Le Touc, avec, cette fois, une indéniable nuance de hargne dans la voix.

Il courut vers le mur du haut. Le juge et le commissaire firent quelques pas et se rapprochèrent de la grille. Ordonez s'était arrêté. Ses chiens jappaient. L'Espagnol regardait le fuyard. Puis, il reprit sa route. Il était 23 h 20. Il apparaissait, maintenant, à Kuff et à Tibal, que Le Touc aurait pu monter et exécuter son coup sans aucun problème, avec une facilité dérisoire. Le cadre écologiste avait si excellemment joué son rôle qu'ils en restaient pantois.

— Je crois, murmura Tibal, que nous devons nous attendre à ce que les deux autres jouent aussi bien que lui.

— Vous croyez toujours au complot ?

— Je suis un peu moins porté à penser qu'ils ont concocté tout ça ensemble, mais j'ai la conviction que depuis l'arrestation et la libération d'Assomption, ils agissent de concert.

— Comme si, au fond, l'identité de l'assassin ne les préoccupait plus, que leur seul objectif était devenu de se tirer d'affaire ensemble.

— C'est cela, monsieur le juge.

— Avouez que ce n'est pas ordinaire.

— Rien n'est ordinaire dans cette affaire, un beau non-lieu nous pend au nez.

Le Touc réapparut à la grille. Ils l'y rejoignirent.

— Alors, messieurs ?

— Alors nous vous remercions, monsieur Le Touc.

Un gendarme va vous raccompagner chez vous pour que vous puissiez vous changer, si vous n'y voyez pas d'inconvénient, Ordonez ira avec vous, car c'est maintenant son tour de revêtir les habits du criminel. Nous allons lui donner des instructions.

— Je peux revenir ici ?

— Si vous voulez, monsieur Le Touc.

— Merci, commissaire, je ne veux pas manquer ça.

Reconstitution : Deuxième phase

Qui, le samedi 1er novembre, avait vu ou entendu Ordonez et ses chiens entre 23 h et 23 h 30 ? Personne. Il était un témoin selon ses propres dires. On savait seulement qu'il promenait ses bêtes tous les soirs, par tous les temps, à cette heure-là et en suivant le même itinéraire. De sorte que cette habitude était entrée dans les mœurs et avait fait son chemin dans les esprits des Bintsois. Le surgissement d'un vieil ennemi mortel de Capulac à Bints, ennemi doublé d'un pauvre diable, de surcroît hébergé par un Le Touc empli de haine, avait peut-être opéré à la manière d'un feu vert pour le rusé Espagnol ruminant des années sa vengeance mais peu désireux de l'assouvir à n'importe quel prix. Le hasard lui fournissait l'occasion de liquider Capulac dans l'impunité. L'arrivée d'Anton-Bélise, un suspect supplémentaire, lui confirma que, cette fois, le dieu Justice veillait à son côté. Ainsi fonda-t-il le crime sur l'idée de désigner le cadre déchu à la police par le moyen d'un stratagème.

Voilà, en substance, ce que le commissaire exposait en sourdine au juge, tandis qu'on attendait à la grille Ordonez déguisé en Assomption.

— Viendra-t-il avec ses chiens ? interrogea le juge.

— Ce n'était pas nécessaire, répondit le commissaire. Ce que je veux, c'est observer de nouveau ses réactions et vous démontrer que, vu d'ici, on peut, lui aussi, le prendre pour Assomption.

— Il est vrai qu'il est le cas le plus difficile à mettre en scène, dit le juge. Autant Le Touc, en passant par le bas de son jardin et la passerelle risquait une rencontre, autant je vois mal l'Espagnol, déguisé en Assomption, traverser le pontet et la placette avec ses chiens, car n'importe quel témoin éventuel aurait remarqué l'anomalie de l'étranger promenant les bêtes de l'Espagnol à sa place.

— Comme je me souviens l'avoir envisagé, il a pu se changer sur le chemin à 23 h après avoir attaché ses chiens, commettre le crime, remettre ses vêtements, puis partir cacher le ballot avec ses bêtes... N'oubliez pas que, pour rentrer chez lui ensuite, il n'était pas obligé de retraverser le village, car il habite de l'autre côté, à l'entrée de Bints.

— Pourquoi tarde-t-il ? Il devrait être là, dit le juge.

— Je ne sais pas, répondit le commissaire, réprimant mal de l'impatience.

C'est alors qu'apparut Anton-Bélise. Il ne s'était pas pressé. Tibal l'avait informé qu'il passerait en dernier.

— Me voici, commissaire, j'espère que je ne suis pas en retard.

— Pas le moins du monde, dit Tibal, et si Ordonez continue de prendre du retard, vous serez même obligé d'attendre plus longtemps que prévu.

— Ordonez n'est pas encore là ?

— Il devrait être là. Il est parti de chez Le Touc pour se changer, avec un gendarme et Le Touc lui-même, je me demande ce qu'ils fabriquent.

— Les voilà ! s'exclama le juge.

Le Touc et le gendarme émergèrent de la brume. Mais Ordonez n'était pas avec eux.

— Où est Ordonez ? s'inquiéta Tibal.

— Il va arriver par en bas, lui aussi, indiqua Le Touc.

— Comment ça par en bas, s'irrita le commissaire.

— C'est lui qui a décidé ça, ce n'est pas moi.

— Rosario, prononça rudement Tibal à l'intention du gendarme qui avait escorté les deux suspects, que s'est-il passé ?

— L'Espagnol a dit : « Je vais montrer au commissaire que je pouvais, moi aussi, passer par le bas et sans mes chiens », répondit Rosario un peu confus. J'ai pensé que ça pouvait être utile.

À cet instant, la silhouette d'Ordonez se découpa sur le muret du bas. Tous comprirent alors l'intérêt de la manœuvre. On eût dit Assomption en personne. Celui-ci, attentif et muet depuis le début, laissa échapper :

— Ça alors !

Sûrement conscient de l'effet produit, l'Espagnol ne se pressait guère de bouger. Il était là, campé sur le muret, tel un fantôme. Après quoi, il sauta et, à la façon d'un félin, il s'approcha de la maison. Il se serra contre la porte une trentaine de secondes. Puis il s'enfuit brusquement en direction du mur d'en haut. Comme Le Touc, il disparut dans les zones noires pour reparaître sur le chemin. Il revint ensuite vers la grille et demanda simplement, l'air satisfait :

— Êtes-vous content, commissaire ?

Le juge Kuff ne put s'empêcher de penser à la phrase célèbre d'une artiste au pied de l'escalier des Folies-Bergères : « L'ai-je bien descendu ? »

Quant à Tibal, il songeait : « Décidément, ces suspects sont trop forts pour nous. »

— Maintenant que j'ai tué Capulac, dit Ordonez, j'ai à peu près quatre heures devant moi pour cacher ces habits, cette moumoute et ces gants en forêt, là où je sais qu'ils pourriront longtemps après moi, y récupérer mes vêtements à moi que je suis allé dissimuler deux ou trois jours avant au même endroit, et revenir chez moi en faisant le grand tour. Et comme j'habite la première maison à l'entrée du village, isolée des plus proches voisins, ça ne pose pas de problème... Et si, on ne sait jamais, je tombe sur un braconnier en pleine nuit, l'explication est facile : tout le monde sait que, moi aussi, j'aime bien poser quelques lacets, ça fait assez enrager mon copain Le Touc... Demain matin, je témoignerai bien vite : j'ai vu Assomption sortir de la maison de Capulac à 23 h 30 hier soir, je promenais les chiens sur le chemin...

— Vous les avez promenés vos chiens, samedi dernier, ou non ?

Le commissaire était au bord de sortir de ses gonds.

— Bien sûr que oui, commissaire, répondit Ordonez en souriant. Et je n'ai pas tué cette fripouille de Capulac, Dieu s'arrange avec son âme, mais vous avez voulu une deuxième reconstitution, alors j'ai pensé que ce serait mieux pour vous si je faisais le coupable, parce que, sinon, avec mes chiens, comment j'aurais pu faire ?

— Justement, nous en parlions avec monsieur le juge. Vous auriez pu les attacher, vous changer sur le chemin, tuer Capulac et repartir vers la forêt avec vos bêtes.

— Comme vous m'avez dit que c'était pas utile d'amener les chiens, j'ai pensé que c'était pas votre idée. Si vous voulez, je peux aller les chercher maintenant...

— Non, bougonna Tibal, ça n'apporterait rien.

On va retourner chez monsieur Le Touc. Monsieur Anton-Bélise va s'y changer à son tour, et on reviendra ici.

Le Touc sourit à Ordonez et le gratifia d'une tape amicale sur l'épaule.

Reconstitution : Troisième phase

Anton-Bélise est sur la placette. Enfin, les badauds qui s'entassent derrière les barrières ont quelque chose à se mettre sous la dent. Jusque-là, tout s'est déroulé loin d'eux, sur le chemin du bas ou celui du haut. Cette fois, le suspect prend le départ devant eux, sous leurs yeux. Pour leur part, les cadres blêmes et trembleurs ont le sentiment d'assister à un spectacle surréaliste. Leur président potentiel est là, entre le commissaire et le juge, vêtu des habits de l'assassin, une moumoute à la main. Mais ce qui les frappe le plus, c'est la présence de cette espèce de frère jumeau, lui aussi en blouson kaki et pantalon de velours bleu, chaussé de Nike. Cet Assomption que deux d'entre eux, seulement, ont connu jadis au faîte de sa splendeur — les autres étant trop jeunes — mais dont tous ont entendu parler. Car l'exemple traumatisant du cadre déchu gît dans leurs mémoires et dans celles des cadres ambitieux et dynamiques des entreprises françaises. Certains professeurs des écoles commerciales l'ont même cité afin d'immuniser les futurs chevaliers de la guerre économique contre les vertiges d'une ascension trop rapide. Assomption ne fut-il pas meilleur qu'ils ne le seront jamais pour la plupart ? Et ne survit-il point, paraît-il, quelque part dans Paris, quasiment à la cloche ? C'est donc lui qui est là, impassible, aux côtés de son ancien rival accusé d'avoir égorgé le président. Les cadres blêmes et trembleurs écarquillent les yeux et cette scène convainc nombre d'entre eux de l'urgence d'une démission de ce groupe Sacoprim secoué de convulsions si terrifiantes et dévalorisantes.

Anton-Bélise est conscient du trouble grave qui perturbe la firme et ses principaux cadres. Il en a longuement discuté avec les administrateurs. Il a dû rasséréner ses gros clients, ses partenaires à l'étranger. Depuis quelques heures, sa préoccupation essentielle n'est plus de réunir une majorité au conseil mais de se tirer indemne de l'aventure. Il s'est mis d'accord avec Le Touc et Ordonez : proscrire les accusations mutuelles. À ses yeux aussi, peu importe, au stade où ils en sont tous, qui a tué Capulac. Il est persuadé que l'assassin ne sera pas démasqué. Il est trop fort. Son crime arrange trop de monde. Il perçoit, lui aussi, la lassitude, le flottement, le désarroi de la police. Cultiver cette impossibilité d'aboutir lui a semblé, à lui aussi, la bonne tactique. La découverte de ce ballot a semé la panique et a mis en demeure les suspects de se défendre. Voilà pourquoi le cadre brigueur s'est soudain montré si docile. Il n'a nulle envie de remplacer Assomption en prison.

Le soir du crime, Anton a quitté l'hôtel peu après 22 h, décidé à voir Capulac et à crever quelque abcès. Le voici qui s'ébranle de la placette encadré par le juge et le commissaire, précédé de deux gendarmes, suivi du brigadier. Il tient la moumoute à la main. Samedi 1er novembre, à la même heure, il portait ses propres vêtements et non ceux de l'assassin, imposés par les enquêteurs. Ceux-ci veulent vérifier la viabilité d'une hypothèse : celle d'un Anton-Bélise qui a caché un ballot sous des fourrés, à proximité de la grille de la propriété. Afin de ne pas obliger le cadre brigueur à changer de vêtements en pleine nuit, ils l'ont fait déguiser avant. Le cortège monte la rampe. Il débouche sur le faux plat. Là-bas, on aperçoit Assomption qui avait pris les devants et occupé son poste. Anton s'arrête. Et maintenant, contrairement à sa version personnelle des faits, au lieu de rebrousser chemin, à la vue du cadre déchu, il bondit sur le côté, retrouvant l'ombre, ensuite il longe le fossé à pas de loup, entame une manœuvre de revers et se retrouve dans le dos d'Assomption à l'insu de celui-ci. Le cadre brigueur reprend son souffle. Que pense-t-il ? Ou, plutôt, que pourrait-il penser ? Kuff, Tibal et Petitvisier n'ont pas de mal à l'imaginer. Anton-Bélise, ainsi tapi, s'émerveille des malices du destin. Voilà des semaines qu'il œuvre avec minutie à la liquidation physique du Bolet. Comment cette idée dangereuse et répugnante a-t-elle si naturellement fait son nid sous son crâne de manager évincé et de citoyen de cinquante et un ans ? Accroupi en sa tanière, Anton-Bélise revoit cet après-midi où le Bolet l'avait convoqué sans crier gare pour lui montrer la lettre et la photographie d'Assomption. Il revit ce dîner chez des amis, le soir-même, où cet événement, la réapparition d'Assomption dans sa vie et celle du Bolet, avait été férocement fécondé par une péripétie inattendue. Voilà, en effet, que l'un des commensaux, théâtreux de son état, avait vanté les mérites d'une pièce alors créée à Paris, construite sur le thème de la gémellité. Et l'acteur de s'extasier : « Vous verriez ces deux jumeaux sur scène, avec les mêmes habits, la même perruque ! L'autre soir, je les ai croisés en coulisses et ils m'ont effrayé ! »

Anton avait reçu un choc. Ses méninges s'étaient embrasées. Au point qu'il avait dû s'excuser et écourter sa soirée. Rentré chez lui, il s'était enfermé dans son bureau. Au petit matin, il avait ébauché un plan prodigieux pour supprimer le Bolet.

Ah, si Kuff et Tibal connaissaient cette péripétie, ce dîner, cette collision entre deux faits d'où l'étincelle meurtrière et géniale avait jailli ! Anton avait souvent chassé en forêt de Bints, ses pistes et sentes n'avaient plus guère de secrets pour lui. De même n'ignorait-il pas l'existence de cette panoplie ? Et ne soupçonnait-il pas fortement le Bolet de détenir chez lui, à Bints, le « dossier Bam-Bam » ? Lors, le cadre évincé avait manigancé dextrement, choisi de frapper le samedi 1er novembre entre 23 h et minuit, l'heure où Ordonez passerait là avec ses chiens et serait donc à même de témoigner le lendemain contre ce pauvre cadre déchu. Tapi sous les fourrés, à une trentaine de mètres de la grille, il s'était changé, déguisé en Assomption. C'est maintenant qu'il devait coiffer sa moumoute. Ce qu'il fit. Ce soir-là, quelle ne fut pas sa stupeur et, dans un premier temps, sa contrariété, quand il vit Assomption aux portes de la propriété Capulac. Voilà qui n'était pas prévu. Que fabriquait-il là ? S'il entrait, s'il restait trop longtemps, Ordonez passerait, Anton n'aurait plus de témoin, il faudrait remettre ça. Mais voici que le cadre déchu rebroussait chemin. Dès lors, son incursion ne présentait que des avantages, à vrai dire inespérés. On l'avait sûrement vu du côté du pontet et de la placette. Qui plus est, demain à l'aube, l'Espagnol compléterait l'itinéraire de l'étranger. L'affaire était dans le sac.

Assomption s'éloigna de la grille en direction du village. Anton-Bélise, affublé de la moumoute, sortit alors de la nuit, pénétra dans la propriété, s'arrêta une demi-minute devant la porte de la maison, puis il courut vers le mur qu'il escalada. Après quoi, il reparut dans la zone éclairée, regagna les fourrés et resurgit un ballot à la main. Haletant, en sueur, cependant souriant, il ôta sa moumoute.

Le juge et le commissaire avaient conscience d'avoir poussé à bout les trois suspects, en particulier cet homme, numéro 2 d'une des plus puissantes firmes d'Europe, responsable du travail de milliers de collaborateurs, forcé de se donner en spectacle grotesque aux principaux cadres blêmes et trembleurs de son groupe. Mais ni Kuff ni Tibal n'avaient égorgé le président dudit groupe. Et tout devait être envisagé, ratissé, raclé, étudié, afin que justice se fît.

— Je vous remercie, monsieur Anton-Bélise, dit le commissaire, ce sera tout pour ce soir.

Alors advint un épisode étonnant.

— Savez-vous à quoi j'ai pensé derrière ce fourré, monsieur le commissaire ? Je me suis souvenu d'un dîner, le soir du jour où, Capulac et moi, nous avons discuté de la lettre d'Assomption, et je me suis rappelé un acteur de théâtre qui nous recommandait une pièce sur la gémellité, nous dressant, notamment, le tableau de deux jumeaux portant perruque identique et dont la ressemblance l'avait impressionné… Et tandis que j'observais Assomption debout devant la grille, son blouson kaki, son pantalon de velours bleu, sa couronne de cheveux grisonnants et sa tonsure, ses chaussures de jogging, et me voyant moi-même en un semblable accoutrement, j'ai pensé à ce dîner, et je me suis dit que cet acteur aurait pu me donner l'idée du crime. C'est bizarre, non, que tout d'un coup ces choses aient germé dans ma tête ?

Assomption était revenu. Le Touc et Ordonez se pressaient derrière les autorités. Ils avaient tous entendu ces étranges propos qui, manifestement, produisaient un effet considérable. Pour la première fois, un suspect se plaçait lui-même en position d'être accusé. Mais l'intervention portait plus loin encore. Le commissaire voyageait brusquement sur un nuage. Ou Anton-Bélise le provoquait par un goût pervers du risque, une pulsion d'orgueil, un défi ultime d'assassin éperdu de la perfection de son forfait, ou il parlait sincèrement. Il se surprenait lui-même de s'être remémoré ce dîner, tapi sous ces fourrés en cette nuit de novembre et, en ce cas, sa réaction ouvrait des perspectives. Le criminel, sans aucun doute, avait ourdi son plan sous le coup d'une inspiration subite, quelqu'un ou quelque chose lui avait insufflé l'idée de se travestir. Par ailleurs, ce plan ne pouvait fonctionner que dans des conditions précises, à Bints et non à Paris, en cette période de chasse où la nuit et la brume tombent tôt et où allaient se trouver réunis des suspects lourdement chargés en mobiles.

— Pourquoi nous racontez-vous ça ? demanda Tibal, non sans rudesse.

— Ça m'a tellement troublé que je n'ai pas pu le garder pour moi, et, en même temps, très confusément, j'ai éprouvé le sentiment que la vérité tournait autour de quelque chose de ce genre…

Le commissaire hocha la tête. Il fixa longuement le manager brigueur.

— Rosario, dit-il enfin, et vous aussi Do, vous raccompagnerez monsieur Anton-Bélise chez monsieur Le Touc pour qu'il se rhabille, ensuite vous ramènerez les vêtements du criminel, ses gants et ses chaussures, à la gendarmerie où nous vous attendrons.

Les gendarmes s'exécutèrent. Ils invitèrent Anton-Bélise et Le Touc à quitter les lieux. Ceux-ci obtempérèrent. Le groupe ainsi constitué s'éloigna. Ordonez et Assomption, libérés à leur tour, suivirent à quelque distance. Quand ils eurent traversé la placette et franchi le pontet, les badauds battirent en retraite. Et avec eux, les cadres blêmes et trembleurs.

Ce soir-là, bien après minuit, les gendarmes Do et Rosario prirent congé du quatuor diabolique et regagnèrent la gendarmerie porteurs du ballot maudit.

Le cadre provincial bancaire prononça les paroles suivantes :

— Je ne sais pas ce que Tibal et Kuff décideront à l'issue de cette reconstitution. À mon avis, ils se heurtent à une impasse, ils sont persuadés que l'un de nous est coupable, mais ils sont bien en peine de le démontrer. J'ai la conviction que tout ça se terminera par un non-lieu et que celui qui a liquidé Capulac coulera des jours tranquilles, à la condition, toutefois, qu'il ne tente pas deux fois le diable et qu'il ne s'avise pas de faire la peau de l'un d'entre nous… Je ne sais pas non plus qui a tué Capulac, et je ne veux pas le savoir. Personnellement, je trouve que le coup est fabuleux et je n'éprouve pas l'ombre d'un regret. Je constate que notre stratégie, consistant à miser sur un enlisement complet des investigations et qui nous convenait à nous tous, est en passe de réussir. Capulac a payé ses turpitudes et, j'ose le dire, ses propres crimes, et cela nous comble… En échange, nous devons accepter que cet acte reste impuni, ce dont nous nous accommodons facilement… Désormais, nos routes vont se séparer. Anton sera président de Sacoprim, il offrira une belle revanche à Assomption, et nous nous en tiendrons là… Je vous propose de fêter ça avant d'aller au lit, car n'oubliez pas que nous devons impérativement assister aux obsèques de Capulac demain à 11 h. Il s'agit de garder l'esprit clair et de ne pas flancher en vue du but. Je vais donc ouvrir quelques boîtes et bocaux, déboucher deux ou trois bouteilles de côtes du Roussillon, si vous êtes d'accord, évidemment.

Ils furent d'accord. Pâtés de foie, daubes de sanglier, domaine de Rombeau, cuvée Pierre de la Fabrègue 1987, réjouirent ces compagnons. Le Touc fit du café et offrit sa gnole.

Et alors, Anton-Bélise dit :

— L'un d'entre nous, assurément, est plus fort que les autres… Est-il absolument impossible de savoir qui ? Celui qui a égorgé Capulac, puis neutralisé les suspects grâce à une entreprise psychologique hors du commun, et enfin édifié un mur infranchissable et opaque face aux enquêteurs, vivra-t-il éternellement sa réussite formidable dans la solitude, privé de l'admiration d'autrui ? Ici, ce soir, en dehors de lui, personne ne sait comment, exactement, il a conçu son coup. Est-ce trop exiger de notre mutuelle confiance que de lui demander de se dévoiler, de nous conter l'histoire ?

Un silence extraordinaire s'abattit sur les soupeurs. Assomption se décida à le rompre :

— Ta suggestion implique-t-elle ton innocence ?

— Pas nécessairement, répondit Anton-Bélise. Elle pourrait, au contraire, rechercher l'assurance que, dans le cas où je me déclarerais coupable, vous vous engagiez à garder le secret pour vous.

— Dois-je oublier que sans le chien de rouge, je me morfondrais, en ce moment, en prison, avec la perspective d'y moisir jusqu'à la fin de mes jours ?

— Excuse-moi, Assomption, c'est vrai que j'avais perdu de vue ce point, j'ai dû abuser de ce roussillon.

— Si j'ai accepté d'entrer dans votre jeu, reprit le cadre déchu, c'est que j'ai placé mon intérêt avant mon désir de vengeance. D'abord, j'étais plutôt content que le Bolet ait subi la haine qu'il avait suscitée ; ensuite, je mise sur ta promotion, je calcule qu'avec toi à la présidence de Sacoprim, je referai plus facilement surface, surtout après ces événements. Mais, pour autant, je me souviendrai toujours que sans la découverte de ce ballot, c'est moi qui payais les pots cassés.

Le Touc et Ordonez, déconcertés par cette brève passe d'armes, concentraient leur attention sur leurs petits verres. L'Espagnol vida le sien. Puis il dit :

— Moi, j'ai beaucoup réfléchi sur cette affaire. Je crois connaître le coupable, et si c'est ce que je pense, là, oui, je lui tire mon chapeau d'ancien de l'armée de l'Èbre, mais je garderai mon idée pour moi. Elle est trop belle. Peut-être qu'un jour, quand je serai encore plus vieux, et que j'aurai montré que je peux garder tout ça pour moi, j'irai voir le type et je lui dirai : « Voici ce que je pense depuis des années, est-ce que c'est vrai ? Maintenant, on ne risque plus rien… »

— Si ça se trouve, tu te planteras devant la glace et tu te le demanderas à toi-même ! s'exclama Le Touc en riant. Mais il riait jaune.

— Je sais pas si j'aurais été capable de trouver ça, répliqua Ordonez sans s'offusquer le moins du monde, et sur un ton dubitatif. C'est vraiment un joli coup.

— Vous l'avez depuis quand, votre idée ? s'enquit Anton-Bélise. Depuis le début ou depuis que vous avez fini votre gnole ?

L'Espagnol ignora le sarcasme qui pointait là-dessous. Il répondit, pensif :

— Depuis la découverte du ballot.

— Tu crois que c'est moi ? plaisanta à moitié Le Touc.

Ordonez le considéra calmement, gravement. Il sembla hésiter. Il se contenta de murmurer en souriant :

— Allez, sers-nous à boire.

Et il tendit son verre.

Les soupeurs se séparèrent vers 1 h 30 du matin. Le Touc et Ordonez avaient mieux résisté aux agapes que les deux autres. Assomption n'habitait pas loin. Anton-Bélise rentra à l'hôtel en flageolant. Il manqua une marche de l'escalier et fit une chute sans gravité. Mais celle-ci causa du bruit. Comme il s'était rétabli et qu'il cherchait à ouvrir la porte de sa chambre, Robert apparut en pyjama.

— Ça ira, monsieur Anton-Bélise ? chuchota l'aubergiste.

— Ça ira, monsieur Robert.

Pour plus de sûreté, le propriétaire l'accompagna dans sa chambre. Anton-Bélise s'affala lourdement sur le lit.

— C'était dur, ce soir, bafouilla monsieur Robert, embarrassé.

— Oui, souffla Anton.

Il parvint, au prix d'un effort, à s'asseoir droit.

— Rien de nouveau ? interrogea-t-il, la voix pâteuse.

— Des coups de téléphone, tout est noté en bas... Il y a eu aussi quelque chose de drôle qui s'est passé au bar...

— Quoi ?

— Un de vos collaborateurs qui avait trop bu s'est accusé du crime...

Anton-Bélise éclata de rire et se laissa tomber sur le lit comme une masse.

Au matin du jeudi 6 novembre, tandis que le village bruissait des préliminaires des obsèques de Paul Capulac, une réunion morose se tenait à la gendarmerie. Un procureur de la République et un lieutenant-colonel s'étaient déplacés de la préfecture pour assister à l'enterrement et montrer ainsi que l'affaire était suivie au plus haut niveau de l'échelon départemental. Ostentation d'autant plus nécessaire que, d'une part, ladite affaire apparaissait encore plus obscure qu'à son début, d'autre part, que des huiles venues de Paris étaient présentes à Bints.

En attendant l'heure de la cérémonie, ils écoutaient le commissaire esquisser un bilan de l'enquête. La reconstitution n'avait rien donné, ce qui n'avait pas surpris Tibal. Peut-être l'avait-il organisée à seule fin de persuader le juge de l'impossibilité de conclure.

— Nous sommes devant un cas peu courant, exposait le commissaire. D'ordinaire, la difficulté consiste à découvrir une ou plusieurs pistes. L'une d'elles finissant par déboucher sur un témoin N° 1 puis sur une inculpation… Ici, la piste est évidente, tout d'un coup elle s'effondre à cause d'un chien de rouge, une autre la remplace, tout aussi évidente, et elle conduit à un mur : nous avons trois suspects. Non seulement il est impossible de confondre l'un d'eux mais, depuis la découverte de ce ballot, ils donnent l'impression de se serrer les coudes, ils prennent un malin plaisir à étaler leur bonne entente, presque leur complicité. Songez que, pas plus tard que hier soir, après avoir enduré cette pénible épreuve de la reconstitution en public, ils ont ripaillé chez Le Touc... Robert m'a dit qu'Anton-Bélise était rentré sur les genoux vers 2 h ! Ma conviction est celle-ci : l'un d'eux a eu l'idée vicieuse de profiter de la présence d'Assomption à Bints pour liquider Capulac et charger cet ancien de Sacoprim à la dérive. De cette première idée à celle de se déguiser, il n'y a pas loin... Il a préparé son coup deux ou trois semaines à l'avance. Le Touc et Ordonez ont appris l'arrivée d'Assomption à Bints le 11 octobre, Anton-Bélise a reçu communication de la lettre et de la photo par Capulac, à Paris, le 21. Ils avaient donc tous les trois largement le temps de concocter le crime. Deux étaient déjà sur place, le troisième, Anton, se savait invité par Capulac à l'occasion de la journée de la chasse, et ce n'était pas la première fois. Il connaissait la forêt, les habitudes de son patron. D'ailleurs, le vendredi soir 31 octobre, il est allé se promener, selon ses dires que Robert confirme. Il est rentré tard, le soir du crime il a remis ça, et il est rentré encore plus tard... Tout s'est déroulé selon les prévisions de l'assassin. Assomption s'est retrouvé en prison, mais il y a eu un pépin : le chien de rouge de Birbat a déniché le ballot et on a découvert le stratagème... Probablement, après un moment de panique bien compréhensible, notre homme s'est ressaisi, parbleu ! Pourquoi s'affoler ? Il y avait à Bints deux autres personnes rongées de haine contre le mort et habituées aux « promenades » de nuit en forêt ! C'était sa chance ! Une ligne de retraite inexpugnable... L'assassin eut alors un deuxième coup de génie : il comprit que pour résister à la découverte de ce ballot, il devait se concilier les deux suspects, leur fourrer peu à peu dans le crâne que l'essentiel — l'horrible Capulac ayant écopé du sort qu'il méritait — n'était nullement qu'on découvrît le coupable, mais qu'aucun des trois ne soit inquiété... Notre homme parvint à mettre en évidence qu'en dépit de l'incident du chien de rouge, le crime ne serait pas élucidé... Le brigadier et moi-même, nous constatâmes, quelques heures après la découverte du ballot, un net changement chez les suspects. Nous eûmes la sensation d'affronter une véritable coalition C'est alors que naquit notre hypothèse d'une complicité à trois : Anton-Bélise, Le Touc et Ordonez, unis par une haine commune, insoucieux du sort d'Assomption, auraient, au moins, exécuté le crime ensemble, en se répartissant les tâches, l'un préposé à l'égorgement et coiffant la perruque, l'autre guettant, le troisième témoignant. Nous en avons parlé avec monsieur le juge. Finalement j'ai abandonné l'hypothèse...

— Et pourquoi donc, commissaire ? s'étonna le procureur.

— Elle était séduisante, il m'arriva même d'y revenir, mais ce qui cloche, dans cette hypothèse, c'est l'attitude d'Assomption... Dès sa sortie de prison, il aurait dû se déchaîner contre les trois autres, nous aider, à l'excès même, tout faire pour les confondre. Et au lieu de cela, que fait-il ? Il banquette en leur compagnie ! Avouez que c'est incohérent ! Ou alors, et c'est ce qui m'a fait penser, à la réflexion, qu'il n'existait qu'un seul coupable, Assomption joue la comédie, il garde le contact avec ce groupuscule de suspects dans un but unique : prendre en défaut celui qui a failli l'expédier en prison à perpétuité... Je suis quasiment sûr qu'Assomption a son idée sur l'identité du criminel, qu'il a décidé de le démasquer lui-même... S'il avait eu une conviction différente qu'ils ont fait le coup à trois, il se serait allié à nous...

— Vous semblez avoir grande confiance en cet Assomption, observa le procureur. Après tout, ne peut-il se tromper ?

Le commissaire hocha la tête.

— À mon avis, dit-il, je ne sais pas ce qu'en pense monsieur le juge, mais moi je trouve qu'il est, de très loin, le plus intelligent des quatre...

— Pourtant, prononça le procureur, j'ai cru comprendre que les trois autres, chacun dans leur genre, n'étaient pas vraiment des imbéciles, ce qui signifierait que cet Assomption...

Le procureur laissa sa phrase en suspens. Mais tout le monde avait compris. Le commissaire la finit pour la forme :

— Oui, monsieur le procureur général, cet Assomption est exceptionnellement intelligent.

— Il a pourtant failli se faire avoir, rappela le lieutenant-colonel, sans s'encombrer de fioritures. Sans ce chien de rouge, il serait bel et bien en prison et, avec tous ces témoignages contre lui et son passé, malgré ses protestations d'innocence, il avait toutes les chances d'y passer 15 ou 20 ans. Moi, il me semble que ce chien est aussi intelligent que lui...

Cette remarque, brutale mais frappée au coin du bon sens, les plongea dans un abîme de réflexion.

Le commissaire réagit le premier :

— Vous savez, mon colonel, vous pouvez être très intelligent et succomber à une traîtrise, à un méchant coup dans le dos. Il est difficile de prévoir qu'un individu va s'acheter un blouson, un pantalon, des chaussures comme les vôtres, une perruque, tout ça pour égorger quelqu'un et faire croire que c'est vous. Être très intelligent ne veut pas dire être devin…

— Il paraît que, hier soir, à l'hôtel, un type s'est accusé du crime ? s'enquit le procureur, désireux de changer de conversation, car la réplique de Tibal avait engendré une légère tension.

— C'est un dénommé Cornilo, indiqua Petitvisier. Il était saoul comme une huître. Il est directeur du département promotion du groupe Sacoprim. Monté sur une table, il criait :

« Moi, Cornilo, je le déclare, j'ai tué le Bolet sur commande. Je suis riche maintenant. J'ai demandé et obtenu ma mutation à Sacoprim-Argentine ! »

Le procureur revint aux choses sérieuses.

— En conclusion, monsieur le juge, où en sommes-nous ? Que comptez-vous faire ?

— Je ne peux pas maintenir indéfiniment Anton-Bélise ici. Je ne peux l'inculper, pas plus que les autres. Je vais donc leur rendre toute liberté, ce qui ne nous empêchera pas de continuer l'enquête. Mais dans l'état actuel des choses, nous touchons à la fin d'une première étape sans coupable et sans preuve de culpabilité…

Il n'était pas certain que pareil dénouement provisoire déplût au procureur général. Il avait accueilli avec un soulagement étonné la détermination d'Anton-Bélise de collaborer de bonne grâce avec la police. Et maintenant, le président potentiel de Sacoprim recouvrait sa liberté de mouvement. Demain, il serait à Paris et on n'en parlerait plus. Le procureur, malgré l'absence de coupable, recevrait des félicitations pour avoir imposé sans dommage les rigueurs de l'enquête à un puissant personnage tout en ne nuisant pas à sa réputation et à celle de sa firme. Au demeurant, le procureur était intimement convaincu qu'un homme comme Anton-Bélise n'avait pu commettre ce crime. C'eût été, de sa part, faire preuve d'une dose de sottise incompatible avec l'idée que le procureur entretenait de l'excellence intellectuelle et de la force psychologique des seigneurs de la guerre économique. C'est pourquoi, tout en déplorant, en bon magistrat, que l'enquête n'ait pas encore abouti, il se sentit presque guilleret.

Le glas sonna. L'heure était venue de se rendre à la cérémonie. Le procureur général, le lieutenant-colonel, le juge et le brigadier se levèrent. Ils sortirent et se dirigèrent vers l'église.

À l'exception de l'ex-secrétaire général d'un parti politique — élu d'un département voisin, un obligé de feu Ample et Machicou (il avait d'autant plus volontiers intrigué en faveur du Bolet qu'ils étaient, en quelque sorte, pays) et que l'on voyait souvent à la télévision —, les personnalités accourues de Paris n'étaient guère connues du grand public. Pourtant, leurs influences s'étendaient bien au-delà du conseil d'administration de Sacoprim et de leurs propres « holdings » ou autres conglomérats et monopolistes régies. Ils avaient noms CyrusVarois, Bolar, Barouvier, Servoze, Scatton, Krelinger, Buzard, Gramella, Brassac, Roux, Feudine, Apamarlou. Tous furent mêlés, à des titres et des degrés divers, à l'épopée fabuleuse et tragique de *la Médiatrice**, paquebot médiatique entré dans la légende de cette fin de siècle. Le peuple bintsois avait une conscience aiguë de ce que de tels événements ne se reproduiraient plus avant longtemps chez lui. Quand le village donnerait-il à la France un

* Voir *La Médiatrice* de René-Victor Pilhes, aux Éditions Albin Michel et au Livre de Poche.

deuxième dirigeant du niveau de Paul Capulac ? Au cas, improbable, où cela adviendrait, se trouverait-il alors un deuxième assassin génial pour lui trancher la gorge sans se faire prendre ? Deux conditions infiniment difficiles à réunir.

La troisième chaîne de télévision avait posté des caméras un peu partout. Elle offrait des gros plans des personnages importants, mais aussi des suspects et d'Assomption. La quasi-certitude de filmer le visage du criminel prodigieux portait l'excitation à un certain paroxysme. Car Le Touc, Ordonez, étaient là, ensemble, au fond de l'église, et ils assumaient avec une aisance provocante leur statut de criminel possible. Quant à Anton-Bélise, il avait pris place parmi les membres de son conseil. On devinait qu'il s'observait. Il tenait son rang. Pâle et digne, il s'était glissé, visiblement, dans la peau du futur président. Derrière les manitous, les cadres blêmes et trembleurs ne cherchaient pas à dissimuler que la situation les dépassait. Dans leur dos, le procureur, le juge, le commissaire et le brigadier surveillaient, impassibles, le déroulement de la cérémonie funèbre.

Mme Capulac, entourée de son personnel, tassée dans son fauteuil roulant, tout à côté du catafalque, ressemblait à une espèce de momie. Tous ces gens semblaient s'attendre à quelque stupéfiant incident de dernière minute, comme un coup de théâtre, qui conférerait à ces funérailles un caractère à la hauteur de la mystérieuse tragédie qui les avait précédées. Assomption, par exemple, qui s'avancerait vers le catafalque, et qui pointerait un doigt vengeur en direction du coupable. Ou l'un des suspects, pris de remords, bouleversé par l'atmosphère, excité par les caméras de la télévision, qui avouerait son crime devant Dieu. C'était faire peu de cas de la solidité et du sang-froid de l'égorgeur. Son crime n'était nullement passionnel mais superbement prémédité. En ces instants, il jouissait, tout simplement. Il avait accompli le chef-d'œuvre de sa vie. Il emportait une revanche éclatante sur toutes les avanies subies par lui au long d'une existence qu'il avait, jusque-là, jugée infortunée et ratée. Il vérifiait la théorie qu'il avait élaborée pour l'aider à surmonter les épreuves, selon laquelle l'intelligence n'est pas l'apanage de la minorité qui détient le pouvoir mais qu'elle sommeille chez beaucoup d'autres, dont lui, et qu'elle ne s'épanouit qu'à la faveur des circonstances. Aussi ne faisait-il aucun effort pour refouler le sentiment de supériorité qui montait du plus profond de lui.

On se rendit au cimetière. Après l'absoute, le cortège se dispersa. Débarrassé de Capulac, Le Touc put enfin se recueillir seul devant la tombe d'Arlette Poquin. Ses compagnons l'attendirent à la sortie du cimetière. Anton-Bélise avait pris la peine de s'attarder pour lui dire au revoir. Il rentrait à Paris en jet privé.

— Je vais être nommé président de Sacoprim, leur annonça-t-il.

— Est-ce qu'on peut fêter ça ? demanda Le Touc.

— Non, je n'ai plus le temps, mais on se reverra.

Puis, Anton-Bélise se tourna vers Assomption et lui dit :

— J'ai quelque chose de bien pour toi. Je t'attends à mon bureau lundi à 11 heures.

L'homme devait maintenant supporter le fardeau de son exploit. Semblablement à l'alpiniste qui a vaincu une paroi réputée inaccessible, ouvert une voie impossible et qui, parvenu à la cime, n'ose se pencher pour contempler la face escaladée, il se remémora l'instant où l'idée de son crime lui était venue. Cet instant où il sut quand, où et comment il tuerait. L'idée maîtresse avait effleuré son cerveau à la faveur d'une péripétie fortuite. Puis elle s'y était enfoncée et elle avait torturé ses méninges. Il avait jeté un scénario sur le papier. Et après il l'avait déchiré et brûlé.

Il fallait que tout fût parfait. Ce le fut.

Alors il avait joui du sentiment indicible de celui qui, en une sorte d'état de grâce, s'est brusquement surpassé. Puissance. Euphorie.

Jamais personne n'avait assassiné ainsi.

À la veille d'exécuter son plan, l'homme avait songé que si sa haine à l'endroit de sa future victime n'avait pas été mortelle, il eût essayé d'écrire un roman policier vicieux et mirobolant.

Mais, livrer au public la machination inspirée qui gîtait sous son crâne, c'eût été la rendre inopérante.

Il était tard. L'homme se coucha. Avant de s'endormir, il murmura pour lui-même : « Peut-être un jour, quand je serai vieux, pour ne pas emporter dans la tombe une si phénoménale opération. »

ÉPILOGUE

La position de Philidor

« Et voilà l'histoire du curé de Cucugnan, telle que m'a ordonné de vous le dire ce grand gueusard de Roumanille, qui la tenait lui-même d'un autre bon compagnon. »

Alphonse Daudet,
Lettres de mon moulin.

Cette histoire, je la tiens de mon ami Georges qui, lui-même, la tenait de ce « grand gueusard » de tailleur Martial. Ce crime, resté impuni, étant parfait, je l'ai utilisé pour la collection de Simone Gallimard. Cependant, du strict point de vue de l'intérêt du lecteur, comment ne pas démasquer l'assassin ? J'ai donc recherché une spéculation acceptable, comme l'entreprirent Dorothy Sayers, Stanley Gardner ou Paul Maury pour *Le Mystère d'Edwin Drood* de Charles Dickens.

L'énigme proposée par la dernière œuvre de Charles Dickens est construite avec une habileté et un sens de la progression dramatique que bien peu d'auteurs de romans policiers ont atteints après lui. Mais, après avoir posé tous les éléments du mystère, après l'avoir noué de façon magistrale, Charles Dickens est mort avant d'avoir dénoué les fils de cette intrigue, et il laissait le lecteur haletant au moment même où il sentait que tout allait s'expliquer.

Le mystère d'Edwin Drood a été longtemps considéré comme insoluble. G. K. Chesterton estimait qu'aucune des solutions proposées par les commentateurs de Dickens n'était satisfaisante.

L'homme qui, à mon avis, est plus que certainement

le coupable, est en vie. Comme moi il est vieux et à la retraite. Ainsi que le sont les protagonistes survivants. Après de longues hésitations, j'ai résolu de le rencontrer et de lui soumettre ma version des événements. Il s'est contenté de m'écouter sans guère m'interrompre, ni se départir d'un sourire las et pensif.

Puis, il me dit :

— Si nous voulons conserver à ce crime sa mystérieuse beauté et la perfection qui le rend digne de la collection dont vous m'avez parlé, je ne puis valider votre hypothèse, mais je regrette beaucoup que Kuff et Tibal ne soient plus de ce monde, ils auraient certes enragé de n'y avoir pas songé, mais, j'en suis sûr, ils auraient apprécié malgré tout, Ordonez aussi, d'ailleurs, décédé deux ans plus tard d'un cancer, et qui, j'en fus convaincu, avait son idée sur la question... Il reste que, dans l'état actuel des choses, c'est-à-dire, notamment, en l'absence de preuves indubitables, que je sois ou non le coupable, on ne saura jamais ce qui s'est vraiment passé, et même si j'avouais aujourd'hui, pourquoi me croirait-on ? Vous voyez, c'était réellement un crime parfait...

— Vous-même, n'avez-vous pas été tenté d'écrire ?

— Si, je n'y ai pas résisté facilement. Je pourrais encore m'y mettre, mais puisque vous allez le faire, à quoi bon entrer en concurrence ? Ne sommes-nous pas, désormais, un seul et même personnage ?

Je promis de lui envoyer le manuscrit et m'en fus.

J'avais quarante ans quand l'affaire Capulac défraya la chronique, tant en raison de la personnalité de la victime que des circonstances de sa mort et du non-lieu qui fut rendu. Le temps l'engloutit. À l'instar des autres citoyens, je l'avais oubliée. Environ vingt-cinq ans après les faits, à l'occasion d'une soirée d'anniversaire, Georges, grand amateur et subtil narrateur de la vie passée, l'avait racontée par le menu à mes enfants qui n'étaient pas nés à l'époque de l'égorgement de Paul Capulac. Il en tenait les détails de son frère Martial, autrefois tailleur à Bints, et que les enquêteurs avaient réquisitionné en qualité d'expert. L'un de ces détails, que j'ignorais, se logea au tréfonds de mon subconscient. Le lendemain, il ne cessa de m'importuner.

J'ai joué aux échecs de longues années, et même participé à des tournois. Il m'est arrivé de battre de bonnes « 2e catégorie ». Un niveau honorable qui permet de se passionner mais aussi de mesurer ses limites. Lors d'une « simultanée », j'ai failli annuler contre un ancien champion du monde. C'est du moins ce que je prétends à qui veut bien l'entendre. À la vérité, je crois que M. Smyslov a fait semblant de réfléchir, ce qui suffit à mon bonheur. Il ne se passe guère de jours que je n'étudie, pour mon plaisir immense, une partie de Maîtres. Georges, qui ne connaissait rien à ce jeu, avait retenu, grâce à sa prodigieuse mémoire, que Capulac, le soir de sa mort, étudiait une position d'échecs. Et que, avant la première reconstitution du crime, cette position était en place sur l'échiquier. Or, selon les enquêteurs, des pièces avaient roulé au sol, renversées par la victime dans son affaissement. Je ne sais pourquoi, peut-être ma sensibilisation à tout ce qui touche aux échecs, ce détail me tracassa plusieurs semaines. Puis j'en fus libéré sans que je l'eusse cherché.

Il advint ensuite qu'une émission de télévision me renvoya à l'affaire de Bints. C'était avant la retransmission d'un match de rugby. J'avais allumé mon récepteur. Je tombai sur la fin d'un reportage de chasse. J'assistai alors à une démonstration dite de chien de rouge. Et je vis un extraordinaire animal en action. Son maître avait caché un chiffon imbibé du sang d'un poulet en un endroit impossible situé à environ 600 mètres. Le chien l'y conduisit en deux temps trois mouvements. Cette exhibition me troubla si fort qu'elle occupa mon esprit tout au long du match qui suivit. Je tournai en rond une semaine et délaissai le roman que j'avais en chantier. À la fin, n'y tenant plus, je pris deux initiatives. J'obtins un rendez-vous à l'Union nationale pour l'utilisation du chien de rouge. Et j'usai de la présence d'amis intimes au ministère de la Défense afin d'être admis à consulter les archives de la gendarmerie au Fort de Vincennes. J'y étudiai sur place le dossier de l'affaire Capulac et accumulai les notes. J'appris là que, selon le témoignage d'Anton-Bélise, Capulac étudiait sur son échiquier *la position de Philidor.* Philidor (1726-1795), compositeur de musique, domina pendant cinquante ans les plus habiles joueurs d'Europe. Le premier, il établit le principe que les pions sont « l'âme des échecs ». En 1749, il publia son célèbre traité, *Analyse des échecs.* On y trouve, notamment, deux fameuses « positions » de fin de partie. L'une qui démontre comment gagner avec une tour et un fou contre une tour, l'autre avec une dame contre une tour. Le lecteur retiendra que ces positions ne sont connues que des joueurs d'échecs d'un niveau élevé qui, seuls, sont à même de les obtenir et de les exploiter. Même dans les clubs et cercles, rares sont ceux capables de les disposer sur un échiquier.

À l'Union nationale pour l'utilisation du chien de rouge, on m'assura que tous les chasseurs dignes de ce nom connaissaient les possibilités immenses de ces bêtes spécialement dressées auxquelles n'échappe jamais le gibier blessé.

Alors, peu à peu, la clarté se fit dans ma tête. Une ultime reconnaissance quelque part dans Paris renforça ma conviction : *l'homme*, je l'avais bel et bien identifié. Il me fut aisé de retrouver sa trace et le lieu de sa retraite. Il ne se cachait pas. Bien au contraire. Riche, respecté, il écoulait de douces journées entre Vence et Saint-Jean-Cap-Ferrat. Par écrit, je sollicitai une rencontre, sans lui en fournir le motif précis. Il me répondit rapidement : il avait lu et apprécié quelques-uns de mes romans. Et pas du tout l'un d'eux dans lequel, selon lui, j'avais dévoyé mon talent et mon tempérament. Ma demande l'intriguait. Il me proposait une période. Je débarquai chez lui un après-midi d'août.

Assomption contemplait son échiquier, puis la mer bleue qui bordait l'horizon. Il écoutait avec une certaine délectation cet écrivain qui lui narrait l'histoire de l'assassinat de Paul Capulac. Et aussi admiration. Son chef-d'œuvre ne demeurerait donc pas inconnu. Le romancier écrirait un livre. L'ouvrage resterait sans conséquences dommageables puisqu'il ne serait que spéculation. Qui prouverait quoi ? Et comment ? Il se faisait si tard. Que d'années depuis l'égorgement du Bolet !

L'écrivain débitait d'une voix sourde et enrouée par le tabac ce qui, selon lui, s'était passé à Paris dès le lendemain de la nomination du Bolet à la présidence du conseil d'administration du groupe Sacoprim, quand les journaux avaient publié la photographie du Bolet, que télévisions et radios s'étaient disputé ses interviews.

— Et alors, monsieur, vous fûtes soulevé de haine en constatant que tant de lâchetés, de vilenies, de fourberies et de turpitudes trouvaient là leur récompense. Un désir de meurtre vous lancina des heures durant. Soudain, un professeur-acteur de théâtre posa, à son insu, la première pierre du crime… Je me suis rendu chez un vieux personnage, un homme à qui, de temps en temps, on offre des rôles de grand-père. Il finit sa vie dans un foyer du XIXe arrondissement. Il enseignait jadis au cours Marie, rue de la Grande-Chaumière, il se souvient de vous, de ce clochard bizarre, incroyablement intelligent, ce sont ses termes, et il me dit combien son métier vous intéressait, que vous étiez tout le temps fourré soit dans sa loge soit dans l'atelier d'une madame Césarine, que vous aidiez les élèves à se costumer, à se maquiller, et alors, là, j'en suis sûr, il a dû survenir quelque chose, mais quoi ? Je ne saurais l'inventer : un incident, une péripétie, qui vous a donné l'idée de votre assassinat prodigieux. Peut-être pourriez-vous m'aider, monsieur Assomption, pour le livre, ou simplement me mettre sur la piste…

— Comment voulez-vous que je vous aide ? J'envie votre imagination débordante, je vous écoute comme un enfant de sept ans un conte de Perrault. Votre spéculation m'amuse et me fascine tout à la fois, mais je suis au regret de rompre le charme, je suis innocent de ce crime…

— Soit, monsieur Assomption, mais peut-être me donnerez-vous un coup de main. J'ai accompli le gros de la tâche, je dois, maintenant, combler quelques lacunes… À votre avis, qu'est-ce qui aurait pu, au cours Marie, donner à l'assassin l'idée de son crime ?

— Pris ainsi, c'est différent, dit Assomption en souriant. Je veux bien essayer mais vous me réserverez ma part de droits d'auteur…

— C'est entendu…

Assomption se leva et fit quelques pas sur la terrasse. Son regard se perdit à l'horizon.

— Voyons, prononça-t-il enfin, qu'est-ce qu'il aurait pu advenir ? Supposons que ce brave professeur dont vous avez retrouvé la trace ait été chauve, comme moi à l'époque, avec une belle couronne grise autour du crâne, que ce jour-là il ait inscrit à son programme une leçon sur le maquillage et le déguisement des acteurs et que, pour jouer le rôle d'un grand tonsuré, tout à fait semblable à lui, il ait, néanmoins, coiffé une moumoute, quelle question auraient alors posée les élèves ? Probablement celle-ci : « Monsieur, pourquoi coiffer une moumoute en tous points identique à votre propre crâne ? Dans ce cas précis, vous auriez pu vous en dispenser, vu que ça ne sert à rien et que, au contraire, jouer sans perruque eût paru bien plus naturel ! » Et qu'aurait pu répondre le professeur ? Par exemple ceci : « Justement pas ! Qui a vu qu'un acteur devait être naturel ? Le rôle d'un acteur au théâtre reste-t-il de paraître naturel ? Non, pas du tout. Conception hérétique et piteuse. Le théâtre c'est le théâtre, ce n'est pas la vie, pourquoi les acteurs ressembleraient-ils aux gens que l'on voit tous les jours ? Tous les grands personnages du théâtre universel sont hors du commun, ils ne ressemblent en rien aux gens ordinaires et, quand je coiffe une perruque qui ressemble comme une goutte d'eau à mon propre crâne, je deviens, tout simplement, un acteur ! Croyez-vous qu'en dépit de cette ressemblance, le spectateur ne décèle pas une étrangeté ? Se déguiser en soi-même est le *nec plus ultra* de l'homme ou de la femme de théâtre !... »

Assomption revint à la table ronde sur laquelle trônait l'échiquier. Il se tourna vers moi, les yeux plissés, un demi-sourire aux lèvres, et dit :

— Alors ? Cette hypothèse vous convient-elle ?

Quoique j'eusse préparé de ma propre initiative cette entrevue, après avoir acquis la conviction qu'il avait, jadis, égorgé Capulac, je ne parvenais pas à chasser l'émerveillement qu'il suscitait en moi.

— Elle me convient, répondis-je, elle me permet d'enchaîner, d'écrire mon prochain livre sans buter inutilement sur des détails, grâce à votre concours... Je vous imagine, monsieur Assomption, rue de la Grande-Chaumière, dans le réduit que le cours Marie vous a cédé en échange de menus services. Vous avez assisté à cette leçon, le matin même vous aviez découvert la photo de celui que vous appelez le Bolet et lu l'annonce de son triomphe. Une adrénaline de mort était montée à votre cerveau. Et le destin, par la voix de ce professeur d'art dramatique, vous inspirait l'un des plus remarquables assassinats de l'histoire du crime. Tout cela avait explosé sous votre crâne. Vous vous êtes précipité devant votre table de travail, vous avez fébrilement tracé le plan primitif du mécanisme, comme un mystique interpellé par son Dieu aurait couché dans la fièvre sur le papier des précieuses et divines paroles...

Le romancier (moi ?) marqua une pause. Il but quelques gorgées du cognac offert par son hôte, considéra celui-ci. Assomption semblait avoir oublié sa présence au profit de l'échiquier.

— Vous aussi, vous étudiez la position de Philidor ?

L'ancien cadre déchu répliqua sans le regarder :

— Pas du tout, je me repais de sa beauté. Il n'y a rien à ajouter, à modifier, à découvrir dans cette position. Le Bolet était vaniteux, de même qu'il se prenait pour un président de Sacoprim dans la lignée des précédents, il surestimait ses capacités échiquéennes. Si Philidor s'était trompé, croyez-vous que les Grands Maîtres, qui se sont succédé ces derniers siècles, ne l'auraient pas réfuté ?...

Alors il dévisagea le narrateur et reprit avec une nuance sarcastique :

— Cela posé, il ne méritait pas d'être égorgé pour ce péché d'orgueil...

— Bien sûr que non. Continuons maintenant et voyons ce que quelqu'un comme vous aurait pu manigancer et entreprendre... Vous fûtes souvent invité par Capulac à Bints à l'occasion des chasses de la Toussaint. J'ai vérifié que vous vous révélâtes excellent fusil. Vous connaissiez les postes de tir, et aussi les habitudes du village, en particulier celles de gens tels que l'Espagnol Ordonez, le cadre Le Touc. Vous aviez appris d'eux et d'autres Bintsois leur haine de Capulac, les drames de la Libération et de la mort d'Arlette Poquin. Vous saviez que votre ennemi Anton-Bélise serait, comme chaque année, invité aux chasses et vous subodoriez sans mal l'ampleur de son ressentiment, de sa déception d'avoir été évincé. Et, dans votre réduit de Montparnasse, votre intelligence exceptionnelle, votre imagination fertile, votre haine inexpiable, travaillèrent ensemble à ce dispositif qui s'impose à vous de plus en plus clairement : vous vous rendrez à Bints où seront bientôt sur place trois hommes qui veulent la peau de Capulac et qui, inévitablement, attireront les soupçons au moins autant que vous si vous tuez votre commun ennemi. Mais il vous faut échapper à coup sûr à cette opération. Pour vous, il ne s'agit pas d'une vengeance ordinaire, mais d'un rétablissement spectaculaire, d'une revanche totale. Vous aviez, autrefois, vers le début de votre carrière de cadre-manager, gagné une première manche contre Capulac et Anton-Bélise, perdu la deuxième à l'issue de laquelle la société vous avait ramassé pour mort. Vous vouliez maintenant remporter la troisième sur tout le monde, et donc ne pas vous faire prendre. Pour cela, vous deviez veiller aux détails de l'exécution et voici ce qui germa dans votre esprit :

construire votre propre inculpation suivie de votre disculpation... Vous iriez tout bonnement égorger Capulac avec l'un des couteaux de sa panoplie, sans prendre aucune précaution et en ayant soin de vous faire voir, habillé de vêtements semblables aux vôtres, avec, cependant, un pantalon et des chaussures à peine un peu plus grands, afin de mieux encore détourner les soupçons sur les autres... Auparavant, vous aviez caché, loin en forêt, sous la souche, mais à l'intérieur du territoire de chasse, vos vêtements à vous... À votre arrivée à Bints, vous vous êtes empressé de signaler votre présence à Paris en écrivant à Capulac, en l'informant de votre intention de le voir, et vous avez joint une photo, pas seulement pour qu'on vous reconnaisse, mais pour mouiller Anton-Bélise, afin que les enquêteurs sachent plus tard qu'il savait, lui aussi, trois semaines à l'avance, que vous seriez à Bints. Ainsi serait-il soupçonné à l'instar de Le Touc et d'Ordonez, puisque, lui aussi, aurait eu le temps de préparer le crime... Quant à Le Touc, il vous propose sa maison à seule fin d'embêter Capulac, car il n'ignore pas qu'il est l'un de vos bourreaux... Cette hospitalité, que vous n'aviez pas prévue, ne peut que consolider votre situation, elle favorise votre plan... Le soir du crime, vous vous rendez chez Capulac à une heure où vous savez que des témoins vous apercevront... À ce moment, vos affaires sont dans un ballot que vous avez dissimulé en forêt... Vous entrez, vous tuez Capulac, vous vous souciez peu du sang qui tache vos habits, vous repartez, vous attendez quelques minutes qu'Ordonez passe sur le chemin avec ses chiens, quand vous le voyez, vous coiffez votre moumoute, vous vous souvenez en cet instant précis de la leçon du cours Marie, vous fuyez, et vous gagnez le lieu où vous avez dissimulé le ballot... Vous vous changez et vous rentrez... Vous vous couchez heureux, vous éprouvez le sentiment de puissance de celui qui a réussi un acte exceptionnel... Tout se déroula ensuite selon votre plan diabolique : vous serez accusé, inculpé et libéré...

— Et le ballot ?

— Ah, le ballot ! C'est une émission de télévision qui m'a mis sur la voie... Ce ballot, vous aviez l'absolue certitude qu'il serait découvert. Vous saviez qu'une chasse aurait lieu deux jours après le crime, la grande chasse de l'année, avec les meilleurs chasseurs et les meilleurs chiens. Et vous connaissiez parfaitement le rôle et les extraordinaires capacités des chiens de rouge, vous aviez assisté plusieurs fois à leurs prouesses, et la souche noire n'était inaccessible qu'en apparence. Il était évident qu'un jour ou l'autre, ce ballot serait découvert par un chien dressé à l'odeur du sang. Vous étiez prêt à rester en prison le temps qu'il faudrait tout en clamant votre innocence. Et si, par malheur, on tardait à le découvrir avant votre procès, vous vous seriez arrangé pour placer votre avocat sur la piste... Ce ballot prouvait que l'assassin s'était déguisé pour vous imputer le crime. Dès lors, que l'on arrêtât ou non quelqu'un d'autre ne vous importait pas... Qui plus est, le sort jouant décidément en votre faveur, quand vous avez tué Capulac, celui-ci était plongé dans un dossier compromettant pour Anton-Bélise, ce que vous avez compris aussitôt, en un coup d'œil, et vous avez ramassé les feuillets de ce dossier à tout hasard, car, dois-je le rappeler, vous ne portiez pas Anton-Bélise dans votre cœur... Vous en avez oublié un, que vous n'avez pas vu, mais cela n'avait aucune importance... vous en déteniez assez pour, éventuellement, exercer un chantage... Enfin, après votre libération, vous avez manœuvré juste, subtilement, en vous fixant pour unique objectif d'en finir au plus tôt avec l'affaire, de façon à ne courir aucun risque. En effet, l'arrestation d'un innocent fait toujours peser des aléas, on ne sait jamais ce qui peut survenir, un témoignage tardif, un fait qui innocenterait le nouveau présumé coupable, et l'enquête reprendrait de zéro... Ce qu'il vous fallait, c'est un bon non-lieu, c'est un classement de l'affaire, et c'est pourquoi vous avez instillé les ferments d'une stratégie d'union dans l'esprit des trois suspects, d'autant plus aisément qu'aucun d'eux ne regrettait la mort de Capulac, et que chacun y trouvait son compte... Vous avez été très fort, monsieur Assomption... Pour vous, ce crime a beaucoup payé, Anton-Bélise vous a remis le pied à l'étrier, et, requinqué par votre performance formidable d'assassin, reprenant confiance en vos moyens impressionnants, vous avez refait une carrière qui vous a mené à la tête du principal groupe concurrent de Sacoprim... Vous finissez vos jours dans cette villa somptueuse qui domine la côte, vous vous êtes remarié avec une riche héritière, vous avez deux enfants dont l'un est avocat, et l'autre secrétaire d'État... Et moi, je suis là, devant vous, en cet après-midi d'août, sommé de mettre sur le compte de mon imagination ces extraordinaires événements...

Madame Assomption parut.

— Monsieur Pilhes restera-t-il à dîner ? Nous pouvons aussi vous coucher...

Le président Assomption m'interrogea du regard. Je le devinai à la fois surpris et perplexe.

— J'ai malheureusement à faire demain matin à Toulouse, dis-je. J'ai une place dans l'avion de 18 heures.

Je sentis que ma réponse soulageait le maître des lieux.

— En ce cas, dit madame Assomption, je n'insiste pas, ce sera pour une autre fois.

Elle rentra dans la villa. Nous demeurâmes silencieux un moment. Moi (le romancier ?), le regard perdu vers la mer. Lui, contemplant son échiquier.

— Il y a une question que je voudrais vous poser, murmurai-je.

Il m'invita à le faire d'un mouvement de la tête.

— Si un homme comme Ordonez avait été condamné à votre place, qu'auriez-vous ressenti ? Auriez-vous entrepris quelque chose ?

Il ne se détourna pas de l'échiquier. Le nez sur ses pièces, il répondit :

— Je ne pourrais vous répondre que si j'étais l'assassin… En m'interrogeant ainsi, vous poussez la spéculation un peu loin…

Je vidai mon verre de cognac.

— Je vous remercie de m'avoir écouté, prononçai-je. Maintenant, je m'en vais. Je ne dois plus perdre de temps pour écrire mon livre.

Alors, toujours assis, il leva les yeux vers moi et dit :

— Si je comprends bien, c'est cette émission de télévision sur les chiens de rouge qui vous a mis sur la voie. Vous ne trouvez pas que c'est mince, même pour un roman ?

Alors je répliquai :

— Il n'y a pas que ça, monsieur Assomption. Sans être, comme vous, un fort joueur, moi aussi j'aime les échecs, et un détail m'a toujours turlupiné… Le lendemain du crime, la position de Philidor figurait sur l'échiquier de Capulac. Or, la veille, elle avait été disloquée par l'affaissement de la victime, les pièces avaient roulé au sol. L'assassin les a ramassées et replacées. De tous les suspects, n'êtes-vous point le seul à être capable de cela ? Comment Anton-Bélise, Le Touc ou Ordonez auraient-ils reconstitué cette position complexe ? Vous l'avez fait en un réflexe bien connu des joueurs passionnés d'échecs : ils ne supportent pas le désordre sur un échiquier, la moindre erreur de placement les horripile, moi-même, je suis entré un jour dans la boutique d'un marchand de jeux pour la raison qu'en vitrine était exposé un échiquier dont les pièces étaient disposées n'importe comment… Vous voyez, monsieur Assomption, au fond, votre crime n'était pas parfait…

Il bondit sur ses jambes. Son visage avait changé. Mais il se ressaisit aussitôt. Cela avait duré une poignée de secondes. Je le fixai longuement. Il soutint mon regard. Puis je pris congé.

Un domestique me raccompagna. Dans le parc boisé, avant de disparaître à jamais de sa vue, je tournai la tête.

Assomption s'était rassis. Les coudes sur la table, les mains dans les cheveux, il étudiait la position de Philidor.

Paris, le 11 novembre 1991.

DU MÊME AUTEUR

Aux Éditions du Seuil

LA RHUBARBE, roman (Prix Médicis)

LE LOUM, roman

L'IMPRÉCATEUR, roman (Prix Femina)

LA BÊTE, roman

Aux Éditions Albin Michel

LA POMPÉI, roman

1. La mort inouïe de la Comtesse

2. Les démons de la cour de Rohan

L'HITLÉRIEN, roman

LA MÉDIATRICE, roman

LA FAUX, roman

Aux Éditions de la Table Ronde

LES PLAIES ET LES BOSSES, entretiens avec Maurice Chaverdès

Composition Interligne.
Impression Société Nouvelle Firmin-Didot
le 20 septembre 1995.
Dépôt légal : septembre 1995.
Numéro d'imprimeur : 32125.
ISBN 2-07-039377-1/Imprimé en France.

72500